小学館文庫

最弱聖女でしたが「死神」になって世直しします

蒼月海里

小学館

SAIJYAKUSEIJYO DESHITAGA
SHINIGAMI NI NATTE YONAOSHI SHIMASU
KAIRI AOTSUKI

世界の生命は女神クレアティオが生み出した。

天に輝くクレアティオが西の地平線へと姿を隠す時、密かな輝きを持ったエラトゥスが闇夜を照らす。

それが繰り返される中、四柱の神々が世界を彩る。

水神バーシウムがまどろんで海となり、地神フマニタスが作物や鉱物を育み、風神ウェントゥスが世界の隅々にまで祝福を行き渡らせた。

そうして世界に数多の種族が生まれる中、炎神サピエンティアは弱き種族である人類に火の扱いを教えた。

その結果、人類は真っ先に文明を持ち、他の種族の侵攻を防ぐべく城壁を積み上げ、世界は人類と人類以外の種族に分かれた。

人類は人類以外を魔族と呼び、恐れ、蔑み、退けながら歴史が作られていった――。

序章

最強魔王、王位継承す

SAIJYAKUSEIJYO DESHITAGA
SHINIGAMI NI NATTE YONAOSHI SHIMASU
KAIRI AOTSUKI

「人間と我らの戦が増えている」

薄闇に包まれた聖堂にて、年老いても尚力強く、厳かな声が響く。

声の主は闇の奥にいた。

かつて聖堂は、主の迸る生命によって眩いほど照らされていたが、その人生は黄昏を迎えている。

落日を見守らんとしているのはただ一人の男。黄金の髪の美しい彼は、神妙な面持ちで主と向き合っていた。

「我らは、多様でいてそれぞれが強靭な種族の集まり。気の遠くなる年月を経て、ようやく議会を整え、議長を立てるに至ったが、その長がこの有り様よ……」

「議長じゃなくて魔王——だぜ。親父殿」

男が皮肉めいた口調でそう言うと、闇の奥から生暖かくて強い風が吹いた。それは、主が鼻で笑った吐息であった。

「儂に王という器は似合わん。ドワーフ長がこしらえた王冠も、ついぞ被らなかった」

「なら、俺にもそいつは似合わないぜ。よりによって、今際の際に呼んだのが放蕩者にして末子の俺とは。魔王様も耄碌されたもんだ」

「お前が我らの領地のみならず、人間の領地にまで赴いてふらふらしているのは知っている。だが、お前に目的があることも知っている」

「……どうだかな」

男はそっぽを向いた。

「多様な民が暮らすさまを見、多様な民と交わったお前こそが、次の時代を作るべきだと思っている」

「そいつは買いかぶりすぎだ」

男は、間髪を容れずにそう言った。

「儂は戦を望まない。だが、お前の兄姉は昨今の人間の侵攻に苛立ちを覚えている。あやつらが王となった日には、どうなるか想像がつくだろう？」

「……争いは嫌いじゃねぇが、無力な民を巻き込むのは頂けねぇな」

「今のままでは、大きな争いが起きる。無用な犠牲者を出さないためには、火種を一つ一つ潰すしかないのだ」

「そいつを、俺にやらせようっていうのかい？」

「儂がお前に王位継承した後、議会を開いて決を採って正式な王を決めても構わん。

その際、儂のような穏健派が選ばれるかはわからんがな」

「脅迫じゃねぇか」

男は嗤った。選択肢などないのだ。

だが、悪くはない。スリルを好む男にとって、課せられたものが難題であればあるほど、面白いと感じるのだ。

「息子よ、改革は一人では成し遂げられない。必ずや仲間を募るのだ。辺境の村に今、大きなひずみが生じようとしている」

「辺境の村に？　そいつは、自分の目で見に行きてぇな」

男が聖堂の窓の外を見やる。

「そこで……どうか……」

消え入るような声。

その瞬間、聖堂をわずかに照らしていた輝きが、完全に消えた。

「親父殿？」

その代わりに、眩い流れ星が山の向こうへと軌跡を描く。まるで、道筋を示すように。

「……ゆっくり休みな」

闇へ向かって弔いの言葉を添えると、男は振り返らずに聖堂を後にしたのであった。

第一章

最弱聖女、死神として覚醒する

SAIJYAKUSEIJYO DESHITAGA
SHINIGAMI NI NATTE YONAOSHI SHIMASU
KAIRI AOTSUKI

「緊急救済だ！」

　辺境の村パクスにある質素な教会に、けたたましい鐘の音が響いた。

　村の者が寝静まる深夜であったが、常駐の司祭や当直の聖女は、教会裏の搬送口に駆けつける。

　荷馬車で運ばれてきたのは冒険者二名。剣士（フェンサー）とシーフだ。付き添いの女性ソーサラーは半狂乱で泣きじゃくっている。

　フェンサーは全身に大火傷（おおやけど）を負っており、シーフに至っては身体（からだ）の半分が原形を留（とど）めていない。いずれも死亡判定を免れないだろう。

「解析魔法で症状確認！　脈を測って！」

「はい！」

　聖女たちのリーダーである聖女長が指示すると、見習いと思（おぼ）しき聖女が頷（うなず）き、運び込まれた二名に解析魔法を施す。彼らの状態が即座に可視化され、他者との共有が可能になった。

「何があったのです？」

司祭はソーサラーを宥めるように、やんわりと尋ねる。ソーサラーは涙と鼻水で顔をぐちゃぐちゃにしながら答えた。

「うぐっ……ひぐっ……盗賊団の……アジトを壊滅させようと思ったら……罠があって……」

シーフの状態が酷いことから、シーフが罠を解除し損ねたことがわかる。司祭はソーサラーについてやりつつ、解析魔法を使った見習い聖女の方を見やった。

「解析結果は」

「両名とも心停止しています。しかし、フェンサーさんは蘇生可能です」

「わかりました。蘇生儀式の準備は」

「できています」

教会の奥から、凛とした声が響いた。

烏羽玉の黒髪をボブカットに切り揃えた、美しい少女であった。

他の聖女と同じ純白の法衣を身にまとっていたが、あまりにも凛々しいラベンダー色の双眸は、責任感に燃えている。

場の空気が一変する。他の聖職者とは一線を画した雰囲気。

事実、彼女が現れた瞬間、聖職者らからは安堵の溜息が漏れた。

「アリス・ロザリオ」

司祭にアリスと呼ばれたその少女は、「はい」と返事をした。

「あなたの救済が必要です」

「我らが神クレアティオの名にかけて、必ずや」

冒険者一行は、アリスとともに奥の部屋に通される。

豊穣神（ほうじょうしん）クレアティオの聖像が見守る、救済措置のための儀式部屋である。聖女らは各々の配置につき、結界を展開して儀式に不要な魔力を遮断した。

「お願い……助けて……」

ソーサラーは床にひれ伏さんばかりに懇願する。そんな彼女に、アリスは言った。

「顔を上げてください。救済可能な方を救済します。クレアティオに代わって善なる人々に尽くすのが、我ら聖女の役目です」

アリスの言葉に、聖女一同は頷く。

フェンサーは部屋の中心のベッドに横たえられ、アリスがその前に立つ。

フェンサーの全身はひどく焼けただれ、もはや、男女の判別すらできない。同パーティーのソーサラーがいなければ、身元不明の遺体として処理されていたことだろう。

アリスは解析魔法の鑑定結果を見やる。

呼吸なし。心機能停止。生き物としては、死んでいる。ここから少しずつ時間をかけて、肉体が崩壊していき、それにともなって魂も散り散りになっていき、死が身体を蝕んでいく。

だが、心機能が停止してから間もない。

忍び寄る死を振り払うように、アリスは高らかに唱えた。

「クレアティオの代行、アリス・ロザリオが行使する！　生命を繋ぐ扉を開放し、かの者の死を退けよ！」

刹那、室内が力強い光に満たされる。

あまりの眩さにソーサラーは目を細めた。聖女らは結界を維持しながら、司祭は祈りながら、アリスの魔法――いや、奇跡を見守った。

危篤状態であったフェンサーの焼けただれた身体は清浄な光に包まれ、損傷した組織が急速に回復する。焼け落ちたはずの皮膚も再生し、フェンサーが力強い男性であったことが明らかになった。

フェンサーの肉体の隅々まで奇跡が行き渡ったのを確認すると、司祭は一糸まとわぬ彼に貫頭衣を着せてやる。

ソーサラーは奇跡を目の当たりにし、唖然としていた。

だが、フェンサーの瞼がピクリと動き、唇から呻き声が零れた瞬間、ソーサラーの痛ましい涙は喜びの涙に変わった。

「生き……返った……？」

「蘇生魔法です」

　司祭が間髪を容れずに解説した。

「当教会に所属するアリス・ロザリオは、デルタステラ王国内でも数えるほどしかいない蘇生魔法の使い手なのです。彼女の力なくしては、彼は蘇らなかったでしょう」

「蘇生魔法!? そんな高度な魔法を使える方が辺境の地にいるなんて！」

　ソーサラーは驚嘆しながらアリスを見やる。が、アリスは目を伏せるだけであった。

「うう っ……」

　フェンサーはゆっくり上体を起こそうとする。ソーサラーは慌ててそれを手伝った。

「ああ、目が覚めたのね……！」

　ソーサラーは感極まってフェンサーの手を取る。剣を握るための厳つい手は、力強さをすっかり取り戻していた。

「……俺は……盗賊団のトラップで死んだはずじゃ……」

「聖女様が蘇生してくれたのよ！　真っ黒こげになったあなたを！」

「そいつは、マジか……。死者蘇生なんて噂くらいしか聞いたことがなかったが、まさか、行使できる聖女様がいるとは……！」

　ソーサラーに促され、フェンサーはアリスの方を見やる。

　だが、アリスの表情は優れなかった。

　他の聖女たちもそうだ。司祭もまた、神妙な面持ちで頭を振る。

　部屋の一角に、静かに横たえられた遺体があった。見るも無残なその遺体は、フェンサーとともに運び込まれたシーフのものだった。

「あいつは……これから蘇生してくれるのか？」

　フェンサーの問いに、アリスは首を横に振った。

「なんでだよ！　俺なんかよりあいつを蘇生してくれよ！　あいつがレベルに見合わないトラップを解除しようとしたのは、俺が無理矢理やらせたからなのに……！」

　フェンサーは、アリスの胸ぐらを摑もうとする。

「あのっ……！」

　両者の間に、見習い聖女が割って入った。

「あちらの方は、心機能が停止してから時間が経っていたんです。蘇生不可能だったんです！」

「蘇生不可能だと？　死人を生き返らせるのが、蘇生魔法なんじゃねーのかよ！」

　フェンサーの怒りに満ちた拳が、見習い聖女に向けられる。

　だが、フェンサーが殴りつけたのは、見習いをかばったアリスだった。

　ゴッと鈍い音が響く。

「アリス先輩！」

見習い聖女の悲鳴があがる。

「そんな……！　私の代わりに殴られるなんて……！」

「気にするな。それよりも、彼らには説明が必要だ」

事の次第を見ていた者たちの顔が青ざめ、フェンサー本人ですら気まずい顔をするが、ただ一人、アリスだけは怯まなかった。

白絹で編まれたかのような右頬を殴打されても尚、彼女はフェンサーを真っ直ぐ見つめていた。

「蘇生魔法とは、心停止して間もない対象の生命活動を正常に戻す魔法です。心機能が停止すれば、時間経過とともに肉体が維持できなくなり、魂が散らばっていく。生命が崩壊した者を呼び戻す手段はありません。少しずつ生命活動が停止したあなたとは違い、シーフの方はトラップで即死され――」

「う、うるさい！」

アリスの説明を、フェンサーが遮る。

「難しい御託なんてどうでもいい！　あいつを蘇らせてくれって言ってんだよ！　金が足りないなら、金を積む。だから！」

フェンサーの悲痛な叫びが響く。彼も、頭ではアリスの説明を理解しているのだ。しかし、感情が追いつかず、ただ、悲しみに翻弄されるままになっていた。

状況を見かねた司祭が、フェンサーを止めに入る。

「可能ならば、我々も蘇生したいのです。しかし、蘇生魔法というのは迫りくる死を退けるものであり、完全に死に蝕まれた方は救済できないのです。我々にできるのは、魂に正しい道をしめすことくらいしか――」

「俺の言うことが聞けないっていうのか！　お前ら全員、レベル1で最弱のくせに！」

フェンサーの悲しみは怒りになり、八つ当たりをするように叫ぶ。

「俺はレベル10なんだ！　お前らが束になっても勝てねぇんだ！　だから……っ！」

「やめなさい！」

ソーサラーの平手が、フェンサーの頬を叩く。痛々しい音が室内に響いた。

「どんなにワガママを言っても、あの人は帰ってこないの！　それどころか、助からないはずだったあなたを助けてくれた聖女様に手を上げるなんて！　一つの大きな奇跡を得た私たちは、聖女様に感謝すべきだわ！」

ソーサラーの怒りに対し、フェンサーは沈黙する。彼は頬を押さえ、ぐっと堪えた。

「わかったよ……。お前はレベル12だもんな。レベルが上の奴には従うさ」

「そんなこと言ってる場合じゃ……」

抗議するソーサラーをよそに、フェンサーはアリスたちに向き直る。

「……悪かったよ。俺のミスであんたらに手間をかけさせたし、その上、女であるあんたを殴っちまって……。本当に……悪かった」

「女だから殴ってはいけないとか、男だから殴っていいというものではありません」

アリスは毅然とした態度で応じた。

「……すごいな、あんたは。痛くないはずないのに、眉一つ動かさねぇ……。聖女様っていうより、歴戦の戦士みたいだ……。それに比べて俺は、仲間を喪って……教会の連中にまで迷惑をかけて……本当に……カッコ悪いよな」

フェンサーの腕は力なくだらりと下がり、両眼からはポロポロと涙が零れる。失意の彼に、ソーサラーがそっと寄り添った。

「聖女様、司祭様。仲間を弔ってやりたいんです。仲間が夜を照らす従神エラトゥスのもとへ行けるよう、儀式をお願いできますか……？」

「勿論ですとも。今すぐ、儀式の準備を致しますので」

司祭がソーサラーに応じ、聖女長が他の聖女を促す。

フェンサーは生きる屍のような足取りで司祭に案内され、ソーサラーもまた、それに続こうとした。

「聖女様」

「はい」

ソーサラーに呼ばれ、アリスが応える。

「彼のことは、本当にごめんなさい。そして、彼を生き返らせてくれて有り難うございます」

「私は自分の役目を全うしただけです」

「そう……。でも――」

ソーサラーはそう言いかけて、口を噤んだ。

彼女は深々と一礼したかと思うと、弔いの儀式に参加すべく教会の外へと向かう。

でも――。

その後に続く言葉を、アリスは察していた。

もう一人の仲間も、蘇生できれば良かったのに。

ソーサラーも、フェンサーもまた、それが不可能だということはわかっているのだろう。だが、頭でわかっていても、心が納得するとは限らない。

アリスも同僚の聖女とともに儀式へ向かおうとしたが、聖女長が目で制止した。

「あなたたちは残りなさい。弔いの儀式であれば、私たちだけでも充分だから」

「しかし……」

「アリス、あなたは大役を果たしてくれました。失うはずだった命を一つ救済したのですから。あなたの働きにクレアティオは満足されているでしょう。しばしの間、

「ゆっくりとお休みなさい」

やんわりと労わるような視線。その先に、泣きそうな顔で震えている見習い聖女と、腫れたアリスの頬があった。

「わかりました」

アリスは聖女長を見送り、見習いとともに教会の裏手にある井戸へと向かう。

「アリス先輩、ごめんなさい……。私がちゃんと説明できなかったせいで、アリス先輩の綺麗な顔がこんなことに……」

見習い聖女は震える声で言った。彼女の名はミレイユ。数週間前に聖女の資格を得、パクスの教会に所属することになった。

「いいんだ。気にするな」

「あの、治癒魔法を……！」

「冷やしておけば治る。この程度で奇跡を行使しなくていい」

アリスは、申し訳なさそうなミレイユを視線でやんわりと包み込んだ。

外に出ると、夜の風がひんやりと頬を撫でた。

空はよく晴れていて、彼女らの世界を公転する衛星――いわゆる、月に相当するものだ――がぽっかりと浮かんでいる。

夜の闇を照らすその衛星は、エラトゥスという名の神として崇められていた。エラトゥスは夜を往く人々を闇から守り、死者の魂を迎え入れるという。

ゆえに、弔いの儀式はエラトゥスが顔を出している時に行う。死者の遺体に火を放って火葬し、煙とともに魂を天まで届けるのだ。

エラトゥスの姿は欠けているが、空は雲一つない。シーフの魂は迷うことなく然るべき場所に行けそうだ、とアリスは少しだけ安堵する。

アリスは井戸水で頬を冷やすと、しょんぼりしているミレイユの頭をそっと撫でてやった。

「後輩を守るのが先輩の役目だしな。ミレイユが気にすることはない」

「でも、私があの時、しゃしゃり出なければ……」

「ミレイユは正しい説明をしようとしただけだ。それに、私を庇おうとしてくれたんだろう？」

「そ、それは……」

アリスが微笑むと、ミレイユは照れくさそうにうつむく。

「君は優しい。いい聖女になる」

「あわわ、憧れのアリス先輩のお墨付き……！」

「大袈裟だ」

「大袈裟じゃないです！」

アリスの否定に、ミレイユは目を見開いて反論した。

「アリス先輩はみんなの憧れです。美人で頭も良くてカッコいいですし、正義感が強くて優しいですし！　村の『旦那さんにしたいランキング』一位ですよ！」

ミレイユは興奮気味に拳を振り上げるが、アリスは苦笑を漏らした。

「生憎(あいにく)と聖女は未婚である必要がある。そして私はこの仕事を辞めるつもりはない」

「くっ……！　私たちの戯れみたいなランキングに真面目に答えちゃうところと、仕事第一のストイックさが素敵なんですってば……！」

ミレイユは両手で顔を覆って悶絶(もんぜつ)する。

聖女とは、教会に所属して奇跡を起こす女性のことを指す。

聖女の資格は、特定の神の敬虔(けいけん)なる信徒であることと、処女であり未婚であること、そして、厳しい資格試験に合格した者のみに与えられる。

その後、彼女らは奇跡を求める人々のために働くことになる。怪我(けが)や病気をした者に治癒魔法を施し、出産に立ち会って母子の無事を見守り、死者の魂が正しき道を辿(たど)れるように弔いの儀式を行う。

聖女が多い地域は医療体制が充実していると言っても過言ではなく、住民の平均寿命が延び、出生率が上がり、必然と栄えるようになる。

だから、聖女の需要は高く、アリスらがいる辺境の村パクスも、村ぐるみで聖女の誘致に力を入れていた。

「シーフの方は……本当に残念でした。解析魔法で心停止してからの時間がわかったんですけど、蘇生可能範囲を超えていて……」

「そう……だな。私は自分の無力さを思い知らされたよ」

「そんなことない！」

声を張り上げるミレイユに、アリスが目を丸くする。

「先輩は凄(すご)いです！　超難易度が高い蘇生魔法を会得しているし、助からないはずの冒険者さんを助けたんですよ！　それなのに、あの人……！」

フェンサーの無礼な言動を思い出したのか、ミレイユはぶるぶると拳を震わせる。

「私たちがレベル１なのは当たり前じゃないですか。レベル制度は冒険者のためのもの。冒険に出て経験を積まなければ上がらないのに！」

この世界には、レベル制度というものが存在していた。

冒険に必要な技術をレベルとして可視化したもので、それらは冒険者に支給されるタリスマンが解析してくれる。

もともとは、世界各地に巣くう魔物と戦う際、冒険者が無謀な挑戦をしないよう配慮して導入されたシステムだが、いつの間にか、それが格差を齎(もたら)すこととなった。

ミレイユが言ったように、飽くまでも冒険者に対して最適化されたシステムなので、冒険に出ない聖女や司祭はレベル1――最弱判定になるのである。

「冒険者――か」

アリスは遠い目で呟(つぶや)いた。

「私がなぜ、蘇生魔法を習得するに至ったか知ってるか?」

「えっ、知らないです。っていうか、アリス先輩の秘密エピソードが聞けちゃうんですか?」

ミレイユがずいっと迫る。だが、アリスは自嘲めいた笑みを漏らした。

「大した話じゃないさ。司祭様も聖女長も知ってる。私は元々、冒険者になりたかったんだ」

「冒険者に!? そりゃあ、冒険者は表舞台に出られて華やかですし、一攫千金(いっかくせんきん)が狙えて夢のある仕事ですけど、聖女の方が生活が安定してるのに……」

「華やかで一攫千金が狙えるからじゃない」

アリスは、やんわりと否定した。

「冒険者は常に、死と隣り合わせだからだ。危険地帯に赴き、時に強力な魔族と戦い、そのまま帰ってこない者たちが後を絶たない。蘇生魔法を会得した聖女がいる教会も限られているし、運び込んだ時には手遅れということも多い」

「そう……ですね。さっきのシーフの方みたいに……」

ミレイユは、教会の方を見やる。

教会前の広場からは、白い煙がゆるゆると昇っていた。今ごろ、司祭や聖女長たちが弔いの儀式を行っているのだろう。

「もし、私が現場にいたら……全員助けられたかもしれない。そうは思わないか」

「それは……！」

ミレイユは答えに困る。それは、肯定しているも同然だった。

「蘇生魔法は、心停止になった時点から間もなければ間もないほど成功率が高い。だから私は、常に冒険の最前線に出て、彼らとともに戦い、彼らの命を一つでも多く繋ぎ留めたいと思ったんだ……」

「それでわざわざ、蘇生魔法を会得して冒険者になろうと……」

悔しげなアリスに、ミレイユは絶句する。

「た、確かに、アリス先輩が言ってることは正しいです。けど、蘇生魔法を習得するには猛勉強をして厳しい修行もしなきゃいけないじゃないですか。それなのに、冒険者は一瞬で死ぬかもしれないんですよ!?」

理解が出来ない、と言わんばかりのミレイユに、アリスは諭すように問う。

「君は何故（なぜ）、聖女に」

「それは……、聖女としての実績を積めば、いつか、王都の大聖堂にスカウトされて、故郷に錦を飾れるんじゃないかと思って……」

「なるほど。強(したた)かな理由だな」

「私、本当にダメな奴で……。幼いころから両親に迷惑ばっかりかけて……。だから、出世をしたら、両親に仕送りをいっぱいして、美味(おい)しいものをいっぱい食べてもらいたいんです」

しどろもどろにそう言うミレイユを、アリスは眩(まぶ)しそうに見つめていた。

「アリス先輩も……冒険者よりも聖女の方がずっと、ご両親は喜ぶのではないでしょうか」

「……私の両親は、とうに死んだ」

「あっ……」

ミレイユはとっさに口を噤む。

「別にいい。死別して久しいし、もう、慣れてしまった」

「アリス先輩は……どうして聖女に？」

ミレイユは遠慮がちに尋ねる。

「スカウトだよ。蘇生魔法会得後に司祭様からスカウトされて、村長に背中を押され、聖女になった。ここの教会は、蘇生魔法が使える聖女が欲しかったらしい」

「確かに、蘇生魔法が使える聖女なんて、王都かそれに匹敵する大都市じゃないといないですし……」

アリスたちがいるパクスという村は、辺境にあるので交易が盛んではない。気候がいいので自給自足が可能で、生活していくぶんには問題ないが、村が発展して町になることで、人々は更に豊かになるはずなのだ。

そこで、聖女である。

蘇生魔法が使える聖女がいる村であれば、冒険者が拠点にしやすい。そうすれば、冒険者相手に商売ができて経済が回るし、物資に多様性も生まれるだろう。

アリスの肩には、村の発展計画が重くのしかかっていた。

「私はアリス先輩とお会いできたのは嬉しいですし、アリス先輩に危険なことをして欲しくないですけど、アリス先輩的には……聖女をやってるってどうなんですか？」

「村長は身寄りのない私を援助してくれた。司祭様もだ。その恩には応えたい」

「でも、冒険者に未練があるんですよね」

「……そうだな」

「抜け出しちゃいます？」

ミレイユは、悪戯っぽく言った。

「なっ……！　それは、駄目だろう。あまりにも無責任すぎる……」

「ですよね。真面目なアリス先輩が乗ってくれるわけないかぁ」

ミレイユは溜息を吐く。

「当たり前だ。なにを考えているんだ、まったく」

「でも先輩」

ミレイユは、間髪を容れずに続けた。

「私、アリス先輩には幸せになって欲しいんです。だって先輩、いつも眉間に皺を寄せてるし。先輩が笑ってくれるなら、私、何だってやりますもん」

「私は——幸せだよ。今でも、充分」

「えー、うそうそ！」

抗議するミレイユであったが、彼女の頭に、アリスはそっと手のひらを乗せた。

「君のような優しい後輩に親切にしてもらえるのだから、幸福者だよ」

アリスの桜色の唇に微笑が添えられる。凛々しくも美しい、極上の笑みであった。

それを見たミレイユは、声にならない悲鳴をあげそうになる。

「ぎゃああああっ！」

だがそれは、断末魔の悲鳴にかき消された。

「何事だ！」

アリスはとっさに、ミレイユをかばうように構えた。

声は、教会の表にある広場からだ。今は、弔いの儀式をしているはずなのに。

息を殺して窺(うかが)っていると、広場の方からふらふらと誰かがやって来た。

「司祭様！」

アリスとミレイユが駆け寄る。

だが、彼女らが辿り着く前に、司祭は力なく地に伏した。

「これは……！」

司祭の背中は、血で染まっていた。刃物でバッサリと斬られているのだ。

「治癒魔法を……！」

治癒魔法の準備をしようとするアリスを、司祭は震える手で制した。

「いいんです……」

「しかし！」

「私に構ってはいけない……。あなたたちは、逃げなさい……！」

司祭の口から、ごぼっと血の塊が溢(あふ)れ出す。彼は目を剥(む)いたまま、その場でこと切れてしまった。

「うそ……何が……」

ミレイユは混乱し、震えている。

「そ、蘇生魔法を……」

アリスはとっさに呪文を唱えようとするが、司祭の言葉を思い出した。

司祭は自分に構わずに逃げろと言った。危険が迫っているのだ。

「ミレイユ……隠れろ。それか、逃げろ」

「先輩は!?」

「私は、状況を見極める……！」

すぐに避難するつもりで、アリスは教会の陰から広場の様子を窺った。

「なんだ……これは……」

アリスを待っていたのは、まさに地獄の光景であった。

儀式のために積み上げられた薪も、シーフの遺体も、広場中にぶちまけられて転がっている。

それだけではない。儀式をしていたはずの聖女たちも血まみれで、村人たちも無残な姿で転がっていた。

突如としてアリスを襲う惨劇。

その中心にいたのは――。

「ヒャッハー！　奪え、奪えぇぇ！」

「食糧庫を探せ！　物資を根こそぎかっぱらえ！」

十数人のならず者たちだった。

ただのならず者ではない。過剰に棘の装飾が施された、鉄の装備をしている者もいる。ある者は馬に乗り、無暗に鋲を打たれた鞍の上にまたがっている。ある者は髪を逆立て、ある者は髑髏のタトゥーで身を飾り、ある者は筋骨隆々の素肌にレザーアーマーをまとっていた。

武装した盗賊団だ。

彼らは村に火を付け、逃げる村人を捕まえては暴力の限りを尽くし、平和だった村を血で染めていく。

「逃げ……ろ」

アリスの耳に、掠れた声が届いた。

見ると、ぼろ雑巾のようになり、ならず者たちに踏みつけにされた二人組がいる。血で汚れ、泥にまみれた服に、見覚えがあった。

冒険者のフェンサーとソーサラーだ。

ソーサラーは既にこと切れているのか、胸に無数の矢を受けて人形のように空を仰いでいる。

フェンサーもまた、意識があるのが不思議なくらいだ。両脚が完全に折れ曲がり、片腕があらぬ方向へと歪んでいた。

「すま……ない。俺たちのせいで……こいつらが……」

フェンサーは息も絶え絶えに何とかそう言うと、血だまりの中に顔を埋めた。

血しぶきが舞うのを眺めながら、アリスは状況を即座に理解した。

このならず者たちは、フェンサーらが仕留め損ねた盗賊団だ。

冒険者が盗賊団を壊滅させようとする主な理由は、冒険者ギルドに依頼があるためだ。冒険者ギルドに依頼を出されるくらいの盗賊団というと、悪名高いものである場合が多い。悪逆非道の限りを尽くす彼らを見れば、それは明らかであった。

彼らは恐らく、フェンサーとシーフを運んだ荷馬車の轍(わだち)を追って、村までやってきたのだろう。そして、自らに降りかかった火の粉を完膚なきまでに払った上で、たまたまそこにあった無関係な村を襲おうというのだ。

フェンサーは、自分たちのせいだと言っていた。

だが、彼らは盗賊団から逃げることもできたはずだ。それなのに、身を挺(てい)して村を守ろうとした。二人の嬲(なぶ)られたような傷を見れば、盾になろうとしたことは容易に悟れる。フェンサーらは、彼らなりに筋を通そうとした。

しかし、盗賊団はそれを嘲笑(あざわら)って蹂躙(じゅうりん)した。

「なんだぁ？　まだ女がいるじゃねーか」

「気を付けろ。そいつは聖女だ」

禍々(まがまが)しい装飾が施された黒馬に乗った男が、ぴしゃりと警告した。立ち振る舞いからして、その男がリーダーなのだろう。

「ああ。こいつもっすか。傷ついた連中に治癒魔法を使うウザい奴。その割には、バッサリ斬ったらあっさり死んじまってよ」

下っ端の盗賊は、ヘラヘラと笑いながら、そばで倒れ伏している聖女長の頭を蹴り上げる。

「貴様ッ！」

上司の躯を足蹴にされて黙っていられるほど、アリスは冷静でも薄情でもなかった。

正義感と激情に燃えたアリスは、怒髪冠を衝く勢いで盗賊に摑みかかろうとしたが、盗賊の動きの方が遥かに早かった。

「おらよ！」

「ぐふっ……！」

盗賊の拳がアリスの鳩尾に食い込む。アリスはたまらず、人々の血に濡れた地面に倒れ込んだ。

「アリス先輩！」

アリスが心配で様子を見ていたのか、ミレイユが飛び出す。来るな、とアリスは叫ぼうとしたが、声にならなかった。

「おっ、聖女がもう一人」

「ひっ……！」

盗賊たちは、あっという間にミレイユを取り囲む。無力なミレイユの必死の抵抗も虚しく、彼女は盗賊たちに捕らえられてしまった。

「へっへっへ、二人とも上玉じゃねーか」

盗賊の下卑た笑みに怖気が走る。

「やめろ。こいつらは神の加護を受けてんだ。下手な真似をしないで、さっさとぶっ殺しちまえ」

「へいへい。リーダーは用心深いことで」

「聖女じゃない村の女ならば何をしてもいい」

リーダーの言葉に、盗賊たちは歓声をあげる。

「いいわけ……ないだろ……！」

アリスは痛みに耐えながら起き上がろうとするが、あっという間に組み伏せられてしまう。どんなに抵抗しても、びくともしない。

「アリス……せんぱい……」

ミレイユのか細い声が聞こえる。彼女の頭上には、盗賊の斧が振り上げられていた。

確定された死の運命。それでも、ミレイユは健気にアリスに微笑む。

「もっと……せんぱいを幸せにしたかった……」

「ミレイユ！」

ミレイユの頬に涙が伝うと同時に、彼女の首に斧が振り下ろされる。ミレイユの生温かい血が、アリスの頬に飛び散った。

「ばかな……」

動かなくなったミレイユ。そして、同僚たち。

自分が育った村と、優しくしてくれた村人たちは蹂躙され、アリスの軌跡が崩れ去っていく。

全てが失われていく。あっという間に燃えていく。

なんたる暴虐。なんたる非道！

失意が。そして怒りが。

アリスの痛む身体を焦がし、血が混じった涙を流させた。

この蛮行、許してはおけないッ！

「じゃあな、聖女さんよ」

だが、何もかもが奪われたアリスの世界もまた、盗賊の凶刃によって閉ざされたのであった。

熱い。痛い。苦しい。

苦痛が少しずつその身を焼き、アリスは死というものを体感した。

やはり、死は突然やって来るものではない。少しずつ生命を蝕むものなのだ。

徐々に肉体から魂が引き剝がされて、自己と他者の境界が曖昧になるのを感じる。

自分が蘇生魔法を施してきた人々も、この苦しみを体感したのか。そして、ミレイユも――。

＊　＊　＊

「起きろ」

冷ややかな声とともに、アリスは目を覚ました。

彼女を迎えたのは、漆黒の空間であった。

「ここ……は？　エラトゥスのもとか……？」

「いつまで寝ぼけているつもりだ。貴様は、かの従神のもとに行ける器ではない」

辛辣な声がアリスに降り注ぐ。

アリスが身体を起こすと、目の前に、仮面の人物が佇んでいた。

「……何者だ？　私は、死んだはずでは……」

「そう。貴様は死んだ。そして私は、死神だ」

「死神……だと？　自ら神と名乗るか。ふざけた奴だ。死者を救済するのはエラトゥスだけだ」

死神と名乗った人物は仮面のみならず全身を隠すマントもまとっており、正体は全くわからなかった。

だが、不思議と不気味さや不快感はない。態度こそ不遜そのものであり、アリスは腹立たしさを感じたものの、それと同時に、妙な懐かしさを覚えていた。

「貴様の言う通り、私は死者を救済しない。屍を積み上げるしか能がない存在だ」

屍。

死神の口からそう紡がれた瞬間、アリスは反射的にミレイユのことを思い出した。

「ミレイユは、みんなは……！」

「死んだ。それは貴様も見ただろう」

「みんなが、死――」

自分のことよりも、ミレイユや教会の人々、そして、村人たちや冒険者たちが命を失ってしまったことの方がこたえた。彼らには、未来があったはずなのに。

よりにもよって、あの下賤な輩に善なる魂が奪われるとは――！

「取り戻したくはないか？」

「なんだと……？」

「貴様の取り戻す力は、奪う力にもなる」

取り戻す力とは、蘇生魔法のことだろう。しかし、奪う力とはどういうことか。

「貴様は奪われる悲しみを知った。他の者にその悲しみを味わわせないためにも、奪う者から先に奪ってやるといい」

死神は、アリスにそっと手を差し出す。漆黒の手袋をはめた、男のものか女のものか、それとも人間かもわからない手だ。

しかし、気付いた時には、アリスは手を差し伸べていた。

死神の手に触れた瞬間、身体の奥で何かが弾(はじ)けた。閉ざされていた扉が開き、自分の中で何かが目覚めるのを感じる。

「なんだ……この感じは」

「奪う力——即死魔法を使えるようにした」

「即死魔法……だと⁉」

あまりにもさらりと言われた言葉の不穏な響きに、アリスは手を引っ込める。だが、もう遅いことは重々承知であった。

「命を救おうとした私を、他人に死を齎す存在にしたのか！」

「貴様が愚かならば、奪うだけの存在になるだろう」

死神は冷ややかに言った。

「世界には、多くを奪う輩がいる。そいつらに終わりを齎せば、結果的に奪われる者が減るはずだ」

「……そう……か」

盗賊団さえいなければ、とアリスの胸に暗い炎が宿る。

彼らの襲撃が防げれば、教会の人々や村人、冒険者たちも死ななかったはずだ。そして、ミレイユも。

「奪っていい命はない。だが、守らなくてはいけない命がある……」

アリスはぐっと拳を握り締める。

守るもののためであれば、命を奪うという禁忌を犯そう。善なる魂を守るためならば、どんな罪や罰を背負っても構わない。

「覚悟が決まったのならば、貴様を帰そう」

死神の言葉に、アリスは目を丸くした。

「帰すって、何処へ……？」

「貴様がいるべき世界だ。私はこれから、貴様の時間を奪って襲撃の前に戻す。新たなる力を駆使して守るべきものが守れるか。私は遠くから観察させてもらう」

「そんなことが……？　それじゃあ、ミレイユたちは……！」

「彼女らを生かすも殺すも貴様次第だ、死神よ」

「私も……死神に……」

死神の言葉に、アリスは自らに宿った絶対的な力を自覚する。

盗賊団への怒りとともに身体中を駆け巡るその力は、自己を強く保たなくては身体の内側を食い破ってしまいそうだ。

「武運を祈る」

死神がそう告げた瞬間、目の前の闇は光に塗り潰され、奇妙な浮遊感に包まれる。

死神の別れの言葉がやけに悲痛に思え、アリスは胸に棘が刺さったような感覚のまま意識を手放した。

＊　＊　＊

アリスは、ハッと目を覚ました。

「アリス、あなたは大役を果たしてくれました。失うはずだった命を一つ救済したのですから。あなたの働きにクレアティオは満足されているでしょう。しばしの間、ゆっくりとお休みなさい」

聖女長の労わるような言葉。震えてうつむくミレィユ。

儀式部屋の天窓からはエラトゥスの光が射し込み、室内を柔らかく照らしていた。

「時間が……戻った？」

紛れもなく、襲撃前の儀式部屋での光景だ。

「アリス……先輩？」

ミレイユが不思議そうにアリスの顔を覗き込む。

彼女は生きている。再会の抱擁をしてやりたいのを、アリスはぐっと堪えた。

今はそれどころではない。

この場にいる皆を、惨劇から守らなくては。

「聖女長、皆さん、お待ちください」

アリスはとっさに、広場へと向かおうとする一同を引き留める。

「今、弔いの儀式をしてはいけない。盗賊たちに見つかることでしょう」

「なっ……！」

フェンサーとソーサラーの顔が青ざめる。

襲撃の際、弔いの儀式によって白煙が天に昇っていた。盗賊たちはそれを目印にしたため、到着が早かったのだろう。

「まさか、連中が俺たちを捜してるっていうのか!?」

フェンサーは身構え、ソーサラーもまた杖を構える。

二人は責任感が強い。我が身を犠牲にしてでも村を守るつもりだろう。

だが現実は残酷だ。盗賊の結束力は二人を凌駕(りょうが)し、村はあっという間に陥落した。

「荷馬車はどの道を辿りましたか？」

アリスが尋ねると、ソーサラーはハッとする。

「街道を真っ直ぐ……！　いけない……。轍の跡が……！」

「街道ですね。わかりました」

アリスは二人の前を通り過ぎ、教会の外へと向かおうとする。

「待ってくれ！」

アリスの背中を、フェンサーが引き留めた。

「盗賊どもの襲撃に備えるのなら、俺たちも行く！　いいや、あんたたちみたいな教会の連中に荒事なんてさせられない！　これは俺たちの問題だし、冒険者がやるべきことだ！」

「そうです！　聖女様はお下がりください！」

フェンサーとソーサラーが申し出るものの、アリスは首を横に振った。

「相手は数が多い。加えて、致死トラップを躊躇(ためら)いなく仕掛ける外道どもです。冒険者二人では荷が重い」

「なっ……」

フェンサーは抗議しようとするが、アリスの視線に射竦(いすく)められた。

「アリス先輩……目が……」

ミレイユが震えながら、アリスの双眸を指さす。

ラベンダー色だった美しい瞳は、血のように赤く染まっているではないか。

その目に込められた決意、闘志、そして、不穏な感情。それらを察した一同は、それ以上アリスを引き留めることができなかった。

「では――」

「ま、待ってください」

及び腰になりながらも、司祭が声をあげる。

「申し訳ございません。私は行かなくては」

「きょ、教会の責任者は私です。責任者の私が、危険な場所に行くあなたを止めなくては……！」

「では、私を追放してください」

「追放!?」

司祭のみならず聖女長やミレイユたちも目を丸くする。追放とは本来、問題行動を起こした聖女の資格を剝奪し、永久に教会に関われないようにすることなのだから。

「パクスの教会にとって、私は不名誉な存在になるでしょう。私は追放を了承しておりますので、そちらの任意で追放して頂いて構いません」

「そんな、自ら追放してくれと頼むなんて！　あなたの覚悟はそれほどまでに強いというのですか……！」

「二言はありません」

アリスはきっぱりと言い放つなり、教会を飛び出した。

「アリス先輩！　先輩がいなくなったら、私……！」

司祭たちの声に交じって、ミレイユの悲痛な声が聞こえる。だが、アリスは振り向かず、声を振り切るように走った。

「君は私がいなくても大丈夫だ、ミレイユ。さらばだ、みんな……！」

自分が救った人々は立ち直って、その分、他の誰かを救って欲しい。村のみんなに健やかに生きて欲しい。ミレイユには出世をしてもらって、親孝行をして欲しい。

そんな願望が浮かび上がる胸の奥に、今までなかったものが燃えているのに気付いていた。

死神と対峙した時に感じた、暗い炎である。

彼女の強い正義感を焦がすその感情の名前を、アリスは薄々理解していた。

殺意。そして、憎悪。

殺さなくては。弱き者を踏みにじり、善なる者を欺く愚か者たちを。

彼らから、一つたりとも奪われてはならない。

そのためなら、死神にだってなってやる。

エラトゥスの光が夜の街道を静かに照らし、街道についた轍の跡を浮かび上がらせている。

村の周りには山や森林があり、遠くからは見つけにくい。アリスは村の方を振り返ったが、白煙は上がっていなかった。

アリスの言いつけ通り、弔いの儀式を執り行っていないのだろう。

しかし、彼らがアリスを追って来る可能性がある。

その前に、片付けなくては。

街道の向こうから、松明（たいまつ）の灯（あか）りとともに荒々しい足音が聞こえる。人間のものと、馬のもの、そして、下卑た笑い声がアリスの耳に届いた。

「来たか」

アリスは道の真ん中で立ち止まり、仁王立ちになる。

やって来た集団もまた、アリスの前で停止した。松明の灯りに舐（な）められるように照らされたのは、紛れもなく、村を蹂躙した盗賊たちであった。

「なんだぁ？　女が一人でこんなところに。娼婦（しょうふ）……じゃねぇみたいだな」

松明を持った盗賊が、アリスをじろじろと見つめる。

「そいつは聖女だ」

禍々しい装飾が施された黒馬に乗った盗賊団のリーダーが、訝しげにアリスを眺めた。

「せ、聖女⁉　教会に閉じこもってお高くとまってる聖女様が、こんなところにいるったぁ。俺たちに相手して欲しいってことか、ん？」

松明持ちの盗賊は、ニヤニヤ笑いながらアリスに歩み寄る。だが、アリスは眉一つ動かさなかった。

「やめとけ。聖女に手ェ出して酷い目に遭った奴を見たことがある」

「ゲェ～！　こいつ、強いんすか⁉」

リーダーに止められた松明持ちの盗賊は、わざとらしく震えてみせた。

「純潔が神に守られてるんだよ。だが、純潔にさえ触れなきゃ問題ねぇ。世間では上級職だが、実戦ではレベル1の最弱職だ」

「ギヒヒィ！　レベル1⁉　えらそうな顔してレベル1っすか～」

「おい」

茶化す松明持ちの盗賊を無視して、アリスはリーダーに問う。

「貴様らは雁首揃えて何をしに行くつもりだ？」

「ああ？　俺たちを見ても眉一つ動かさない度胸は褒めてやるが、口の利き方には気を付けるんだな」

「答えろ」

凄むリーダーに対し、アリスは怯まない。アリスが睨み返すと、下っ端たちが一歩退いた。

「な、なんかこいつ、怖いっすよ」

「ピリピリしたものを感じる……。これは、殺気か……？」

一方、リーダーは不機嫌そうに鼻を鳴らしつつも、ふんぞり返ってみせた。

「面白い小娘だ。俺は寛大だから答えてやろう。先刻、冒険者ギルドから依頼を受けた間抜けな冒険者がアジトにおいでなすった。だが、俺たちはそいつらをアジトの前の罠で返り討ちにしてやったのさ」

「ほう？」

「たいしてレベルが高くない三人パーティーでよ。あれくらいならまとめて消し炭にしてやるはずだったんだが、シーフの奴が二人を庇っちまいやがって。フェンサーの野郎もソーサラーを罠が届かねぇところに突き飛ばして、台無しになっちまった」

「なるほど」

それで、シーフの遺体の損傷が最も酷く、逆に、ソーサラーは無事に生き延びられたということか。

「結束力が強かったんだな……」

だからこそ、シーフを蘇生できないと知ったフェンサーは、あそこまで動揺したのか。己が無力を感じるアリスに、盗賊団のリーダーは嗤った。

「そう！　お涙ちょうだいだったわけだ！」

ガハハと大笑いをするリーダーに、盗賊どももつられるように笑った。

実に耳障りであった。アリスの右拳に、自然と力が入る。

「……何がおかしい」

「おかしい？　いいや、楽しいのさ！　仲間に命を拾われて逃げおおせた獲物を追い詰め、徹底的に奪ってやることがなぁ！」

「なんだと……！」

「人生は、奪うか奪われるかだ！　そして人間は、奪われる奴と奪う奴の二種類しかいない！　俺は奪う奴！　わかるか、嬢ちゃん！」

「アリスだ」

「そいつが、嬢ちゃんの名前かい。ならば、アリスちゃんよ。俺たちはお喋(しゃべ)りに来たんじゃねぇ。間抜けな冒険者を狩りに来たのよ。村に逃げ込んだのなら、村ごと奪っちまうけどなァ」

凄むリーダーであったが、アリスは微動だにしない。

いつの間にか、エラトゥスの光が雲に遮られていた。ひんやりとした風が、一触即発の街道を駆け抜ける。

「貴様らに一つたりとも奪わせない。そのために、私が来た」

「正義の味方気取りってか？　たった一人でどうしようってんだ、聖女さまぁ～？」

松明持ちの男がアリスの顔を覗き込み、頬を舐めんばかりに舌を出す。だが、その舌がアリスに届くことは永遠になかった。

「触れるな」

アリスの血塗られた瞳が、冷ややかに男を映す。その瞬間、男の上半身と下半身は泣き別れになっていた。

「おげぇぇぇ！　俺の足が！　下半身が離れちまったぁぁ！」

男の上半身は宙を舞ったかと思うと、呆気なく地に落ちる。

盗賊たちは、何が起こったのかわからなかった。

その中で唯一、アリスだけが状況を理解していた。

自分の中に燃える暗い炎。一歩間違えれば、その身を焦がさんばかりの勢いのそれを、アリスは理性で制御する。

奇跡は信仰と知識で行使するものだが、これは違う。

荒ぶる感情に形を与え、強力な理性を以って矛先を向ける。

一歩間違えれば、自分も吹き飛んでしまいそうな強い力だ。しかし、これを御さなくては誰も守れない。

アリスの右手には、巨大な漆黒の鎌が携えられていた。

魂を刈り取る死の象徴。その禍々しき姿に、盗賊たちは慄いた。

「ひぃぃ！　なんだこいつ、強ぇぇ！」

「やりやがったッ！　一撃で殺しやがった——ッ！　こいつは、死神だッッ！」

死神。

その響きに、アリスは自嘲の笑みを浮かべる。

もはや、自分は聖女でも何でもない。死を齎す者なのだ。

街道に冷たい風が吹き荒れる。自然のものではない。アリスがまとった空気だ。

「私はアリス・ロザリオ」

大鎌を構え、アリスは名乗りを上げる。

「死神のアリスだッ！」

「は、ははは、はっ！　おもしれぇ！」

盗賊団のリーダーは額にじっとりと脂汗を浮かべて目を剝きながらも、虚勢を張る。

「俺は窮鼠団のティモシー様だッ！　手下をぶっ殺された借りは、テメェを切り刻んで返してやるぜぇ！」

ティモシーは大斧を掲げ、馬をいななかせてアリスに突進する。

「お前ら、一斉にかかれ！　妙な術を使うようだが、物量で攻めれば問題ねェ――――ッ！」

「お、押忍ッッッ！」

硬直していた盗賊団もまた、ティモシーに揮い立てられて一斉に飛びかかった。

得体の知れない力への恐怖、そして、一人の小娘に舐めた真似をされたという怒りがない交ぜになり、彼らの目からはおおよそ理性と呼ばれるものを窺うことはできなかった。

「くたばれッ！　死神ッッッ！」

「八つ裂きにして、ぶちまけてやるぜ――――ッ！」

一人減ったとはいえ、二人の冒険者を惨殺し、暴虐の限りを尽くして村を滅ぼした連中だ。レベル１の最弱聖女では相手にならない。

だが、アリスは退かない。彼らを見据えてこう叫んだ。

「貴様らは、私が処すッ!!」

アリスは咆哮とともに大鎌を振るう。

不思議と、盗賊たちの動きがよく見えた。彼らの命が、濁った魂が、アリスの瞳にはよく映るのだ。

それは一陣の風となって盗賊たちを横なぎにする。

アリスの大鎌の一閃。

風が、止まった。

「ん？　何ともねぇぞ？」

「なんだ、こけおどし——」

拍子抜けと言わんばかりの盗賊たちに、大きな亀裂が走る。

「粛清、完了だ」

「じゃ、ね、ねっ、たわばっ！」

ティモシーの巨体が、盗賊たちの身体が、ぐにゃりと歪み爆発四散。断末魔の叫びとともに返り血が降り注ぐのを、アリスは避けようともしなかった。

雲が途切れ、街道にやわらかい光が戻る。

逃げ出した馬とすれ違いに、心配した冒険者や教会の司祭や聖女たちが駆けつける。

だが、彼らを待っていたのは、血の海に佇む返り血まみれのアリスであった。

あまりの惨状に司祭は顔を覆い、冒険者たちすら顔を強張らせてアリスを見ている。

「な、何ということ……このような惨劇、前代未聞です……！」

「こんな酷い有り様、見たことがない……。モンスターが滅ぼした村ですら、こんな惨状じゃなかったぞ……！」

「一体、どんな術を行使したらこんな地獄みたいになるの……？」

恐怖。その場の皆が、アリスにその感情を向けていた。

まさに、死神となった者に相応しい扱いだ。

だが、その中で唯一、ミレイユだけがすがるような眼差しをアリスに向けていた。

「きっと、アリス先輩は私たちを救おうとして――」

ミレイユはアリスを信頼し、理解していた。アリスが、相手が悪党と言えどいたずらに殺めないということを。

修羅に身を落としたアリスにとって、それだけが癒しになった。そして、ミレイユが皆とともに生きていることが救いになった。

「アリス先輩、村に戻りましょう……。先輩は盗賊団から村を救ってくれた英雄です。村長やみんなも、アリス先輩のことを褒めたたえてくれますよ……」

「いいや。私の手はもう、汚れてしまった。合わせる顔がない」

大事な人々。だからこそ、死を誘う力を持った自分から遠ざけたかった。

きっとこれから先、自分には平穏は訪れないだろう。アリスは、修羅の道にミレイユたちを巻き込みたくはなかった。

アリスはミレイユに、そして息を呑(の)んで見守る人々に背を向けたまま、村とは反対方向へと去って行った。

第二章

最弱聖女、冒険者ギルドで悪漢を挫く

SAIJYAKUSEIJYO DESHITAGA
SHINIGAMI NI NATTE YONAOSHI SHIMASU
KAIRI AOTSUKI

街道沿いを、人目を避けるようにアリスは往く。

即死魔法。その威力を改めて思い出し、今更その身を震わせる。

アリスが生み出した大鎌は、即死魔法の具現化だ。あの刃に斬られた者には、速やかに死が訪れる。

だが、あまりにも制御が難しく、反動が強かった。

アリスの頭は割れるように痛く、一歩歩くだけでも茨(いばら)の冠で締めつけられるような激痛を覚える。内臓がひっくり返りそうなほどの違和感が残り、既に、二、三度吐いていた。

「水か……」

川が流れる音が聞こえる。

東の空には太陽――太陽系の中心の恒星とは異なるが、それに相当するものを比喩的にこう呼ぶ――の光が窺える。もうすぐ日の出だ。

最高神にして豊穣神のクレアティオは、太陽のことを指す。

クレアティオを信仰するアリスにとって、陽光は何よりも救いとなった。

日が昇れば人通りが多くなる。その前に、返り血まみれの身体を洗わなくては。

人間の血と脂の、酷い臭いだ。狼に見つからなかったのは幸いだろう。

「狼ですら私に近づきたくないのかもな」

アリスは自嘲の笑みを零す。

忌まわしき死の力。それを背負ったアリスは、今や生き物から疎まれる存在だ。

朝焼けによってうっすらと明るくなった空の下で、アリスは流れが緩やかな小川を見つけた。

岩陰に隠れ、死が充満するその身を清める。

禊ぎによって血肉の穢れは祓われたものの、まとっていた衣の血染めは取れない。

血は酸化して黒くなり、純白だった法衣は漆黒へと変わっていた。

「……この穢れた法衣こそ、今の私に相応しいのかもしれないな」

「手を汚したからって汚れたもんを着たままだと、お前さんの魂の純潔まで汚れちまうぜ？」

不意にした第三者の声。

アリスは驚き、清めたばかりの肢体を法衣で隠しながら、辺りを見回す。

「不埒者！」

「安心しな。成人したばかりのガキの身体に興味はねぇさ」

声とともに、アリスの頭に何かが放り投げられる。

服だ。漆黒であったが、血で穢れた色よりも遥かに気高い、夜の闇のようだ。

「やるよ。お前さんの高潔な心身は清らかな衣をまとってこそ、より輝くってモンだ」

アリスが見上げると、岩の上に男が座っていた。

曙光(しょこう)に照らされた金色の髪が、ひんやりとした風になびく。

逆光を受けるその男は、東方の民族衣装である長衫(ちょうさん)にも似た服をまとい、暗がりだというのにラウンド型の色眼鏡をかけている。

胡散臭(うさんくさ)いことこの上ないが、アリスはこの男から得体の知れないものを感じ取っていた。

この男、強い。そして、隙が無い。

冒険者ではないアリスは、相手のレベルを知るタリスマンを持っていなかったが、アリスが今まで出会った人物の誰よりも強いと確信していた。

「着な」

男は、アリスに与えた衣服を顎で指したかと思うと、背中を見せる。

有無を言わさぬ横柄な態度。だが、紳士的ではある。

見知らぬ男から渡された服を着るのは気が進まなかったが、法衣はもう、使い物にならない状態だ。

アリスは渋々と男から渡された服を身にまとう。

それは、女性冒険者用のワンピースであった。フリーサイズなのかピッタリとは言い難かったが、あちらこちらをベルトで調整して身体に合わせる。マントもついているし、旅をするのに最低限の防御力は期待できそうだ。

「終わったかい？」

気付いた時には、男は岩から降りて寄りかかっていた。

近くで見ると、凄みが増す。ピリピリした空気をアリスは肌で感じていた。

男は若く、すらりと背が高かった。色眼鏡越しでも、その容貌が妖艶なまでに優れていることがわかる。しかし、男の目つきは狼よりも鋭く、瞳は輝くような金色であった。

何者だ、とアリスは男を探りたくなる。

だが、それよりも先に言うべきことがあった。

「その……、服を提供してくれたことには感謝する。しかし、このように上等な衣服を渡されても、支払う金が……」

そのまま村から飛び出してきたアリスは、一文無しだった。そんな彼女に対して、男は「ふはっ」と噴き出した。

「な、なぜ笑う！」

「悪い、悪い。真面目過ぎだからよ」

男はひとしきり声を押し殺して笑ったかと思うと、色眼鏡越しに金色の瞳をアリスへ向けた。

「俺は、話す相手からクソみてぇな盗賊団の血の臭いがしてるのが我慢ならねぇだけさ」

「!?」

盗賊団、と聞いたアリスは、とっさに構えた。

この男は、知っている。アリスが窮鼠団と相対したことを。

「貴様……！」

「ユーロン」

何者だ、と問う前に、男が答えた。

「そいつが俺の名前さ」

「なっ……、わ、私は……」

「アリスだろう？　アリス・ロザリオ。死神の名を冠する者よ」

アリスはすっかり、ユーロンと名乗った男のペースに呑まれていた。

この男の目的は何か。一体、どこからどこまで監視されていたのか。

「警戒しなさんな。お前さんを悪いようにはしない。ただ、聞きたいことがあるだけだ」

ユーロンはアリスの前に立ちはだかる。

地平線から顔を出した太陽を背に、金色の髪を気だるげにかき上げながら。

「あの盗賊どもをぶち殺したのは、即死魔法だろ？　その力、どこで手に入れた」

「……お前には教えない――と言ったら？」

「そうだなァ……」

ユーロンが動く。

刹那、アリスもまた動いた。

右手から出現させたのは漆黒の大鎌。もはや、反射的な行動だった。

ユーロンから迸る殺気。それが、アリスを危機回避行動へと走らせたのだ。

殺さなくては、殺される。

アリスは大鎌をユーロン目掛けて解き放つ。

電光石火。教会にこもっていたとは思えないほどの速さとセンス。

しかし、アリスの鎌はユーロンの右腕が防いだ。

ギィンと金属音のような音がする。服の下に金属の籠手(こて)でも仕込んでいるのかという硬い感触だ。

いや、それよりも——。

「即死魔法が、発動しない……？」

ユーロンは無傷であった。窮鼠団は、無事では済まなかったのに。

ユーロンが右腕を振るう。刃が押し返され、アリスの勢いが戻された。

たたらを踏むアリス。集中力が切れて消失する大鎌。その眉間に、ユーロンの手刀が振り下ろされた。

ぴたり、と手刀は止められる。

手刀はアリスの前髪を掠めただけだったが、アリスの全身から大粒の汗が噴き出した。

もし、ユーロンが武器を持っていたら。もし、ユーロンが自分を殺す気であったら。

間違いなく、額を叩っ斬られて死んでいた。

「レベル差」

アリスの恐怖を見透かすように嗤いながら、ユーロンは言った。

「即死魔法は、レベルが開き過ぎている相手には効かない」

「つまり、私とお前のレベル差は……」

歴然ということか。

「レベル差って一言で言っちまったが、単純に実戦経験を積むことが大事ってやつだ。

その中で戦い方を学べば学んだだけ強くなる。お前さんの即死魔法は、殺気を叩き込んでるだけでまだまだ粗削りだ。俺ほどであれば、元々持っている魔法耐性と反作用魔法を組むことで防げる」

「……なぜだ」

「ん？」

「なぜ、お前ほどの力を持った者が、私にわざわざアドバイスをする。お前に……何の見返りがある」

アリスは警戒した眼差しでユーロンを見つめる。だが、ユーロンは色眼鏡をかけ直すと、にやりと笑った。

「面白いから」

「面白い？」

「そりゃそうさ。滅多（めった）なことでは得られない即死魔法。そいつをレベル1の人間の聖女が会得していて、盗賊団を皆殺しにしちまったんだぜ？」

皆殺し。

アリスは村を救うために、盗賊団を壊滅させた。しかし、悪逆非道な彼らもまた、一つ一つの命であった。

命を救うはずの自分が、命を奪う側に回ってしまった。その罪悪感が、アリスの胸を深く突き刺す。

「やっちまったもんは仕方がねぇだろ。腹を括れ」

ユーロンはアリスの背中を軽く叩く。励ましているつもりなんだろうか。

「お前さんだって、虐殺したかったわけじゃねぇんだろ？」

「……村を、救いたかった」

アリスは絞り出すように言った。

「んで、村は救えたのか？」

「ああ……」

「じゃあ、良いじゃねぇか。なんでも奪おうとする奴からは、なんでも奪っちまえばいい。自業自得。文句は言えねぇだろ」

「…………」

アリスはうつむく。

「真面目だねぇ。罪悪感なんて覚える必要ないのによ」

鼻でせせら笑いながら、ユーロンは肩を竦めた。

「これからどうするんだ？」

「……わからない」

村には帰れない。それだけは、よくわかっていた。

仮に、村に受け入れてもらえたとしても、手を汚した自分が聖女として仕事をするのは耐えられない。

「その力を持て余してるなら、冒険者にでもなって実戦経験を積んだらどうだ？　そしたら、お前さんのやりたいことも見つかるだろうし、実現できるだろ」

「私の、やりたいこと……」

それは、冒険者が落としそうになった命を救うこと。そして、弱き民と善なる魂を守ること。ミレイユたちのように、悪しき行為に蹂躙される者をなくしたかった。

自分を慕ってくれた愛しい後輩の顔を胸に、アリスは腹を括った。

「そうだな」

アリスは前を見据えて、キッとユーロンをねめつける。その勇ましい眼差しに、ユーロンはにやりと笑った。

「いい目つきじゃねぇか。もっと面白そうな奴になった」

「面白いの基準が気になるところだが、いつまでも立ち止まっていられないからな」

「この先の町に冒険者ギルドがある。俺もそっちに用があるし、案内してやるよ。馬車はないが、くたびれたらおんぶくらいはしてやるぜ？」

「不要。案内だけ頼みたい」

「いいね」

ぴしゃりと撥ねのけるアリスに、ユーロンは楽しそうに笑った。

皮肉なものだ。

アリスが切望した冒険者への道が、まさか、こんな形で実現してしまうとは。

もう、後戻りはできない。アリスは力強い足取りで、街道を歩き出す。

「迷いのない歩きっぷりだな。こりゃあ、案内すら要らないんじゃねぇか？」

ユーロンはからかうようにそう言うと、アリスについて行こうと歩き出そうとする。

だが、彼は右腕に違和感を覚えた。

「へぇ」

アリスの大鎌を受けた右腕の袖が、ぱっくりと切れていたのだ。その下からは、わずかに血が滴っている。

確かに、反作用魔法を構成して、彼女の即死魔法を無効化したはずだった。それでもなお、余波が彼を襲ったというのか。

「本当に面白い奴」

ユーロンは右腕をさっと押さえ、長い舌で唇をなぞると軽い足取りでアリスを追った。

朝日が街道を照らし始めると、行商人の荷車や馬車、旅人とすれ違うようになった。

陽光が暖かく、草木の緑の香りが心地よい。小鳥の歌が時折聞こえ、殺伐としていたアリスの心を穏やかにする。

そのせいか、緊張が解けたアリスの腹の虫が鳴いた。

あまりにも大きな音であったため、ユーロンは目を丸くしていた。

「す、すまない……！　丹田に力を入れて耐える」

恥じらいながらも気合いで空腹を吹き飛ばそうとしたアリスであったが、ユーロンが何かを放った。

干し肉だった。

「これを、私に……？」

「悪いな。洒落たモンを持ってなくてよ」

「い、いや。それよりも、おま……いや、あなたの貴重な食料だろう？」

「お近づきの印に、ってやつだ。どうせ、町でもっといいモンが買える」

「恩に着る」

アリスは干し肉を頬張る。

硬くてしょっぱい。乾燥しているので瑞々しさはない。

しかし、口の中に広がるのは紛れもなく、命の味だ。

「お？」

ユーロンが目を瞬かせる。

だが、アリスにはよく見えなかった。視界がぼやけていたのだ。

その代わりに、頬に生温かい感触が伝った。

「あれ……？」

アリスは、泣いていた。

頬を濡らす涙が唇をなぞり、しょっぱさが一層増した。

「すまない、見苦しいところを見せた……」

アリスは急いで涙を拭う。

ユーロンはそんなアリスを気遣ってか、目を背けた。

「気にすんな。今まで気を張ってた分、反動が来たんだろ」

ユーロンのその言葉は、アリスの中で腑に落ちた。

緊張がようやく解れ、あらゆる感情が押し寄せてきたのだ。

初めて人を殺め、親しかった人たちとは別れることになった。

覚悟を決めていたこととはいえ、身を裂かれるような気持ちだった。蓋をして押し
殺していた苦しみや悲しみが、一気に溢れ出してしまったのだ。

ユーロンはそれっきり、黙って見ないふりをしてくれていた。

だから、アリスは涙が流れるままに任せることにした。

自らの感情を噛み締めるように干し肉を咀嚼し、全てを呑み込む。

干し肉が口の中からなくなるころには、アリスの涙は乾いていた。

「おお、良い食べっぷり」

いつの間にか、ユーロンが口角を吊り上げて笑いながらアリスのことを見ていた。

「馳走になった。有り難う」

アリスの瞳に、ようやく輝きが戻った。

「私としたことが、何から何まで世話になりっ放しだな……。この借りは、どうにかして返さねば」

「んなもん、世話したうちに入らねぇよ。まあ、お前さんみたいな人間に会えたのが、一番の収穫だ」

「私に会えたことが？」

訝しげなアリスに、ユーロンは笑って返す。

「俺は、強い奴を探してんだ」

ユーロンの金色の瞳が、妖しく光る。

魔的でいて吸い込まれそうなその輝きに、アリスは反射的に警戒した。

「強者を探して、何をする気だ？」

戦闘に長けた者を探す理由など、明白この上ない。

その先にあるのは、戦いだ。それが、善良な民の生活を脅かすモンスター退治なら
ばいいのだが。

「戦争——ではないだろうな」

「さてな」

ユーロンは不透明な笑みを浮かべる。

「ユーロン、あなたは何者なんだ？」

「さあ。旅人とでも答えておくか」

ユーロンは露骨にはぐらかす。

「……そんな派手な格好をした旅人がいるか。東方の装束だが、東方出身なのか？」

「どうだろうな。そういうことにしておくか？」

「あなたは……肝心なところではぐらかすんだな」

「それはおあいこだろう。お前さんも俺に即死魔法のことを教えちゃくれない」

ユーロンの言葉に、アリスは何も返せなかった。

その後は、無言だった。

アリスは目の前の男の真意を測りかねていたし、自分の身に起きたことを得体の知
れない相手に話す気になれなかった。

それでも、アリスはユーロンに恩がある。それを何らかの形で返したいと、この義理堅い聖女は思案していた。

一方、ユーロンはそんなことを気にした様子もなく、アリスの苦悩など知らないと言わんばかりに、鼻歌まじりで街道を歩いていた。

しばらくすると、自分たちがいる小高い丘の麓に町が見えた。

パクスの村よりもずっと大きく、色鮮やかな屋根が連なっている。石積みの外壁に守られ、多くの行商人が出入りしていた。

その町の名は、スタティオ。

街道が交わる場所にある、交易の町だ。

ちょっとした大きさの市場があり、あちらこちらに露店が出ている。客引きをしている宿も多く、遠路はるばるやって来たであろう商人たちが吸い寄せられるように入っていった。

「話に聞いていたが、立派な町だな。ここに冒険者ギルドが？」

「ああ。この町を拠点にして、各地から寄せられる依頼や未知の領域への冒険に行く連中は多いようだ」

ユーロンは、人通りが多い大通りの奥を指さした。

ひときわ立派で背の高い、赤い屋根の建物が目に入る。そこが、冒険者ギルドだ。

「それじゃ、あとは達者でやんな」

ユーロンは手をヒラヒラと振る。

「ん？　ユーロンは行かないのか？」

「なんだ？　寂しがってくれるのか？」

「い、いや、そういうわけでは……」

ニヤニヤと笑うユーロンから、アリスは目をそらす。

「私に興味があるようだったから、てっきり、しばらくは一緒にいるものかと」

「調べ物があるんだよ。ま、そのうちまた、会うことになるさ」

ユーロンは意味深に微笑むと、今度こそ手を振ってその場から立ち去る。

彼の背中は人込みにあっという間に掻き消されてしまう。

見知らぬ土地の見知らぬ人々のど真ん中に、アリスはぽつんと取り残された。

「どうも、調子が狂うな」

村で育ち、村の教会で働いていた彼女は、常に馴染みの顔とともにいた。

町を行く人はたくさんいるのに、アリスは誰一人として知らないし、あちらもアリスを知らない。

胸に穴があいたような感覚だ。これが、孤独か。

「……とにかく、冒険者ギルドに行くか。路銀を稼がねば何も始められない。それに、こんな私の手でも必要としている者がいるかもしれないからな」

登録料が無料か後払いであることを祈りながら、アリスは冒険者ギルドへと向かった。


冒険者ギルドの建物は、間近で見ると風格があった。

二階建ての建物に尖塔（せんとう）を備え、自らの存在を誇示している。壁には真新しい漆喰（しっくい）が塗られているが、定期的に手入れをしているのだろう。

ギルドが活発で、資金が潤沢にある証拠だ。パクスは教会すら素朴であったため、アリスは圧倒されてしまう。

だが、気圧（けお）されていては始まらない。

これからアリスは、死神から与えられた奪う力で、奪われる者たちを救済しなくてはいけないのだから。

「たのもーっ！」

アリスは両開きの扉を開け放ってギルドに踏み込む。

　真っ先に目に入ったのは、受付であった。

　そして、依頼書を掲示するための掲示板。

　その奥には、冒険者用の休憩所がある。休憩所には複数の冒険者パーティーがたむろしていた。どうやら、情報交換を行う社交場らしい。奥にはバーカウンターもあり、酒も提供しているようであった。

「いらっしゃいませ。冒険者ギルドへようこそ」

　受付の向こうから、スタッフの若い女性がにこやかに声をかける。荒くれ者ばかりのギルドかと思っていたアリスは、面食らってしまった。

「ど、どうも……」

「当ギルドは初めてですよね。ご依頼でしたら二階の窓口で承っております。冒険者登録及び、依頼の受注と報告でしたら、当窓口で——」

「冒険者登録だ」

「かしこまりました」

　スタッフは慣れた様子で手続きを始める。

「まず、最初に説明をさせて頂きます。冒険者とは、冒険者ギルドが斡旋(あっせん)する幅広い依頼をこなす、いわば、何でも屋です。薬草の採取や荷物の運搬や護衛など。それぞれに納期が設けられているので、お引き受けくださった依頼は納期内に完了し、ギルドまで報告してください」

納期までに完了報告がなされなかった場合、違約金が発生して報酬から引かれることもあるという。一文無しのアリスは、そのことを深く胸に刻んだ。

「そして、冒険者という職業で皆さまが最も連想されるのは、討伐依頼です。主に魔物の討伐が依頼されるのですが、盗賊団などの反社会的な勢力の排除もあります」

スタッフはそう言って、依頼書のサンプルを見せてくれた。

「推奨レベルというのがあるんだな」

「ええ。レベルに関しましては後で説明しますが、この推奨レベルというのも、目撃者や関係者の報告から導き出した目安に過ぎません。常に余裕を持たせて見積もっているのですが、我々の想定をゆうに超える相手もいるので……」

「なるほど。そこまで正確ではないのか」

「冒険者登録をした方には、冒険者専用のタリスマンを支給させて頂きます。タリスマンで相手のレベルを測定することも可能ですが、解析に時間がかかるのと――」

「と？」

アリスが尋ね返すと、スタッフは言葉を詰まらせながら続けた。

「時には、妨害魔法を身にまとっていて解析できない相手と、計測不可能なほどにレベルが高い相手がいます。そういった相手に出会った時は……逃げてください」

「……ああ、そうしよう」

アリスは神妙に頷いた。

「特に、高い知能を持った魔物――魔族についてはわからないことが多いですから。彼らは、炎神サピエンティアが人類に文明をくださった時から我らを妬み、文明の炎を絶やそうと攻めてくると言われています。魔王が王都を襲おうと画策し、軍を集めているという話ですし……」

「軍を集めている？　その噂は、どこから？」

「あちらこちらで囁かれている話です。各地の魔物が活発化しているんですよ。領内では魔族の目撃情報が増えましたし、何かが、起ころうとしているのではないかと」

「ふむ……」

自分が出会った死神の出現と、何か関係があるのだろうか。

いずれにせよ、放っておけないとアリスは感じた。

「さて、事前の説明もさせて頂きましたし、早速手続きに入らせて頂きます。まずは、こちらがあなたのタリスマンになりますので、個人情報をお刻みください」

スタッフは、アリスの前にタリスマンを差し出す。

無垢な水晶で作られている魔法道具だ。どうやら、所有者が死亡した際はタリスマンが身分証明をしてくれるらしい。

アリスはスタッフの手ほどきを受けながら、タリスマンに手をかざして自身の情報を刻んだ。

「ふむふむ。アリス・ロザリオさんですね。クラスは――プリースト!?」

タリスマンに刻まれた個人情報を読み取りながら、スタッフは目を丸くする。

「ああ。元聖女だからな」

「えっ、そうだったんですか!? それは失礼を。魔族のくだりなんかは、既にご存じでしたよね……」

「常に最新の情報を得ておきたいから、問題ない」

「お気遣い有り難うございます……。プリーストは――まあ、アリスさんは女性なのでプリーステスですが、よっぽどの素質があるか、きちんと勉強をされた方以外は、この判定にならないので」

魔法使いとしての素質があるのならば、大半がソーサラーか、それに準じたクラスになるという。

「そして、レベルは1ですね。聖女様は内勤が主ですし、お気になさらないでください」

「あ、ああ……」

アリスは腑に落ちなかった。

窮鼠団を殲滅した時に、経験を積んだと判断されなかったのだろうか。

「レベル1だと、初心者ランクですね。元聖女様なら知識も豊富でしょうし、薬草採取がおススメです。討伐依頼を受注する際は、レベル10以上の冒険者の同伴が必要になります」

因みに、レベル10からが初級、レベル20からは中級になるという。

「今の状態では、パーティーを組まなくてはいけないということか」

「そうですね。まずは安全な依頼で、コツコツと慣れた方がいいですよ。クラス指定がある依頼もあるんですが、アリスさんには学生さんのレポート課題のお手伝いも紹介できますね。こちらは就労経験があるプリースト限定で、報酬が破格なんです。まあ、レベルの上昇は期待できませんが……」

「金で買った知識など、すぐに忘れる。レポートくらい自力でやれ」

アリスはぴしゃりと言った。

「て、手厳しい。でも、いい条件だと思うんですけどね。お金を稼げば装備を揃えられますし」

「確かにそうだが……。今、こうしている間にも、私の手を必要としている者がいるかもしれない。レベルは1だが、私には出来ることがあるし……」

蘇生魔法と即死魔法。レベルでは測れず、行使出来る者が限られているそれらを、アリスは一刻も早く活かしたかった。

「……パーティーの募集はできるのか？」

「ええ。奥の休憩所にパーティー募集用の掲示板があります。もしかして……討伐依頼を受けるつもりですか？」

「ああ。私は、前線で戦う冒険者を戦いの場で癒したいのでな。それでこそ救われる命があるだろうし」

「おお……、元聖女様が自ら戦場に……！　自分にも厳しいストイックな方ですね。ですが——」

スタッフが言葉を濁す。

訝しげな顔をするアリスであったが、二人のもとに大きな影が差した。

「話を聞いてりゃあ、レベル1の最弱冒険者が討伐のためにパーティーを募集するだぁ？」

戦斧を担いだウォーリアの男だ。

弾けんばかりの筋肉にレザーアーマーをまとい、アリスとスタッフを見下ろしている。その後ろには、アーチャーの女とタンクの男がいた。彼らは蔑むような目でアリスを見やり、厭味ったらしい薄笑いを浮かべている。

「レベル1なんて、討伐のお荷物なんだよ。ゴブリン退治だって碌にできやしねぇ」

「レベルだけ見れば頼りないかもしれないが、私はそれ以上の働きをしてみせよう。窮鼠団という盗賊団も一掃した」

「窮鼠団……だと……？」

ウォーリアは仲間たちと顔を見合わせ、スタッフも目を丸くする。

「そいつぁ、先日、依頼書が貼られてたやつだな。冒険者を次々と返り討ちにしてた連中だ。推奨レベルが少しずつ吊り上げられてる要注意依頼だったが、初級者パーティーが持って行ったんだっけか？」

「そ、そうですね……。報告は……まだ……」

スタッフはうつむく。

これが例の、推奨レベルを見誤ったパターンなのだろう。パクスに来たフェンサーらが、その犠牲になってしまったのだ。

「今ごろ、あいつらも死んじまってるんじゃねぇか？」

ウォーリアは大口を開けて笑う。二人の仲間もまた、つられるようにせせら笑った。

「なんか現実を知らなそうなキラキラしたパーティーだったし、それはあり得るかもね」

「死ぬ寸前で現実の厳しさを知ったのならいいんじゃないか？　授業料ってことで」

「いや、死んでるし」

アーチャーがツッコミを入れ、タンクがヘラヘラと嗤う。

今嗤われているのがあの傷ついたフェンサー一行かと思うと、アリスの正義感は黒い炎となって燃え上がる。アリスはまるで自分のことのように怒りを感じていた。

なぜ彼らが、赤の他人に馬鹿にされなくてはいけないのか。彼らなりに、盗賊団を倒して人々を守ろうとしたのに。

だが、ウォーリアはアリスの怒りに気付いた様子もない。

「で、その窮鼠団を一掃しただと？　大口叩くなら、もっと現実的なことを言うもんだぜ？」

「私は――」

「その話が本当なら、実戦経験を積んでレベルが上がってるはずだ。レベル1ってことは、嘘をついてるってことだぜ」

ウォーリアとその仲間たちは、アリスの前で爆笑する。

確かに、アリスは最弱のままだ。この事実だけは間違いないので、反論の余地はなかった。

「あんたも、素直に家庭教師でもやったらどうだ。プリーストの姉ちゃんよ」

ウォーリアの大きな手が、アリスの細い肩を鷲摑みにする。だが、アリスはそれを払った。

「私に触れるな」

「ちっ、元聖女だか何だか知らねぇが、貞淑ぶりやがって」

ウォーリアの後ろで、「ウケる」とアーチャーが指さして笑う。

「っていうか、貞淑要素なくない？　お姉さん、目つき怖すぎ」

アーチャーの言う通り、アリスの双眸からは込み上げる怒りが溢れ出していた。それでも尚、アリスは自制していた。ここで揉めることは得策ではないと見極めていた。

しかし——。

「あのっ、ギルド内での揉め事は厳禁です！」

受付のスタッフがカウンターの向こうからやってきて、双方の間に割って入ろうとする。

だがウォーリアの手が、今度は彼女に伸ばされた。スタッフの細腕を、ウォーリアはいとも簡単にひねり上げてしまう。

「うるせぇんだよ。受付しかできない奴はすっこんでな」

「わ、私は飽くまでも、全ての冒険者さんに対して中立なギルドの一員として——」

「うるせぇって言ってんだろうが！」

ウォーリアが吼え、ギルド内が震える。

「受付嬢ごときが、俺に指図するんじゃねぇ！　レベル1のテメェなんざ、どうにだってできるんだよ！」

「痛っ……！」

スタッフの腕を掴むウォーリアの拳に、力がこもる。そのまま握りつぶそうとしているのか、ミシミシという音がしても尚、彼はやめようとしなかった。

他者への暴挙を目の当たりにして、アリスの中で抑えきれない感情が弾けそうになる。

だが、駄目だ。

アリスは自分に言い聞かせ、噴き出さんばかりの負の気持ちを押し殺す。

ここで即死魔法を使っては、ギルドに迷惑がかかってしまう。それに、無粋にして不快で暴力的な輩であろうと、相手は冒険者であり同業者。彼もまた、奪われる者を救う立場に成り得るのだ。

しかし、見逃していい状況ではない。

アリスは自身のどす黒い炎で身を焦がしながらも、圧倒的な理性を以ってその怒りを制した。

「手を離せ。さもなくば——」

「あん？　手を離さなかったら、どうするつもりだ？」

スタッフの腕を掴みながら、ウォーリアはニヤつく。

「ううっ……」

スタッフの表情は苦痛に歪んでいる。それにもかかわらず、悲鳴を漏らさぬよう歯を食いしばっている。

彼女は、戦う術を持たぬ弱者だ。

それなのに、ギルド内で騒ぎを起こさぬようにと耐えようとしているのだ。彼女の額には、大粒の汗が滲んでいるというのに。

だが、ウォーリアの仲間はウォーリアを窘める様子もなく、笑いながら成り行きを見ていた。

アリスは連中を一掃してやりたい衝動に駆られるが、深呼吸でなんとか自制し、こう叫んだ。

「貴様の、手癖を処す！」

「手癖を……ただすだと？　この俺を？　ただすぅ？」

ウォーリアの癇に障ったのか、怒りのあまりこめかみに血管が浮き出る。手には一層力が入り、ギシッという嫌な音とともにスタッフが苦悶の表情を浮かべるが——そこまでだった。

アリスから解き放たれる一閃。漆黒の大鎌はウォーリアの腕を掠める。

その瞬間、ウォーリアの腕に亀裂が入り、血飛沫が炸裂した。

「このお、お、おひゃあああっ！」

ウォーリアの腕の肉が弾け、血まみれになりだらりと垂れ下がる。

即死魔法を応用した、部位破壊。

アリスは己の殺意を限界まで研ぎ澄ませ、宣言通りウォーリアの腕のみを即死させた。

ウォーリアの腕から解放されたスタッフに返り血がかからぬよう、アリスはマントで彼女を庇う。スタッフは、何があったかわからないと言わんばかりに目を見開いていた。

「てめぇぇぇ、なにをやったぁぁぁ」

「粛清だ」

腕を押さえて悲鳴をあげるウォーリア。それを見て声を失うアーチャーとタンク。

そんな二人に、アリスはずいっと詰め寄った。

「治療が必要だろう。奇跡なら行使できる。貴様がこれに懲りたと言うなら――」

「いるか、バーカ!!」

アリスに怯(おび)えたウォーリアは、子どものように泣きじゃくりながらギルドの外へと逃げていった。アーチャーとタンクもまた、「ばけもの！」とか「まもの！」とか好き勝手に罵りながら、一目散にギルドから出ていく。

後に残ったのは、へたり込むスタッフと啞然とするアリスであった。

「ま、魔物扱い……」

「あの……助かりました……」

スタッフは痛むであろう腕を押さえながら、アリスに礼を言う。

「いや、私の方こそ不用意なことをしてしまった。もっと自制出来ていたら良かったんだが……」

「いいえ。元々、あの方たちは他の冒険者さんに変な突っかかり方をして喧嘩になることもあったので……。でも、大抵は相手をねじ伏せていました。レベルが高い方々ですし」

「それは……大変だったな」

アリスはスタッフを気遣う。スタッフは、首を横に振った。

「私のことはいいんです。それよりも、さっきの魔法は……!?」

「あれは……」

アリスは言い淀む。しかし、スタッフはずいっと詰め寄った。

「数々の冒険者さんたちを見てきた私も、目にしたことのない魔法でした……。レベル1であの人たちに勝てるなんて、アリスさんは一体……！」

「おいおい、何があったんだ？」

　スタッフの言葉を遮るようにギルドに入って来たのは、若い冒険者だった。

　両手剣を背負った、フェンサータイプの青年である。まだ成人したばかりなのか、顔にあどけなさが残るものの、青い瞳は澄んでいて勇ましい顔つきだった。

「ラルフさん」

　スタッフは、青年をそう呼んだ。

「引き受けていた狼退治が終わったんですけど……、この惨状は……」

　ラルフは受付の周りを訝しげに眺める。何せ、ウォーリアの血が大量に落ちているのだ。それに加え、血腥(ちなまぐさ)いマントをまとったアリスもいる。

「す、すまない、それは私が……」

　アリスが惨状を説明しようとしたものの、スタッフは勢いよく立ち上がり、アリスの口を塞いだ。

「むぐっ!?」

「狩猟した生き物を持ち込んでしまった冒険者さんがいたんですよ。ごめんなさい、すぐに片づけますからね」

　スタッフはそう言って、そそくさとモップを手にし、床をごしごしと磨き始める。

「な、なるほど。それは大変でしたね」

　ラルフも納得したようだ。その上、「手伝いましょうか」と自分も用具入れからモップを取り出した。

「いいのか……？」

アリスは戸惑う。スタッフはそんな彼女に耳打ちをした。

「場を収めてくださったお礼です。それに、あのパーティーの方々には、私も迷惑していたので」

スタッフはぱちんとウインクをする。手持ち無沙汰になってしまったアリスは、二人を手伝うべく自らもモップを手に取った。

「あなたも迷惑を？」

モップ掛けをしながら、アリスは問う。

「そう……ですね。割のいい仕事を秘密裏に斡旋しろと半ば脅迫気味に言われたり、強引に食事に誘われたり、あまつさえ、宿屋に連れ込まれそうになったり……」

「それは……大変だったな。冒険者の中にはそういう連中もいるんだな……」

「レベル制度があって、ヒエラルキー構造が可視化されてますからね……。レベルが低い方は、レベルが高い方にはなかなか逆らえません。ましてや、私たちのような冒険者ではない最弱職は……」

「そうか……」

はたから見れば、冒険者は華やかな仕事だ。しかし、そうとも限らないらしい。

アリスは、善良でありながらも搾取される立場になっているギルドのスタッフに、心の底から同情した。

「あっ、でも、そういう人ばかりじゃないので。ラルフさんは、とても良い人ですから！」

「確かに、そのようだな」

アリスは、必死に床を掃除するラルフを見やる。その姿は、実直を絵に描いたようだった。

「よし、終わった」

三人がかりで床掃除をしたので、床は来た時よりも美しくなっていた。

手伝いをしていたラルフは満足そうに床を眺めると、律義に三人分のモップを片付けてから依頼完了の報告をした。

「君は、一人で討伐をしたのか？」

アリスの素朴な疑問に、ラルフは「ああ」と頷く。

「狼退治くらいなら、ソロでも大丈夫だからね。前はパーティーを組んでたんだけど、相棒のヒーラーが最近冒険者を辞めちゃったからさ」

相棒のヒーラーとやらは、いきなり商売に目覚めて冒険者を辞めて行商人になってしまったらしい。

「あっ、そうでしたね。それならば、アリスさんはどうですか？」

「えっ？」

目を輝かせるスタッフに、アリスとラルフはキョトンとしてしまった。

「アリスさんも、最初にパーティーを組むのでしたら、こちらのフェンサーのラルフさんはいいパートナーになると思いますよ。この前も、初心者の冒険者さんの手伝いをしてくれたような方ですし」

スタッフはテキパキと、ラルフにアリスを、アリスにラルフを紹介する。

「アリス・ロザリオさんか。いい名前だね」

「アリスでいい。君のことは、ラルフで構わないか」

「もちろん」

ラルフ・スミスと名乗った彼は爽やかな好青年であった。彼の陽光のような笑みに、アリスは好感を抱いた。

「アリスはレベル1で依頼は初めて。だけど、討伐をやりたいからパーティーを探している――と」

「ええ。ラルフさんでしたらレベル23ですし、簡単な依頼ならフォローできると思いまして」

スタッフは、二人のレベルに見合った依頼をいくつか見繕ってくれる。

「んー。クラスはなんでしたっけ」

「プリーストだ」

スタッフの代わりに、アリスが答える。すると、ラルフの表情が明るくなった。

「助かる！　ヒーラーかプリースト――とにかく、治癒魔法が使えるメンバーを探してたんだ」

「問題ない。因みに、治癒魔法は使えるよな？　簡単なやつでいいんだけど」

治癒魔法なら解毒魔法も含めて中級クラスまで会得している。蘇生魔法の儀式も可能だから、君のフォローはできるはずだ」

「蘇生魔法ぅぅぅ!?」

ラルフは目も飛び出さんばかりに仰天する。

「し、しかも、中級治癒魔法も!?　えっ、レベル1なのに？」

「アリスさんは元聖女様なんですよ」

スタッフが耳打ちすると、ラルフはのけぞった。

「聖女!?　そんな人が、どうしてここに!?」

「その……私では力不足だろうか……」

申し訳なさそうにするアリスに、「とんでもない！」とラルフは全力で首を横に振った。

「むしろ、俺にはオーバースペックだよ！　蘇生魔法が使えるなんて、王都の大聖堂クラスじゃないか！　そんな人材、冒険になんて連れて行けないよ！」

ラルフは、「考え直せ」とか「この町の教会を案内しよう」とか言いながら、アリスを何とか説得しようとする。だが、アリスの意志は揺るがなかった。

「死は冒険中にやってくるものだ。蘇生魔法の使い手がその場にいれば、助かる命もある」

「そ、それは……確かに……そうかもしれないけど……」

「私は手遅れになる人間を増やしたくない。危険なのは元より承知だ」

「腹括り過ぎじゃない？　人生二回目みたいな顔してるし……。君に覚悟ができてても、俺の覚悟ができないよ……」

アリスの揺るがない双眸が、戸惑うラルフを見つめる。ラルフは「でも」とか「いやしかし」とか唸っていたが、やがて、首を縦に振った。

「わかった。まずは実戦経験を積もう」

「すまない。恩に着る」

「狼は乱戦になることがあるから避けるとして、定番はゴブリン退治かな。丁度、気になる依頼があったんだ」

ラルフはスタッフが用意した依頼の中から、街道のゴブリン騒動を解決して欲しいという依頼を選ぶ。

　どうやら、街道をゆく行商人の荷馬車が、ゴブリンの集団に襲われているらしい。複数の行商人が被害に遭っており、商人ギルド経由で依頼が来ているのだが、冒険者が退治にゆくと決まって姿を現さないという。

「ふむ、妙だな……」

「だよね。変な感じがするのもあるし、行商人が被害に遭ってるっていうのも放っておけなくて」

「君の元パーティーメンバーも行商人だったか」

「ああ。今のところ、被害者リストには入ってないようだけど」

　ラルフは、商人ギルドから寄せられた情報に、つぶさに目を通していた。

「友人想(おも)いだな」

「友だちの成功を祈るのは、当たり前だろ」

　ラルフは白い歯を見せて笑うと、アリスの確認を取った上でゴブリン騒動解決の依頼を受注した。

「お二人とも、お気をつけてくださいね。アリスさんは、わからないことがあったり困ったことがあったりしたら、遠慮なく冒険者ギルドに来てください」

「ああ。有り難う」

「まあ、その前に俺が教えるけどさ」

「頼もしいな」

アリスが微笑むと、ラルフは照れくさそうに笑い返した。

「君の方が頼もしいけどね。どう見ても、俺よりもレベルが高い面構えだし」

「生憎と、レベル1の最弱らしいがな」

アリスは苦笑しつつ、ラルフとともに冒険者ギルドを後にする。受付スタッフは笑顔で、二人を見送ってくれた。

第三章

最弱聖女、堅実剣士と悪を裁く

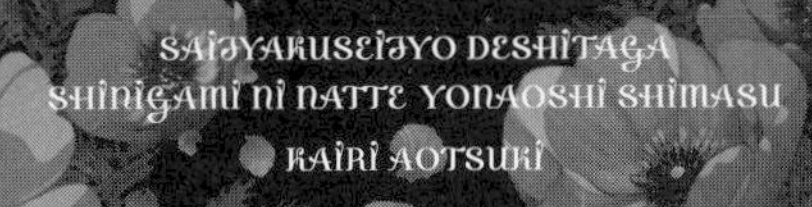

町は相変わらず人通りが多かった。

すれ違うのはアリスの知らない人ばかりであったが、今は隣に頼もしい仲間がいる。

「さて、と。アリスは装備を整える？　俺はこの町の武具店に顔が利くし、少し負けてもらえるかも」

「いや、恥ずかしいことに、私は今、一文無しなんだ」

「えっ」

ラルフは目を剝く。

「聖女様が、一文無し？」

「元、だ」

「訳ありって感じかな……。なんか奢ろうか？」

「施しは受けない」

「ストイック過ぎるだろ！　逆に受けてよ！　お布施をさせて！」

ラルフが財布を取り出そうとするが、アリスは強引に懐へ戻させる。

「い・ら・んと言ってるだろう……！　だいたい、今は聖女ではなく、君たちと同じ冒険者なんだ」

「でも、基本的な装備がないと……」

「儀式用の短剣もロッドもある。それだけは教会から持ってきた。それに、アーマーはないがマントはあるしな」

「まあ、後衛はアーマーを着けない方がいいらしいしね。それだけあるなら大丈夫か」

ラルフは安堵しながらも、念のため、と大通り沿いにある武具店の場所をアリスに教えてくれた。律義な青年である。

その時であった。

「なんだ、あれ」

大通りに人だかりが出来ているのを、ラルフは見つける。

希望に満ちた表情の人々が囲むのは、白馬に乗った白銀の甲冑(かっちゅう)をまとう騎士たちであった。彼らが掲げる旗には、純白の六枚の翼が描かれている。

アリスは、それに見覚えがあった。

「聖騎士団……」

「えっ、あれが噂の!?」

聖騎士団の名を聞いた瞬間、ラルフの双眸もまた、希望の光に溢れた。

聖騎士団とは、アリスたちが住まうデルタステラ王国が組織した、対魔族特化部隊である。主に、災害級の魔物の討伐を行う、王国の中でも選りすぐりの集団だ。

「騎士の中でもエリート中のエリートじゃないか。強いんだろうなぁ。憧れるなぁ……」

ラルフは人だかりの最後尾から聖騎士団を見つめる。

白銀の甲冑の騎士たちは、いずれも隙が無いたたずまいであった。民に手を振り返す軽い騎士もいたが、もし人込みから暴徒が現れても、かわすことが出来るだろうとアリスは踏んでいた。

そんな中、小さい影が彼らに向かって飛び出した。

「あっ」

人々が止める間もなく、その影は騎士たちの目の前に躍り出る。それは、幼い少女であった。

「無礼者！」

騎士の一人が声をあげる。群衆の中から、母親と思しき女性が飛び出した。

「申し訳ございません！」

母親は少女を抱きかかえ、騎士たちに頭を深く下げながら下がろうとする。しかし、少女は大地に両足を踏ん張り、騎士たちに何かを差し出した。

それは、花だった。小さくも美しく、健気に咲いた白い花だ。

「なんだそれは。野山に咲く雑草ではないか」

「待て」

胡乱(うろん)げな表情の騎士を、他の騎士が制した。

ターコイズブルーの瞳の、美しい青年騎士だ。聖騎士団の他の誰よりも若かったが、彼のまとう空気は獅子(しし)のように頼もしく、また、ひと際豪奢(ごうしゃ)な甲冑は、彼がその一団の中で最も位が高いことを示していた。

「オーウェン・バージェス副団長……！」

「我らの刃は王国の民のためのもの。その民を蔑(ないがし)ろにしては、聖騎士団の名に傷が付く」

オーウェンと呼ばれた副団長は、馬から下りて少女に歩み寄る。

母親は恐縮しきって震えていたが、少女は星のように輝く瞳でオーウェンを見上げていた。

「先ほどは失礼した、お嬢さん。我々に何か伝えたいことがあるのかな？」

オーウェンは少女の目線に合わせるように膝を折ると、やんわりと尋ねる。すると、少女は大きく頷いた。

「鉱山のワイバーンを倒してくれて有り難うございます！　これで、お父さんも安心して働けます！」

「すいません……。うちの主人は鉱山の労働者なので……」

母親はか細い声で、娘の言葉に付け足す。

どうやら、聖騎士団は近郊の鉱山に出るというワイバーンを駆除した後らしい。

ワイバーンはドラゴン属の亜種で、一介の冒険者では手に余る相手だ。それが鉱山に住み着いたとなれば、働くことなどままならず、操業停止となってしまう。その上、鉱山から資源が採れないのであれば、それを原料とするものも作れず、経済的にも大きな打撃となるだろう。

そこで、高い能力を持ち、集団戦が得意な聖騎士団が赴いたのだ。

「君の父親の仕事は、国家の礎の一つ。それを守るのが我々の仕事だ」

オーウェンは、少女が差し出す小さな花を、静かにそっと受け取った。すると、少女は満面の笑みをうかべた。

「君の心遣い、有り難く受け取ろう。この花にかけて、私たちは国民を守るよ」

「うん。騎士さま、がんばって」

少女は歯を見せて笑う。少女の母親は騎士への非礼に慌てていたが、オーウェンはまったく気にした様子もなく、花を収納袋に丁寧に入れてから馬に乗った。

オーウェンは他の騎士から、「我々は貴族なので、庶民の目線で話さなくとも……」

などと諫められていたが、耳を貸す素振りもなかった。

その代わり、群衆に向かって高らかに叫ぶ。

「魔族に日々を脅かされる諸君！」

オーウェンは聖騎士団の紋章が描かれた旗を掲げる。雲一つない青空に、それは驚くほどに映えた。

「我々、聖騎士団には神の加護がある！　必ずや、人の領域を侵す魔族を根絶やしにしよう！」

オーウェンの宣言に、群衆から歓声があがる。オーウェンにあしらわれた騎士たちもまた、それによって気持ちが切り替わり、お互いに頷き合った。

士気が戻った聖騎士団は、群衆の歓声を浴びながらその場を去る。彼らの背中が見えなくなるまで、群衆は誰一人として帰らなかった。

「いやぁ……、カッコいいなぁ……」

ラルフはすっかり魅了されていた。

「確かに、あのオーウェンという人物、なかなかの器のようだな」

アリスは、去り行く彼らをじっと見つめていた。いや、正確には、彼らが掲げる紋章を凝視していた。

「どうしたんだ、アリス。なんか怖い顔してるけど」

アリスは、いつの間にか寄っていた眉間の皺を揉む。

「む、失礼」

「少し、引っかかることがあってな」

「えっ、何が？」

「彼らが加護を受けている神とは、どの神かと思ったんだ」

「おお、さすがは元聖職者……。やっぱり、六神の中のどれかじゃないか？」

世界は六柱の神によって維持されている。

太陽神にして豊穣神のクレアティオが世界を照らして生命を生み出し、従神エラトゥスが闇に迷う者を導いて死者を受け入れ、炎神サピエンティアが文明と破壊の炎を司り、水神バーシウムが恵みと惑わしの水を司り、地神フマニタスが食糧と資源を育む土を司り、風神ウェントゥスがそれぞれの神の加護と幸運を運ぶ風を司る。

クレアティオを最高神とし、その補佐にエラトゥスが存在し、その下に四元素を司る神々がいるという構造だ。地域によって他にも神々がいるというのはアリスも知るところであったが、王国であるデルタステラが主要な六神以外を特別支持するというのは不自然だ。

「やっぱり、クレアティオ様とか？」

「いいや。彼女に三対の翼などない」

アリスは、聖騎士団の紋章である六枚の純白の翼を思い出す。だが、それはどの神にも当てはまらないものだった。

「言われてみれば、確かに……。何を象徴しているんだろうな……」

「まあ、本人たちに聞いてみないとわからないことかもしれないな。それか、もっと聖騎士団のことが浸透していそうな王都の人間ならわかるかもしれない」

引っかかることはあるが、いつまでも気にしていられない。アリスはさっさと気持ちを切り替えることにした。

「それはともかく、聖騎士団の手を煩わせるわけにはいかないゴブリン退治だが」

「あ、それそれ。俺たちは俺たちなりに、無力な人たちの力にならないと」

ラルフもまた、アリスに頷いた。

「おう。あんたらは冒険者か？」

聖騎士団が見えなくなり、見物にやって来た人々が散り散りになる中、商人らしき男性が声をかけてきた。

「ああ、そうだが」

「ゴブリン退治って、もしかして、街道で行商人を襲ってる奴か？　そいつを退治してくれるならありがてえ」

男性がゴブリン退治の話題を出すと、他の商人らしき人間もわらわらとやってくる。

「おっ、冒険者が受注してくれたのか。助かるぜ」

「ウチも派手にやられたものねぇ」

商人たちは、件のゴブリン騒動の被害者らしい。アリスとラルフは顔を見合わせると、彼らから襲われた地点やその時の状況を聞き出す。

「皆さん、大変でしたね……」

口々に愚痴を漏らす商人たちから聞き取りをしたラルフは、彼らに同情の眼差しを送る。

「いやはや、ゴブリンの襲撃のせいで、どこも大損だよ。上手くやってるのなんて、マリアンヌ商会くらいだろう」

「マリアンヌ商会？」

アリスが鋭く聞き返す。

「あそこはやり手だからなぁ。前会長が一代ででかい商会にしたんだ」

「でも、今は娘が取り仕切ってるんだろ？　噂によると、亡くなった前会長は親ばかで、娘はワガママ放題の贅沢三昧だったそうじゃないか」

話によると、マリアンヌというのは前会長の娘の名前だという。

「商会に自分の娘の名前を付けるくらい溺愛してたんだな……」

アリスはマリアンヌ商会のことを頭に留める。

その後、アリスとラルフは聞き取りを切り上げてその場を離れた。

「えらい目に遭った……。時間があったら愚痴を聞いてあげたいところだけど、出発が遅くなるのも嫌だし……」

ラルフはげっそりしていたが、自らの頬を叩いて気を取り直す。

「ゴブリンが出現するっていう区域、俺が知ってるところだった。以前、人食い熊を倒したところでさ。連中、熊の巣穴を再利用してるのかも」

「ゴブリンのサイズ的にも、再利用した方が楽だしな。有り得ない話ではない」

ラルフに同意するアリスであったが、彼女はねめつけるように見つめていた。冒険者ギルドから参考資料として渡された、ゴブリンに襲われた行商人たちの詳細情報を。


アリスはラルフとともに、件の街道へと向かう。

パクスに繋がる街道とは違い、往来が多くて道も整備されている。

だが、見通しを妨げる岩場がいくつかあり、森の中を突っ切らなくてはいけない場所もある。すれ違った行商人の荷馬車には、どれも護衛と思しき冒険者が数人乗り込んでいた。ゴブリン騒ぎのせいで、皆、神経を尖らせているのだろう。

「普通のゴブリン相手だったら、初級の冒険者数人で何とかなる場合が多いけど、この地形だと荷物を守って追い返すのが精いっぱいかもしれないな」

「地形がかなり入り組んでいる場所がある。ゴブリンの巣を突き止めるのにも骨が折れそうだな」

　街道の脇に逸れ、森の中に足を踏み入れながらアリスは言った。

　近隣の町との間に大きな森が横たわっているため、街道は森を通る形になったのだろう。よく見れば、あちらこちらにベリーが生る低木があり、土も柔らかく、肥沃な森だということがわかった。

「草食動物が多そうだな。食料も豊富だし、熊が出るのも納得だ」

　地面に落ちた食べかけのベリーや散らばった種を見て、アリスは言った。

「だろ？　因みに、熊の巣はこっち」

　ラルフは辺りを警戒しながら、アリスを先導するように森の中を進んだ。

「足元に気を付けて。ゴブリンは罠を仕掛ける時があるから」

「ああ。前は君に任せたから、私は後ろを警戒しよう」

「オッケー。……って、本当にレベル１？　冒険慣れしてない？」

「……本当にレベル１だ」

「そうは思えないよ。元々、用心深い性格なのかな。めちゃくちゃ頼もしい！」

「それは何よりだ」

後方をアリスに任せ、ラルフは前方への注意に専念する。アリスもまた、後ろから何者かがついて来ないか気を配りつつ、足元にも目を光らせた。

「ん？」

アリスは、伸びっ放しの雑草に紛れて、細いロープのようなものが落ちているのに気付いた。

「罠か？」

「ああ。元罠だな」

アリスが手にしたのは、鳴子であった。手編みの細いロープに、削った木がぶら下げられているという簡単なもので、足が引っ掛かると音が鳴り、侵入者の存在が知れ渡るというものだ。

しかし、アリスが持っているのは、ちぎれた鳴子だった。

「ってことは、この近くだ。やっぱり熊の巣穴を使ってるな」

「だが、おかしくないか？　鳴子はこの状態では機能しない。そのままにしておくか？」

「それは使えなくなったから捨てたんじゃないか？」

「ならば、新しい鳴子があるはずだろう」

「あっ、そうか。名推理」

ラルフは納得したように手を叩く。

確かに、新しい鳴子は見当たらない。壊れた鳴子だけであった。

「ロープが腐りかけているし、最近のものではないな」

何故だ、とアリスは首を傾げる。鳴子を仕掛けるほど周到なゴブリンが、そのままにするとは思えない。

「あった」

ラルフは小声で叫び、アリスを手招く。

彼の前には、しゃがんだ成人男性の頭すれすれくらいの高さの、大きな穴があった。

木々と岩陰に隠れているので、その存在を知っている者しか辿り着けないだろう。草も生い茂っているので、足跡も残りにくい。

奥を覗いてみると、立ち上がれるほどの広い空間になっており、うっすらと松明の光が揺らいでいた。

「……いるな」

熊の住処に、松明は不自然だ。

「俺が先に行くよ」

「ああ、頼む」

入り口は熊の巣穴の流用であったが、奥は違っていた。

手掘りであろう土壁と、いくつもの部屋が見て取れる。

「やっぱり、獣のにおいがきついな。あとは、貯蔵している食料か？」

備蓄庫と思しき部屋には、ベリーや干し肉や干し魚が備えられていた。アリスは樽(たる)やズダ袋に入ったそれらを眺め、違和感を覚える。

「……どういうことだ？」

「アリス！」

殺気を感じて振り返ると、棍棒(こんぼう)を持ったゴブリンが飛びかかるところであった。

だが、ラルフが飛び出す方が早い。

彼は両手剣でゴブリンの棍棒をいなし、怯んだゴブリンに斬りつけた。

「ギィッ！」

ゴブリンの悲鳴が響くとともに、あちらこちらの部屋から他のゴブリンが顔を出す。

醜い姿をした人型の魔物だ。彼らは道具を器用に使いこなし、社会を形成し、時に人を襲う邪悪な妖精の一種であった。

その中に、帽子を被ったゴブリンがいた。ゴブリンの中でもひと際大きく、目に知性の光を感じる。

「ギギィ！」

帽子を被ったゴブリンが叫ぶと、他のゴブリンが一斉に二人に襲いかかる。

アリスは殺気を右手に集中させようとするが、ラルフの大きな背中が立ちふさがった。

「治癒は任せる。その代わりに、こいつらを君に決して触れさせやしない！」

「……了解した」

狭い洞窟の中だ。即死魔法の大鎌を振るえば、ラルフに当たってしまうかもしれない。

アリスは殺気を抑え、ロッドを構える。ラルフがいつ怪我をしても大丈夫なように治癒魔法の準備をしていたが、ラルフはあっという間にゴブリンたちを斬り伏せた。

「ラルフ、弓だ！」

「おう！」

ラルフが大立ち回りをしている最中、帽子を被ったゴブリンが弓で彼を狙っていた。

だが、アリスが目ざとく見つけたおかげで、ラルフの両手剣は帽子のゴブリンを弓もろとも打ち砕く。

「ギ……ギィ……」

負傷したゴブリンたちは横たわり、天井を仰ぎ、呻いている。実に鮮やかな剣さばきであった。

「これで最後、かな。意外と呆気なかったな」

「巣穴に覚えがあったのだろう。そもそも、ここまで辿り着ける冒険者がいなかったのかもしれない」

「でも、鳴子は壊されてたよな」

「……それなんだが」

アリスは、斬られても尚、折れた矢の矢じりを握りしめ、闖入者(ちんにゅうしゃ)であるアリスたちに殺気を放つ帽子のゴブリンに歩み寄る。

「おい、アリス！　危ないぞ！」

ラルフが止めようとするが、アリスがゴブリンの腕をひねり上げ、矢じりをむしり取る方が早かった。

「この事件の黒幕は他にいる。こいつらは利用されただけだ」

「なんだって？」

アリスはそう言うや否や、ゴブリンに治癒魔法をかける。帽子のゴブリンの傷は、見る見るうちに癒えていった。

「ど、どういうことなんだ？」

「狙われた行商人たちが取り扱っている品の中に、共通しているものがあった。ゴブリンたちがその品を好んで狙っているのかと思ったが、備蓄庫には見当たらない」

「気が付かなかった……。どんな品なんだ？」

「葡萄酒だ」

「こ、高級品じゃないか！　もしかして、各地から入ってきた葡萄酒が、軒並み襲われてたってことか？」

「だから、商人ギルドが直々に依頼をくれたんだろう」

もっとも、襲われた行商人の荷馬車には葡萄酒以外も積んでいたため、商人ギルドは葡萄酒が共通して狙われていたとは気付けなかったようだ。単純に被害総額が大きかったので、冒険者ギルドに依頼をしてきたのだろう。

「でも、どうして。ゴブリンたちは葡萄酒を自分のものにしてたわけじゃないんだろ？」

「ああ。備蓄庫にもなかったし、特別飢えているわけでもなさそうだ」

アリスは首を傾げながら、呻いているゴブリンたちを見やった。

「ギ、ギギッ！」

帽子のゴブリンが、戸惑いがちにアリスに声をかける。アリスは、二、三度咳払いをすると、声を潰しながら答えた。

「ギィ、ギギッ、ギッ」

「アリスぅ!?」

いきなりゴブリン語を話し始めたアリスに、ラルフは目を剝く。

「ああ、驚かせてすまない。『すまない、怪我、治す』くらいのニュアンスを伝えた。発音に自信がないから、恥ずかしいのだが……」

「いやいや、そこ恥じらうところ⁉　どうして知ってるんだ。ゴブリン語なんて！」

「村の教会に、ゴブリン語を研究しているという学者が立ち寄ったことがあってな。その時に教わったんだ」

「世界は広いな……。そんな研究をしている学者がいるんだ……。っていうか、ゴブリン語を習得するアリスは多芸すぎじゃないか？」

「勉強をするのが好きなもので……」

「真面目か……」

ラルフはアリスのストイックさに震える。

一方、意図が通じたようで、帽子のゴブリンは一歩退いた。

アリスはそんな彼に頷き返すと、怪我がひどいゴブリンから順に、治療に当たった。

ラルフもまた、「な、なんかごめん」と謝りながら、歩けないゴブリンを支えてアリスの元へと導く。

「ゴブリンに治癒魔法を使う人なんて初めて見た……」

「魔物とはいえ、意思の疎通ができるのならば慈悲をかけるべきだと思った」

「さすがは元聖女。優しいんだね」

「……そうでもないさ」

優しい者であれば、盗賊団を皆殺しにしたりしない。

アリスは心の中で、ラルフの賛辞を否定する。

一方、アリスの手際は良く、ゴブリンの治療はあっという間に終わった。

「ギギギィ……」

帽子のゴブリンは、イマイチ状況が呑み込めない表情のまま、アリスに頭を下げる。

他のゴブリンも、ラルフすらも同じ顔だった。何せ、事件の真相を探り当てたのは、アリスだけなのだから。

「そいつは、ホフゴブリンだ」

アリスは、帽子のゴブリンを顎で指す。

「名前は聞いたことがあるが、あまり出くわさないな。確か、一般的なゴブリンよりも高度な知性を持っていて、手先も更に器用なんだっけ」

「ああ。ホフゴブリンは、その高い知能ゆえに人間と共存することも稀ではない。悪戯好きではあるが、衣服や食べ物をくれてやると働いてくれることもある。ラルフがあまり知らないなら、この辺りにはホフゴブリンがあまり生息していないんだろう。恐らく、そいつは群れからはぐれてここに辿り着き、普通のゴブリンたちのリーダーになったんだ」

人間を襲うけだもののようなゴブリンたちに、罠を作って住処を防衛しつつ、ベリーを摘んだり動物の肉を加工して保存したりする方法を教えたのだろう。それで、他のゴブリンに慕われてリーダーになったということか。

「人間を襲えば、ゴブリンよりも強い冒険者が駆除しに来る。だから、知能が高いホフゴブリンは、仲間に人間を襲わないように教えていたんだ」

「でも、行商人たちは襲われてたよな……？」

「正確には、荷物がな。被害届を見る限りでは、被害は荷物に集中している。人間にも多少の被害があるが、荷物襲撃の際に巻き込まれたのだろう」

アリスは鼻を鳴らし、耳を澄ませる。

「どうした？」

「いや、他にゴブリンはいないかと思ってな」

「いないだろう。気配もないし、いたとしたら飛び出してくるんじゃないか？」

「ふむ。ならば、不自然だと思わないか？」

アリスは怪我を治療したゴブリンたちを、ぐるりと見回す。ホフゴブリンだけが少し大柄であったが、他のゴブリンは同じくらいの大きさだ。

「ここには、成人したゴブリンしかいない。これだけの数で食料も豊富なコミュニティに、子どもがいないのは不思議じゃないか？」

「た、確かに！」

ラルフは目を丸くする。

アリスはしゃがみ込み、ホフゴブリンと同じ目線になってこう尋ねた。

拙いゴブリン語で、「子ども、攫われた？」と。

「ギィ！　ギィ、ギィ！」

「ギギギィ！」

ゴブリンたちは一斉に叫ぶ。

怒り、悲嘆。そして、懇願がアリスに集まった。

「ど、どうしたっていうんだ？」

「やはりな……」

戸惑うラルフの横で、アリスは胸に暗い炎を宿す。

「こいつらの子どもは攫われている。この巣は一度、襲撃に遭っているんだ。鳴子は
その時に壊されて、そのまま放置されていたんだろう」

修復していないのは、守るべき子どもがいないから。

「ラルフ。一度町に戻るぞ」

「えっ、でも、依頼は――」

立ち上がったアリスに尋ねようとするラルフであったが、アリスの顔を見て、

ギョッとした。

「葡萄酒を扱っていて、襲撃に遭っていない商人を探す。そこに、粛清すべき悪があるはずだ……！」

正義に燃える赤い瞳。溢れる怒りと滲む殺意。

ラルフは息を呑み、無言で頷くことしかできなかった。

アリスとラルフは町に戻り、葡萄酒を扱っている商人を調べる。

すると、町はずれに拠点があるマリアンヌ商会の葡萄酒だけが被害に遭っていなかった。更に、町中の酒場がこぞってマリアンヌ商会の葡萄酒を買い求め、売り上げは跳ね上がっていたという。

被害に遭った商人たちが言っていた、前会長に溺愛されたワガママ娘が取り仕切っているという商会だ。

町はずれの拠点とやらに赴くと、そこには豪邸が建っていた。

広い敷地を高い塀が囲っている。だが、アリスは塀沿いに伸びている木を見つけ、するすると登ってしまった。

「こんなに木登りが上手い女の子、初めて見た……」

「田舎暮らしだったからな」

慄くラルフに、アリスはさらりと返した。

「全体的にスペックが高いんだよ、アリスは。むしろ、出来ないことなんてあるの？」

「私はレベル1で君よりも弱いんだぞ？」

「それ、判定が間違ってると思うんだよなぁ」

さらりと返すアリスに、ラルフはぼやく。

塀の中は美しい庭園であった。ユニコーンやドラゴンを模したトピアリーがずらりと並び、色とりどりの花が植えられている。

「へぇ、綺麗だな」

「見ろ」

感心するラルフを小突き、アリスは庭の隅を指さした。

華やかな庭に、陰りがあった。忌むべきもののように置かれた、獣用の檻(おり)だ。薄汚れたその檻に、人型の生き物が詰め込まれている。

「子どものゴブリンだ……！」

「ああ。私の予想が当たっていたようだ。当たっていて欲しくなかったが」

「弱ってる……。ゴブリンとはいえ、さすがに可哀想(かわいそう)だ……」

ゴブリンの子どもたちの衛生状態は最悪だった。

食事用の皿はひどく汚れていて、檻の中は糞尿にまみれている。ゴブリンたちは痩せ衰え、ぐったりして動かない者もいた。

「ラルフ、あの檻を壊せるか？」

「檻は難しいかもしれないけど、錠前ならどついて壊せる」

「充分だ」

アリスとラルフは頷き合う。

目的は一緒だ。ゴブリンの子どもたちを助けなくては。

見張りがいないことを確認してから、二人は庭に降り立つ。姿勢を低くして、足音を忍ばせ、注意深くゴブリンの檻に歩み寄った。

「キィ……」

ゴブリンの子どもが弱々しげな瞳で二人を見つめる。見知らぬ武装した人間に対して、明らかに警戒し、怯えていた。

「大丈夫だ。今、群れのところへ帰してやる」

アリスがそう言って安心させ、ラルフが剣の柄で錠前を壊そうとしたその時だった。

「そこまでよ、盗人ども！」

甲高い女の声が二人を制する。

見ると、豪邸のバルコニーから天に昇らんばかりに髪を盛った派手な装いの女がこちらを見下ろしていた。

「貴様が、商会の会長――マリアンヌか」

「いかにも！」

マリアンヌは、アリスに向かってふんぞり返る。

「ゴブリンの巣を襲撃し、ゴブリンの子どもを攫い、彼らを脅迫してライバルの商人の荷物を襲わせた外道め！」

叫ぶアリスに、マリアンヌは少しも動じずにほくそ笑んだ。

「ふぅん、そこまでわかってるんだ」

「貴様……！　悪びれもせずに！」

「自分では直接手を下さないようにして、そんな……。ゴブリンが人間を襲うなんて日常茶飯事だし、ただのゴブリンの襲撃だと思わせていたのか」

人間のゴロツキを雇ったとしても、彼らが捕まって尋問されては終わりだ。その点、ゴブリンの言語を理解する者は少ないので、ゴブリンから秘密が漏れることはほとんどない。

アリスの隣で、ラルフは忌々しげにマリアンヌを見やる。だが、マリアンヌは煩わしそうに眉を寄せただけであった。

「そこのゴブリンども、もういらないから持って行ったら？　飼うのもだるくなって来たし」

「なん……だと？」

「冒険者ギルドに依頼が行った時点で、そろそろ潮時だと思ったのよね。まさか、ここまで来るとは思わなかったケド」

マリアンヌは肩を竦める。

「それよりも、稼いだお金でいい護衛を雇えたし、今度はその子を使ってひと稼ぎできないかと思って。あんたたちは、護衛の腕試しに使ってあげるわ」

マリアンヌはにたりと笑うと、パンパンと手を叩く。

「ポチ！　出番よ！」

「ポチ？　犬か……狼か!?」

ラルフは周囲を見回し、アリスはロッドを構える。

狼であれば身軽で牙も鋭く、知能も高い。相手としては厄介だが、脅威の度合いはゴブリンとそれほど変わらないはずだ。

アリスが訝しげに思った瞬間、屋敷の壁の一部が吹き飛んだ。

「なっ……！」

「グオオオオオオッ！」

舞い上がる粉塵。咆哮とともに現れた巨体。

毛むくじゃらの身体にぼろ切れみたいな衣服をまとい、腕と足に鎖を巻いた野性味溢れる存在が、アリスたちの前に現れた。

「なんだこいつ！　オーガか⁉」

人を食らう鬼と呼ぶにふさわしい容貌に、ラルフは息を呑む。しかし、マリアンヌは小馬鹿にしたように鼻で嗤った。

「残念だったわね。人間よ！」

「人間なんだ⁉」

「一度暴れ出したら手がつけられない、千人殺しのバーサーカー！　敵も味方も殺し過ぎたせいで冒険者ギルドから追放されて牢に放り込まれていたところを、わたくしが救ってあげたわけ。金の力でね！」

「ヌゥゥゥン！」

マリアンヌに呼応するように、ポチはトピアリーを引っこ抜き、ラルフとアリスを目掛けて振り下ろす。

「あぶなっ！」

「なんて力だ……！」

二人はとっさに跳び退くものの、トピアリーを棍棒代わりに振るうポチの勢いは止まらない。彼は目の前にある、ゴブリンの檻にトピアリーを叩きつけた。

「キ、キィ……！」

怯え切ったゴブリンの子どもたちは、身を寄せ合って震える。トピアリーはポチの猛攻に耐えられずに折れてしまうが、ポチは構わず拳で殴り続けた。

まさに狂戦士。理性はいずこへ行ったのか。オーガの方が理知的ですらある。

「やめろ！」

アリスが叫び、飛び出そうとする。

それよりも早く、ラルフの剣がポチの拳を受け止めた。

痺（しび）れるような衝撃がラルフの両腕に走る。ラルフは歯を食いしばり、大地に足をめり込ませながらも、なんとかポチを押し戻した。

「こいつ、レベル30だ！　強いッ！」

ラルフはタリスマンでの計測結果をアリスに伝える。

「30……だと？　君ともレベル差があるじゃないか……！」

「ああ。だけど――」

ラルフは、可哀想なくらい縮こまっているゴブリンの子どもたちを見やる。それから、アリスに目を向けた。

「君はレベル差があったら逃げるのかい？」

「……いいや、逃げるわけにはいかない。魔物とはいえ、このゴブリンの子どもたちは弱者だ。強者が弱者を踏みつけていい道理はない」

アリスの答えに迷いはない。

「だろうね！　アリスならそう言うと思った。だから、俺も逃げないんだ。君にカッコ悪いところを見せたくない！」

ラルフもまた、迷いはなかった。

「グゥ……！」

一方、自分が押し戻されたことにポチは驚愕していた。しかし、見開かれた目は、すぐにニタリと粘ついた笑みに変わる。

「面白い……。少しは骨がありそうだッッ！」

「人語を喋った！」

標的をラルフに絞るポチと、ポチに人間の知性が残っていたことに驚くラルフ。

ポチは圧倒的な力とスピードであるが、ラルフもそれに負けていない。彼はポチのハンマーのような拳から放たれる桁外れのパワーを受け流し、反撃の機会を窺っている。

「ポチィィ！　そんなひょろっこい相手に手間取ってるんじゃないよ！　負けたら飯抜きよ！」

「ヌゥゥ！　飯、食いたい！　牛の肉、五頭分！」

マリアンヌのヒステリックな声に、ポチの勢いが増した。

「うわっ！」

頭から突進するポチを、ラルフは間一髪のところで避ける。ポチはそのまま屋敷の壁に突っ込み、壁は音を立てて崩れ落ちた。

「直撃したらやばいな。だが、このパワーを維持し続けるのは難しいはず……！」

ラルフの目に確信が宿る。

「ラルフ……」

「アリス、こっちは任せてくれ！」

ラルフはマリアンヌを顎で指す。アリスは彼に頷いた。

マリアンヌ自身が戦闘に参加することはないが、彼女がポチを上手く御していることは確かだ。それに、今回の黒幕は彼女である。

「ポチ！　そのボウヤはあんたのスタミナ切れを狙ってるわよ！　動きを封じなさい！」

「グゥゥゥ！」

マリアンヌに指示されたポチは、辺りのトピアリーを手当たり次第に抜いたかと思うと、ラルフを目掛けて投げ放つ。

「くっ……！　指示が的確過ぎる……！」

ラルフはひらりとトピアリーの雨をかいくぐり、ポチと距離を取ろうとする。だが、彼の足は地に叩きつけられた憐れなトピアリーに阻まれた。

「しまった！　こいつ、最初から俺の足場を狭めるのが目的だったのか！」

ラルフの周りには、引っこ抜かれたトピアリーの山が築き上げられている。ラルフがトピアリーを跳び越える前にポチが動いた。

「小僧ゥゥ！　庭のシミになれぇぇえ！」

ポチは大砲のごとき勢いでラルフに摑みかかろうとする。その手に摑まれれば、筋肉が潰されて骨が砕かれるに違いない。

ラルフは敵を見据える。

攻撃をまともに受けてはいけない。押し潰されるだろう。

中途半端に逃げてはいけない。捕らえられて壊されるだろう。

ならば、踏み込むしかない。相手の勢いがあればあるほど、威力が増すはずだ。

「一か八か。やるしかない……！」

「小僧ォォォ！」

「来い！」

ラルフは腰を落とし、標的の動きを見極める。

レベル差がなんだ。仮に大怪我をしたって、アリスがいる。中級の治癒魔法を習得した彼女であれば、砕かれた骨も元に戻せるだろう。

ラルフにとって、アリスの存在は頼もしかった。彼女がいれば、何だってできそうな気すらする。

ポチの勢いはすさまじい。だが、戦いと破壊に対してあまりにも前のめりで、隙は大きかった。

「そこだぁぁぁっ！」

ラルフは見つける。標的に到達する道筋を。

刃はポチの両腕を縫い、ラルフの身体のすぐそばをポチの指が掠める。自らの手が空を切って顔をしかめたポチの額に、ラルフの剣が叩きつけられた。

「ぐおぉぉぉぉっ！」

パッと血飛沫が散り、ポチは額を押さえて悲鳴をあげる。普通の相手であれば致命傷だが、ポチの強靱な身体では命を取るには至らなかった。

「なっ、なにしてんのよ！」

マリアンヌは、バルコニーから身を乗り出さんばかりに驚嘆する。

「クソッ！　高い金出して雇ったのに……！　確か、即効性の治療薬が……」

　マリアンヌが治療薬を探しに行こうとしたその瞬間、漆黒のひんやりとした刃が、彼女の首に添えられた。

「やめておけ」

「ヒッ」

　マリアンヌの真後ろに、アリスがいた。彼女の低い声に込められたただならぬ殺気に、マリアンヌは小刻みに震える。

　アリスが手にした大鎌が死を招くことを、マリアンヌは知らない。それでも、魂が危険を察知していた。

「み、見逃してよ。ゴブリンは無傷で解放するし、金は積むからさぁ……」

「貴様の汚れた金など要らない。そんなものを受け取るくらいなら、泥水を啜って路上で寝た方がマシだ」

「せ、正義感が強いのね。それじゃあ、今回のこと、正直にギルドに話すから……っ」

「今更、貴様を信用すると思うか？」

　アリスの声に凄みが増す。

「わたくしを、どうする気……？」

「事情を説明してギルドに引き渡す。そして、然るべき罰を受けてもらう」

マリアンヌは、「ヒィー」と小さく悲鳴をあげた。

もう、どんな小細工も通用しない。そう悟った彼女は覚悟を決め、懐に忍ばせていたナイフを抜いた。

「お、お、大人しくしてれば付け上がりやがって！　テメェのような後衛の小娘、わたくしみたいな商人でも殺れ――」

「貴様の不相応な鼻っ柱、処さなければいけないようだな」

アリスの溜息が零れる。

刹那、漆黒の一閃がマリアンヌの鼻を過ぎった。

「えっ？」

彼女のすらりとした鼻に、亀裂が入る。

次の瞬間、マリアンヌの鼻が弾けた。

「おっ、おぺっぺっ、わ、わたくしの鼻が……ひゃながぁぁっ！」

マリアンヌは噴き出す鼻血を押さえ、激痛のあまり地べたに這いつくばって悶絶する。

盛られた髪は乱れ、豪奢な服は血で汚れ、哀れな姿になっていた。

バルコニーの下では、ラルフもまたポチとの決着をつけていた。

横たわるポチに息はあるものの、動く気力はないように見えた。

そんなポチの巨体の前で、ラルフは驚愕の表情でアリスを見上げていた。

彼は見たのだ。アリスが即死魔法を行使するところを。

「アリス……君は……」

ラルフの呟きが、風に運ばれてアリスの耳に届く。それに対して、アリスはただ、沈黙を返したのであった。


その後、マリアンヌとポチを捕らえ、冒険者ギルドに引き渡した。

アリスとラルフの報告を聞き、ギルドは二人の証言をもとに調査したのち、適切に処理すると答えた。一方、依頼はゴブリン騒動の解決だったので、主犯を捕らえたことと、近隣に住むゴブリンに敵意がないと判明したことが相俟って、依頼達成という判断になって報酬が支払われた。

ゴブリンの子どもたちは二人によって解放され、ゴブリンの巣へと送られた。彼らは怪我をしていたり病気になったりしていたが、アリスが奇跡を行使することで健康な身体を取り戻した。

ホブゴブリンはアリスとラルフにぺこりと頭を下げ、他のゴブリンもまた、彼らが集めたであろう食料や、質のいい鉱石を二人にプレゼントしてくれた。

「なんか……不思議な気分だ」

ゴブリンからもらった、ちょっと歪(いびつ)だが透明度が高い水晶を眺めながらラルフが言った。

「どうしてだ？」

町へ続く街道を歩きながら、アリスは問う。

「ゴブリンは人間を襲うし、冒険者が駆除するものだと思ってたからさ。助けるのは初めてだし、感謝されるとは思わなかったっていうか……」

「人間もまた人を害する。だが、人間を駆除しないだろう？」

「そりゃそうだ。みんながみんな、そういう連中ってわけじゃないし」

ラルフはそう答えて、ハッとした。彼の気付きに、アリスは微笑む。

「ゴブリンだって、人を襲わない連中もいる。そういう奴らは倒さなくていいんだ。要は、相手の心がけ次第ということだな。そこに、種族は関係ない」

「ははっ、流石(さすが)は元聖女様。説教が上手いな……」

完敗だ、とラルフは肩を竦める。

「最初は、アリスが元聖女様だということをちょっとだけ疑っていたんだ。なんでこんなところに、って思ってたから」

「それはそうだ。君の疑念は尤(もっと)もだ」

「で、でも！」

ラルフは勢い任せに、アリスの手を取る。

「今は信じてる。ゴブリン相手に冷静な判断を下した聡明さ、ゴブリンの子どもたちを癒す慈悲深さ。あれを見たら、聖女様だということは疑いようがない！」

「元、だがな」

アリスは、やんわりとラルフの手を解いた。

「……マリアンヌに使った魔法。あれと何か、関係があるのか？」

あんなもの見たことがない、とラルフは頭を振る。彼の真っ直ぐな瞳に、畏怖が見え隠れしていた。

「……君には世話になった。事情を、説明した方がいいかもしれないな」

「あ、ああ」

他言しないことを条件に、道すがら、アリスはラルフに事情を語る。

盗賊団が村を襲おうとしたこと、あるきっかけがあって即死魔法を会得したこと。

そして、即死魔法で盗賊団を全滅させ、自分は教会を去ったこと。

死神との出会いや時間の巻き戻しのことは、伏せておいた。アリスにもそれらの正体が全くわからなかったので、説明のしようがなかったのだ。

「即死魔法……。確かに、マリアンヌの鼻を一瞬で完膚なきまでに再生不能——つま

り、即死させた。あれが普通の魔法ではないことくらい、フェンサーの俺でもわかる

……」

「私は、奪われる者を守るために、奪う者を処す。この力は、そのために使いたいと思っている」

アリスは自分の手のひらを見つめる。今や、すっかり汚れてしまったその手を。

「すごいな、アリスは……」

「ん？」

ラルフの目には、やはり畏怖が滲んでいた。

しかしそれよりも、尊敬の眼差しの方が強かった。

「そんな強い力を手にしたら、マリアンヌやポチみたいになってもおかしくないのに。それでも、アリスは力が弱い人たち――いいや、人だけじゃなくて、魔物すらも救おうとしている……！」

「ラルフ……」

「元じゃない。君は真の聖女様だよ。君の高潔さは、卑しい連中の返り血で汚れても尚輝き続けるはずだ。俺はそんな君の手助けをしたい。君の旅に、同行してもいいか？」

日は傾き、夜になろうとしている空の下で、ラルフの瞳は星々よりも力強く輝いて

いた。

その美しさに、アリスは思わず息を呑む。気付いた時には静かに頷いていた。

「ああ。あてのない旅だが。君さえよければ」

「やった！　有り難う、アリス！」

「礼を言うのはこちらの方だ。君のように真っ直ぐな仲間がいると頼もしいからな」

アリスは手を差し出す。ラルフは嬉しそうに手を伸ばすが、自分の手が泥だらけなのに気付き、律義にマントで拭ってから握手を交わした。

ラルフの手は温かく、頼もしい。ごつごつした剣士の手だ。

「あっ、そうだ」

見つめ合っているのが照れくさくなったのか、ラルフはパッと手を離して話題を変える。

「自分のレベル、タリスマンで見てみたらどうかな。さっき確認したら、俺はレベルが上がってた。ポチと戦って経験が積めたんだと思う。アリスはどう？」

「ふむ」

アリスは自らのタリスマンを取り出し、自分のレベルを表示するよう念じる。そこに現れた数字を、さらりと読み上げた。

「1のままだな」

「嘘ぉ！」

ラルフは目を丸くして、自分のタリスマンでアリスのレベルを測り、アリスのタリスマンを覗き込み、信じられないという表情でアリスを見た。

「本当だ……。レベル1だ……。なんで……？」

「君のタリスマンでも同じということは、タリスマンが不良品というわけではないようだな」

「冷静過ぎでしょ！　君のことだよ!?」

ラルフは、混乱する頭を抱える。

「っていうか、君は盗賊団を全滅させてるんだよね。それなのに初期レベルのままっていうのはおかしい……。冒険に関する経験は、充分に積んでるはずじゃあ……」

「タリスマンが判定する範囲の経験を、積んでいないのかもしれないな」

「どういうこと？」

「タリスマンに内蔵された解析魔法は、主に戦闘経験を判断してレベル判定をしているようだが、私は積んでいないとみなされているんだ、戦闘経験を」

「あっ！　そ、即死させてるから……！」

タリスマンが判断するのは、主にどれだけの時間戦ったのか、どれだけの技術を使い、どれだけ能力を向上させたかなど、その辺りだろう。

だが、即死魔法は一瞬で雌雄を決する。そのため、経験はゼロに等しいと判断されているのだろう。

「欠陥品じゃないか！　アリスの強さを正当に評価できないなんて！」

ラルフは悲鳴をあげる。一方、アリスは平然としていた。

「即死魔法なんて使う人間はいないから、想定外なのも仕方がない」

「でも、アリスはずっとレベル1で最弱判定に……」

「ギルドの活動に制限がかかるのは由々しき事態だが、幸い、君という頼もしいパーティーメンバーがいる」

ぽむ、とアリスはラルフの肩を叩く。正しくレベルを上げているラルフさえ同行していれば、ギルドの制限には引っかからない。

「それはそうだけど……。納得いかないなぁ」

「私一人の基準に合わせてもらうわけにもいかない」

「そりゃあ、そうだけどさぁ。アリスの強さと尊さを誰もわからないなんて……」

ラルフは自分のことのように項垂れ、重い足取りでアリスについて行く。

「そんなことよりも、今日の夕飯はどうするかな。報酬も支払われたことだし、満腹になるまで食べられそうだ」

「マイペース……。まあ、お腹は空いたけどさ」

身体も動かしたし、魔法もたくさん行使した。アリスはすっかり腹ペコで、報酬で何を食べようかと悩んでいた。

町の入り口が見え、大通りに並ぶ食堂からいい香りが漂ってくる。

アリスの足取りは自然と軽くなり、ようやく立ち直ったラルフもまた、足並みを揃えた。

だが、アリスはふと足を止める。

町を囲む壁に背を預け、金の髪の胡散臭い男が待っていたからだ。

「よぉ、おかえり。ご苦労さんだったな」

「ユーロン」

夜の闇を背負いつつ、町の灯りにぼんやりと照らし出されるその様は、彼の妖しい美丈夫っぷりを際立たせていた。

ユーロンが口角を吊り上げて笑うと、ラルフがアリスの前に立ちふさがる。

「なんだ、あんた。胡散臭い奴だな」

「へぇ。勇ましい仲間ができたみたいじゃねぇか」

凄むラルフに対して、すらりとした長身のユーロンは薄笑いで見下ろす。それが癪(しゃく)

に障ったのか、ラルフは軽く唸った。

「大丈夫だ。よくわからない男だが、敵じゃない」

アリスはラルフを制しながら、ユーロンに問う。

「調べ物は、終わったのか？」

「ああ。お前さんは腹ペコだろうから、飯でも誘おうと思ったのさ」

「飯……ッ！」

アリスの警戒心が揺らぐ。「しっかりして!?」とラルフがアリスを揺さぶった。

「この人買いか、ならず者のボスみたいな奴は信用ならない！　歓楽街の変な店に連れて行かれて、毒でも盛られるぞ！」

「信用ねぇな。まあ、護衛としては上出来か」

警戒するラルフを楽しそうに眺めながら、ユーロンは続けた。

「安心しな。大通り沿いの料亭に個室を予約してる。店には二名って伝えてあるが、一人増えたところで変わんねぇだろ。部屋、広いし」

ついてきな、とユーロンは踵を返す。

「りょうていの？」

「こしつ？」

アリスとラルフはキョトンとした表情で顔を見合わせると、揃って目を瞬かせながらユーロンの後を追った。

町の大通りの一角に、東方諸国（イーストランド）の店が立ち並ぶ区域があった。

ユーロンが二人を案内したのは、その中で最も高級な東方風料理屋である。柴垣（しばがき）に囲まれた木造の建物は、周囲の石造りの建物とは一線を画している。店自体は大通りに面しているが、出入り口は通りを一本入ったところにあり、一歩足を踏み入れると心地よい静寂が包み込んでくれるという、不思議な空間であった。

迎えてくれた女将（おかみ）はユーロンの顔を見るなり、喜んで一行を案内してくれた。アリスとラルフが戸惑いながらブーツを脱ぎ、恐る恐る木造の床を踏みしめて向かった先は、中庭の見える畳敷きの広々とした一室であった。

「な、なんだこれは。植物を編んだ床なのか？」

畳の目をなぞりながら、アリスは目を丸くする。

「そいつはイグサを編み込んで作ってる。この辺じゃ見ねぇ植物だな」

ユーロンは遠慮なく上座に座りながら答えた。

「なんてやわらかい……。包み込むように優しくて繊細な床だ……。絨毯（じゅうたん）とも違う……。ブーツを脱いだのはこれを傷つけないためなんだな」

ラルフに至っては、畳に感動するあまり這いつくばって頬を寄せている。

「東方の建築物なんて、書物でしか見たことがなかったな。まさか、こんなところにあるとは……」

「俺なんて、この町に出入りして長いのに、こんなところは初めて入ったよ。この辺のエリアは物価が高いし、東方の人間ばっかりだからさ」

アリスとラルフは木の柱から梁に至るまで、しげしげと眺めた。

「東方は遠い。転送魔法を使っても輸送費が嵩んじまうのさ。まあ、今日は俺の奢りだから楽しんでくれや」

「本当か!? 太っ腹だな！」

ラルフは目を輝かせる。

一方、アリスは目つきを鋭くし、周囲の観察をやめ、ユーロンに倣って座布団に腰を下ろした。

「そのもてなしに、相応の見返りを求めているんだろう？ 私たちに何をさせたい」

「はっ、確かに！」

ラルフもまた、慌ててアリスの隣に座った。

「ははっ、鋭い洞察力だな。話が早くて助かるぜ」

ユーロンはひとしきり可笑しそうに笑ったかと思うと、身を乗り出して声を潜める。

「お前さんたちに、個人的に依頼をしたい」

「冒険者ギルドを介さずに――か？」

アリスとラルフは怪訝な顔をする。

「ああ。ギルドを介したら仲介料がかかるだろう？　そしたら、お前さんたちに行く報酬も少なくなっちまう」

「違うな」

アリスはぴしゃりと否定した。

「あなたは、ギルドに知られたくない依頼をしたいんだろう？」

「ご名答。――と言いたいところだが、少し違う」

「何処がだ」

「依頼自体はギルドに知られても構わないものが大半だ。俺がギルドに知られたくないのは、俺自身だ。ちょいと複雑な立場でね」

「……複雑な立場、だと？」

アリスはユーロンをねめつける。だが、ユーロンはしれっとした顔で鋭い視線を受け流した。

「あんた、何者なんだ？」

ラルフもまた、警戒しながらユーロンに問う。しかし、ユーロンは肩を竦めただけだった。

「悪いな。人には言えねぇ事情ってのがあるわけよ。――なぁ、アリス」

ユーロンはアリスに水を向ける。

確かに、アリスが即死魔法を得た過程はおいそれと他人に話せない。アリスは苦々しげな表情で、肯定の沈黙を返した。

気まずい空気が流れる。

そんな中、タイミングを見計らったかのように個室に食事が運ばれた。

ずらりと並ぶ懐石料理。空腹を刺激する美味しそうな香りが漂っていた。

しかし、アリスもラルフも、飛びつきたいのを我慢して、箸を付けずにユーロンの出方を窺う。

「お前さんたちには、魔女狩りを頼みたいんだ」

「魔女狩りだと？」

アリスが眉をひそめ、ラルフがハッとする。

「もしかして、北の森の魔女……？」

「さすがは中級の冒険者。知ってるじゃねぇか」

ユーロンはにやりと笑った。

「北の森に魔女が潜んでいるというのか？」

アリスに問われ、ラルフは「ああ」と頷いた。

「北の街道をしばらく行くと、大きな森があるんだ。魔物も多く目撃されているし、山岳地帯も近いせいで盗賊が隠れ家を作ることも多くて、たまに護衛の依頼なんかが出ている場所でさ。ただ、少し前に依頼がぴたりと止まっているんだ」

「それは妙な話だな」

「代わりに、北の森で悪逆非道な魔女が暴れているっていう噂を聞くようになった。ギルドに討伐依頼が入ると思って気にしてたんだけど、なかなか入らなくてさ」

近隣には小さな村があるという。ラルフは、村の人々の身を案じていた。

「冒険者ギルドの出る幕じゃねぇと思ってるのさ」

「誰がだ？」

アリスとラルフはユーロンを見やる。ユーロンは勿体ぶるような沈黙の後、声を潜めてこう言った。

「王都の聖騎士団。そいつらが介入しようとしている」

「王都の……聖騎士団!?」

アリスとラルフの声が重なる。

ゴブリンの住処に行く前に見た、オーウェンたちの姿が頭を過ぎる。彼らは鉱山のワイバーン狩りの後だったようだし、分隊が動いているのだろうか。

「聖騎士団が動くほどの相手なのか、その魔女っていうのは……」

ラルフは固唾を呑む。

しかし、アリスは眉間に皺を寄せたままだった。

「それほどまでに恐ろしい相手──つまり、聖騎士団が動くほどの災厄クラスであれば、もっと知名度があってもいいはずだ」

「た、確かに。魔女一人なら、ワイバーンより恐ろしいとも思えないしな」

アリスの見解にラルフは納得する。

「その魔女の存在は王都にとって、何か重要な意味があるんじゃないか？」

「アリスは話が早くて助かるぜ。俺もそう思ってるから調査をしてぇんだ」

「では、討伐というよりも調査がメインということか……」

「そういうことだ。引き受けてくれるか？」

アリスは沈黙する。

果たして、ユーロンの話に乗っていいのだろうか。

「アリス……」

ラルフも迷うような視線をアリスに向ける。彼も決めかねているのだろう。

悪逆非道な魔女が本当に暴れていて、近隣の村にも被害が及んでいるとしたら見過ごせない。

だが、もし聖騎士団が動いているのだとしたら、自分たちが出る幕なのだろうか。

それに加え、ユーロンはあまりにも胡散臭すぎる。もし、聖騎士団と敵対している立場だとしたら――。

「引き受けよう」

アリスは決断する。

ラルフは息を呑み、ユーロンはほくそ笑んだ。

「ただし、私の信条に反することがあれば、途中で放棄する可能性もある。それを念頭に置いて欲しい」

「構わないぜ」

アリスが提示した条件に、ユーロンはあっさりと頷いた。

「ラルフ、君はどうする？　ギルドの依頼でもないし、私一人で引き受けることも可能だが――」

「行くとも！」

アリスの言葉が終わらないうちに、ラルフは了承した。

「君を一人にするなんてとんでもない。それに、もし、本当に困っている人たちがいるなら助けたい」

「そうか。愚問だったな」

真っ直ぐなラルフの瞳に、アリスはふと表情を緩めた。彼の実直な正義感は心地がいい。

「それじゃ、飯でも食いながら報酬の話でもするか。依頼の詳細は道すがらで構わねぇかい?」

ユーロンは懐石料理に手を合わせると、さっさと箸を手にする。

「道すがらということは、ユーロンも来るのか?」

「勿論。お手並み拝見と行かせてもらうぜ」

アリスの問いに、ユーロンはにやりと笑う。

「……あなたの方が、我々よりも遥かに強いはずだがな」

「俺は迂闊(うかつ)に手を出せねぇんだ。さっきも言ったが、立場が複雑でね」

ユーロンは立場の部分を、再度強調する。

そんな二人の様子を見て、ラルフは遠慮がちにタリスマンを掲げる。ユーロンのレベルを計測しようとしたのだろう。

だが、その表情はすぐにしかめっ面に変わった。

「どうだった?」

アリスの耳打ちに、ラルフは首を横に振った。

「計測不可能だ。でも、タリスマンの測定なんてなくても、ただ者じゃないことは気配でわかる」

一方、ユーロンは余裕の表情だ。

「アンチアナライズの特性を持ってるから、その玩具(おもちゃ)じゃ俺のレベルは計測できないぜ。まあ、そんなもんで測れるレベルなんて、つまらねぇ基準を物差しにしているに過ぎないしな」

「ううん、確かに……」

ラルフはアリスの方を見やる。アリスは最弱レベルだが、蘇生魔法と即死魔法を駆使する反則的なスペックだ。

そんな中、アリスのお腹から大地を揺るがさんばかりの轟音(ごうおん)が響く。アリスははっと顔を赤らめ、お腹を押さえた。

「す、すまない……！」

「いやいや。俺もめちゃくちゃお腹空いてるから、腹の虫が鳴るのは超わかるよ！」

恥じらうアリスに、ラルフが慌ててフォローする。

「ほら、さっさと食いな。冷めちまうと勿体ないぜ」

ユーロンはお吸い物を啜りながら、二人を促す。

アリスとラルフは顔を見合わせたかと思うと、初めて使う箸を不器用に握りながら、懐石料理に手を付けたのであった。

第四章

最弱聖女、傍若無人魔女と相対す

SAIJYAKUSEIJYO DESHITAGA
SHINIGAMI NI NATTE YONAOSHI SHIMASU
KAIRI AOTSUKI

一行は、ユーロンが呼んだ馬車に乗って北の森近くの村まで辿り着いた。待っていたのは、どんよりと曇った昼下がりの空であった。

村はアリスがいたパクスよりも小さく、集落というような規模だ。ぽつぽつと建っている家々は、どれも扉と窓が閉め切られていた。

「妙だな」

アリスは村の様子がおかしいことに気付く。

「人の気配はするな。たぶん、家の中にいるんだろうけど……」

ラルフが手近な家の扉をノックする。しかし、返ってくるのは沈黙のみだ。

「すいませーん。俺たちは冒険者です！　近くの森で魔女が暴れていると聞いてやって来たのですが！」

ラルフは声を張り上げる。しかし、誰一人として出て来ようとしない。家々の中や物陰からの視線だけが、三人に注がれていた。

「魔女から隠れているのか……？」

アリスは静まり返った村の様子を眺めてから、ユーロンを見やる。

だが、ユーロンは一歩退いたところで二人を眺めているだけだった。

試されている。

慎重に動かなくては、とアリスは自分に言い聞かせる。

ユーロンはアリスの即死魔法に興味を持っていた。そして、強者を集めようとしていた。

それが何故なのか見極めなくてはいけない。

もし、彼の目的が、弱者から大切なものを奪うことだとしたら、彼を処さなくてはいけない。もっとも、できれば――の話だが。

「あっ……」

奥の家の窓がわずかに開いているのに、ラルフが気付いた。

住民がこちらの様子を覗いていたのだ。目が合った瞬間、住民は短い悲鳴をあげた。

「ひっ」

「すいません！　話を聞かせてください！」

ラルフは閉められそうになった窓に両手を突っ込み、無理矢理こじ開けようとする。

「ひいいっ、馬鹿力！」

「怪しい者じゃないんです！　話だけ！　話だけ聞かせてください！」

怯え切った住民と、強引に聞き込みをしようとするラルフ。その後頭部に、アリスの手刀が振り下ろされた。

　ゴッと鈍い音がする。

「痛っ」

「住民を怯えさせるな。どう考えても怪しいだろう」

「うう……。勢いあまって、つい」

　後頭部を抱えるラルフをよそに、アリスは怯えた住民に頭を下げる。

「驚かせて申し訳ない。私たちはこの辺りを騒がせているという魔女の調査をしに来たんだ。魔女についての情報を聞かせて欲しい」

「………………」

　住民はじっとアリスを見つめていた。

　困惑と胡乱が混ざった表情の住民は、小さく溜息を吐いてこう言った。

「冒険者さん……森には入っちゃいけない。すぐに引き返しなさい」

「それは、どういう……」

「それは……」

　住民は何かを語ろうと口を開く。だが、頭を振ったかと思うと、ぴしゃりと窓を閉ざしてしまった。

「……どういうことなんだ？」

「また、こじ開ける？」

「君は意外と脳筋だな。逆効果だから絶対にやるなよ」

立ち上がって窓に手をかけようとするラルフの首根っこを、アリスが引っ摑む。

アリスは辛抱強く待ってみたが、窓はそれっきり開かなかった。恐らく、アリスらがいる間は開かないだろう。

「北の森に行こう」

「いいのか？　入っちゃいけないって……」

踵を返すアリスに、ラルフが問う。

「入らなくてはわからないこともある」

「まあ、そうか……。魔女の存在が危ないから入っちゃいけない、って言われたのかもしれないし」

「そういうことだ」

アリスは振り返り、再度、村の様子を眺める。やはり、どこの家の扉も窓も閉ざされたままだった。

「ん？」

踏み固められた土の道に、轍と馬の蹄の跡を見つける。自分たちが乗ってきた馬車のものではない。

それは真っ直ぐ、森とは別方向にのびていた。村と森に沿って山岳地帯があるので、山道に続いているのだろう。

「どうしたんだ？」

「いや、馬が通った跡があってな」

「行商人かな。山には盗賊の塒があるっていう噂もあるし、心配だな」

「ああ……」

何故だか、アリスの胸の奥はざわついていた。盗賊とは別の何か、嫌なものを感じる。

「行くのかい？　魔女に会いに」

ユーロンに声をかけられ、「あ、ああ」とアリスは頷く。

今は、魔女に集中しなくては。

「そう言えば、ユーロンの護衛も依頼に入っているのか？」

森の道は狭いはずだ。隊列を組まなくてはならないだろう。

だが、アリスの問いに、ユーロンは首を横に振った。

「いいや。自分の身くらい自分で守るさ。お前さんも、それくらいできるってことは知ってるだろう？」

「……まあな」

この男の出方にも気を配らなくてはいけない。信じるに足る人物なのかどうかを。

アリスは気を引き締めながら、村の奥にある北の森へと向かった。


森は鬱蒼と茂っていた。

ホフゴブリンがいた森よりも湿度が高く、見慣れない植物があちらこちらに生えている。知識が豊富なアリスは貴重な薬草を数種類見つけ、恐ろしい毒草がその倍以上あることに気付いた。

「魔女は魔法薬を生成して生計を立てていたのか？」

「さあ？　そこまでは知らねぇが、こんな森だしな」

アリスの問いに、ユーロンが答えた。

「おま……あなたも、薬草や毒草があることに気付いていたのか」

「お前でいいぜ」

言い直すアリスに、ユーロンが笑う。言動こそ歩み寄りが見受けられるものの、彼がアリスを見る目は底知れない。

「お前！　胡散臭い眼差しでアリスを見るな！」

アリスの前に、ラルフが立ちはだかった。

「なんだ。お前さんには許可してないぜ」

からかうように笑うユーロンに、ラルフは「ぐっ」と言葉を詰まらせる。

「というか、自己紹介をしてもらってないぞ！　俺はラルフ・スミス！　冒険者で、クラスはフェンサーだ！　よろしく！」

ラルフはユーロンに食って掛かりながらも、律義に自らのフルネームを名乗る。

「そいつは失礼。俺はユーロン。まあ、旅人とでも」

「旅人？　人買いじゃないのか……？」

「生憎と、人身売買には興味なくてね」

ユーロンはしれっとした顔で言った。

「それよりも、お前さんの苗字がスミスってことは、鍛冶屋の息子か？」

「ああ。両親が鍛冶師だ……」

ラルフは警戒しながら答えた。

「ふぅん。それじゃあ、お前さんが背負っている両手剣も親が鍛えたのか」

「そうだが……。ウチの親に手を出す気じゃないだろうな」

「馬鹿言え。いい腕前だと思っただけさ。それだけの腕を持った鍛冶師なんてそうそう居ねぇ。親を大事にしな」

「ユーロン！」

ラルフの表情がパッと輝き、歓喜に満ちた。

「アリス！」

ラルフは嬉々とした表情で、先行していたアリスの元へとすっ飛んで行く。

「ユーロンはいい奴だ！」

「ラルフ……。君は善良だが単純だな」

アリスは頭を抱える。世間は、ラルフのような人物をチョロいと表現する。

「アリス、お前さんの両親は？」

ラルフの後から悠々と歩いて来たユーロンは、アリスに尋ねた。

「私の両親は、とうに死んだ」

「そうかい。それじゃあ、俺と同じだな」

「……お前も？」

アリスは思わず、目を見張った。

「親父殿はつい最近。母親は、ずいぶん前に死んだらしい」

「それは、お悔やみを申し上げる……。エラトゥスの元での安息を祈ろう」

アリスは死者を弔う印を切ろうとするが、ユーロンの大きな手がそれを制した。

「親父殿が向かったのはそっちじゃねぇ。大気となって雲とともに空から俺たちを見守ってるんだ」

「それは、どういう……」

人は死ぬとエラトゥスの元へ行く。かの衛星に向かわずに大気となるとは、まるで人外――魔族のようではないか。

「だが、母親は従神の元にいるかもしれねぇな。どっちにしろ、印を受け取るのは墓を見つけて墓参りを済ませてからだ」

「母親の墓が何処にあるかわからないのか？」

「母親の姿もろくに見たことがなくてね。どこに住んでたのか、どこに葬られたのかもわからねぇ。ま、気長に捜すさ」

ユーロンはあっけらかんとしていた。

「……そうか。私と父もそのような感じだ。お前の母親の墓捜しにも協力したいところだな」

「へぇ、同情してくれるってか。優しいねぇ」

ユーロンはおどけるようにアリスの肩を抱く。驚いたアリスは、ユーロンの手を慌てて払った。

「おい、私は真面目に……！」

「いいんだよ。自分で見つけることに意義がある。お前さんのその優しさは、有り難く受け取っておくけどな」

「食えない男だ……」

毒づくアリスに、ユーロンは軽薄な笑みを浮かべるだけだった。

「ふ、二人とも！」

先行していたラルフが声をあげる。アリスとユーロンは警戒しながらそちらを見やった。

すると、大樹の太い枝から何かがぶら下がっていた。

人間だ。網に囚われた人間が、哀れに身体を折り曲げている。

「動物用の罠か？　いや、それにしては大きいし頑丈だ」

アリスは網の罠をつぶさに観察する。まるで、人のために作られた罠のようであった。

「おーい、大丈夫か？」

ラルフが声をかけると、網に掛かっていた男は呻き声をあげた。どうやら、気絶していただけらしい。

「はっ……！　あ、あんたたち、助けてくれ！」

網に掛かった男は、無理な体勢になりながらも網を揺さぶって助けを求める。

「暴れたら危ないって！　動かずに待ってて！」

ラルフはアリスと協力して罠を解除し、網ごと男を地面に下ろす。網を取り外すと、男は地面の上に大の字になった。

「あーっ！　死ぬかと思った……！　関節がもうバキバキだ……」

「どうしたと言うんだ？　この罠、まるで対人用じゃないか」

アリスはしゃがみ込み、男に目線を合わせようとする。すると、男は血走った目を見開いた。

「そうだ！　魔女！」

「魔女……だと？」

「魔女から逃げて来たんだ！　あいつ、俺たちを捕まえて奴隷みたいに働かせやがって……！　仲間がまだ、魔女の住処に……」

「なっ……！」

アリスと、話を聞いていたラルフの声が重なる。

男の衣服は簡素なもので、すり切れてボロボロになっている。男の様子も正に、奴隷と表現するに相応しい。

「ということは、この罠は魔女が奴隷を逃がさないための……？」

「きっとそうだ！　助けてくれよ！」

男はアリスに縋り（すが）つこうとする。しかし、その間にユーロンが割って入った。

「丁度いい」

ユーロンは男の首根っこをひょいと摑む。

「こいつに道案内をさせればいいだろ」

「ひえっ」

男は短い悲鳴をあげる。アリスは首を横に振った。

「彼は衰弱している。村に帰した方がいい」

「こいつが無事に逃げて来たエリアは罠がねぇし、魔女の住処も知ってる。逃がすテはねぇだろ」

「だが……」

アリスは心配そうに男を見やる。

男もまた助けを求めようと口を開いたが、ユーロンにひと睨みされて居竦んだ。

「道案内、やるよな？」

「や、ヤラセテイタダキマス……」

男はカクカクと頷く。

「……まあ、無理をするなよ」

「やっぱり、ユーロンは反社会的勢力なんじゃあ……」

眉間を揉むアリスと、ドン引きするラルフ。

だが、ユーロンが言っていることが間違っていないことも、アリスは理解していた。

せめても、と思ってアリスは男の傷を軽く癒し、ゴブリンからお礼として受け取った豊潤なベリーを食べさせてから、一行は魔女の住処へと向かったのであった。

鬱蒼と茂った森を抜けると、崩れかけた古城が一行の前に立ちはだかった。

灰色の曇天と城壁に集うカラスの姿が、古城に渦巻く不吉を物語っている。城の主はとうの昔にいなくなり、後世の存在が城を占拠しているのだろう。

すなわち、近隣の村を脅かし聖騎士団に睨まれ、アリスたちが相対しようとしている悪逆非道な魔女が。

「ここです……」

ユーロンに首根っこを引っ摑まれたままの男が、か細い声でそう言った。

「そのようだな。強い魔力を感じる」

アリスは、空気が緊張感に包まれているのに気付いていた。強い魔力の持ち主が、この中にいる。

「よし。もう行っていいぜ」

ユーロンは男の首根っこから手を離す。男はへっぴり腰でひょこひょこと立ち去った。時折、一行の様子を眺めながら、村ではなく茂みの方へ。

「村に戻らずに俺たちを待つつもりなのかな」

ラルフは不思議そうな顔をする。

「どうだろうな。弱っているとはいえ、彼の身のこなしはただの村人ではなさそうだ」

アリスは、男を訝しげに見送った。

「それって、どういう……」

「そいつに気付くとは、流石はアリスだな。実は、俺もあいつを捕まえている時に違和感を覚えていてね。村人にしちゃあ、そこそこイィ身体してる。それに、情けない顔をしながらも、俺に引っ摑まれても痛くない体勢を探ってたぜ」

ユーロンはにやりと笑う。

「奴隷として働かされているのは、村人ってわけでもなさそうだ」

「なっ……！　二人は違和感に気付いたのに、俺は気付けなかった……。剣士なのに……」

ラルフはショックを受けてくずおれる。

「お前さんは百二十パーセント善意でできてるから、悪意が見抜けねぇのは仕方がないんじゃねぇか」

「それ……どういう意味だ？」

「褒めてんのさ」

「そっか！　有り難う！」

ラルフはあっさりと立ち直る。そんなラルフに、アリスは溜息まじりで言い添えた。

「……君は騙されやすいから気を付けろよ」

「えっ！　ユーロンの発言は皮肉ってことか!?」

いちいちショックを受けたり喜んだりと忙しいラルフをよそに、アリスは古城の入り口を見やる。

今のところ、仕掛けてくる気配はない。魔力の流れにも変化は見られない。

魔女は気付いていないのか、それとも、気付いていて敢えて泳がせているのか。

そして、罠にはまっていた男と、魔女の奴隷になっている仲間は何者なのか。

「いずれにしても、虎穴に入らなくては虎子を得られないからな」

アリスが一歩踏み出すと、ラルフは気持ちを切り替えて前衛に出る。アリスの斜め後ろには、ユーロンがいた。この男の真意もわからない。

様々な思惑が絡み合う中、アリスはラルフとともに古城に踏みこんだ。

廃墟の古城に足を踏み入れると、薄暗い闇が三人を包んだ。

アリスはランタンに火を点け、進行方向を照らす。

あちらこちらに、壊れた木箱やら樽やらが放置されている。それらは城よりも新しく、後から来た者が置いたのだろう。

「魔女のものだろうか」

アリスはすんと鼻を鳴らす。わずかながら、漬けられた薬草の匂いがした。

「やはり、魔法薬を作って生計を立てるタイプの魔女がいたようだな。しかし、そういった魔女が悪逆非道と呼ばれて人間を奴隷のように働かせるとは思えないが……」

「俺はあんまり魔女について詳しくないけど、魔女によってタイプが違うのか？」

周囲を警戒して進みながら、ラルフが問う。

「ああ。一般的に知られているのは、魔法に特化した魔女。つまり、女性ソーサラーとほぼ同義の存在だな。しかし、医療知識が豊富で魔法薬を生成することに長けた魔女もいる。こちらは、賢者や聖女と同じような役割をすることが多い」

「ふぅん。それじゃあ、良い魔女ってこと……か？」

「それだけで良いと決めるのは早計じゃねぇか？」

アリスに尋ねるラルフの間に、ユーロンの声が割り込む。

「でも、人を癒すのは良いことだろ？」

「医療知識が豊富ってことは、毒にも詳しいってことさ」

ユーロンはそう言って、アリスの方を見やる。

「……そうだ。ここに来るまでに毒草も多く見つけた。魔法薬タイプの魔女だからと言って、善良とは限らない。それに、薬も分量を変えれば毒になる」

「な、なるほど……」

納得したのか、ラルフの声に緊張感が走る。

「それに、立場によって善悪は変わるのさ」

「ユーロン、それはどういう……」

ラルフはユーロンに尋ねようとしたが、次の瞬間、ハッとした。

「上だ！」

石造りの古城の天井は高く、ランタンの灯りは届かない。その闇の中に、いくつかの影が潜んでいたのだ。

ラルフが気付くと同時に頭上から飛び立ったそれは、翼と角が生えた子どもくらいの大きさの魔物——小悪魔（インプ）だ。

「ギィィッ！」

インプの集団は、醜悪な顔を愉悦に歪めながら一行に襲いかかる。ラルフは迷うことなく、剣を抜いた。

「アリス、ユーロン、姿勢を低くして！」

「――いや、君がしゃがめ。背中を借りるぞ」

「へ？」

ラルフは背後に、ひんやりとした殺気を感じた。反射的に、両手剣にしがみつきながら膝を折る。

「邪悪なる悪鬼め！　この私が、貴様らを処す！」

咆哮をあげるアリス。その手には即死魔法の具現化たる大鎌。

彼女はラルフの広い背中を踏みつけたかと思うと、インプ目掛けて跳躍した。

「一撃粛清！」

空中を舞うアリスがインプの集団を迎え討つ。アリスの叫びに偽りはなく、彼女のひと振りのもとにインプの集団は真っ二つになった。

「ギィ――――ッ！」

炸裂霧散。インプたちは呆気なく黒い霧になって虚空へと散り散りになる。

「ひぇ……、強……」

語彙を喪失したラルフは、背中をさすりながら戦慄していた。そんな彼に、見事に着地したアリスが駆け寄る。

「すまない。君の背中をジャンプ台代わりにしてしまって……」

「それはご褒美……いや、別にいいんだけど、前衛の俺の意味……」

「君には体力を温存してもらいたかった。それに、両手剣で一掃できる数ではなかったからな」

「一掃は無理過ぎて反論の余地がないよ。しかし、あいつらは……」

「魔女が元凶だとしたら、手下だろう。あの統率が取れた動きは、間違いなく誰かに命令されている」

アリスは懐から、ペンジュラムを取り出す。

「それは？」

「魔力の痕跡を追跡できるものだ。インプはアストラル界に依存した下等魔族。魔力の痕跡は探りやすい」

アリスは足跡を辿る要領で、インプの魔力の痕跡を辿る。すると、ペンジュラムは通路の一角を示した。

「これか……」

崩れかけた古城の瓦礫（がれき）に隠されるようにして、地下室への入り口があった。

地下室からは、わずかに風が吹いている。上昇気流が発生する熱源がある証拠だ。

「見事なもんだ」

一歩退いて成り行きを見ていたユーロンが称賛する。

「ヒントがあった」

「インプが我々に襲いかかる直前、お前がこちらの方向を見ていたからだ」

「ほう？」

アリスはユーロンをねめつける。

彼は全て知っていたのだ。インプが襲いかかってくること、そして、インプが地下室からやって来たことを。

「な、何だって……!? インプを倒すのも、インプが何処から来たか当てるのも、全部俺たちを試したってことか……？」

「強者を集めているらしい。そのテストでもされているのかもな」

信じられないものを見る目を向けるラルフに、アリスは事も無げに言った。それを聞いたユーロンは、可笑しそうに笑った。

「鋭いねぇ。それを悟った上で俺のさり気ない動きも利用しようって度胸、かなり俺好みだぜ？」

「生憎と、私は神々に仕えることと弱者を助けることしか考えていない」

アリスはさっさと地下室へ足を向ける。

「テストされてるのは癪だけど、悪い魔女がいるなら倒さないとな……」

ラルフもまた、決意は変わらないようだ。

階段は狭いので隊列を組み直し、ラルフは両手剣を構えたまま先行する。

「インプを使役していたのなら、やっぱり悪い魔女なのかな」

「……インプは特に、誰かに使役されるために具現化するタイプの魔族だ。そう考えると、あまりいい相手とは思えない」

魔族は、人間に敵対的である場合が多い。彼らは、炎を獲得して文明を築き、あっという間に世界各地に勢力を広げた人間を快く思っていないとアリスは聞かされていた。

そんな魔族を使役するとは、魔女はそちら側なのか。

ランタンに照らされた三人の影が、古びた地下室の石壁で不気味に躍る。

長い階段をしばらく下りていくと、徐々に視界が明るくなるのに気付いた。

「……いるな」

松明を燃やしているのか、地下室は明るいようだ。

複数の人間の気配と、話し声が聞こえる気がする。外で待っている男の仲間だろうか。

「強い魔力の気配も感じる。魔女がこの先にいるかもしれない」

「今度は俺が頑張るよ。アリスのお陰で、体力を温存できたし」

「ああ。頼んだ」

アリスとラルフは頷き合う。

アリスはユーロンの方を見やるが、彼は壁に寄りかかって二人のやり取りを眺めているだけだった。見物を決め込む気だろう。

ラルフが先行しながら、アリスたちは慎重に階段を下りる。

次第に話し声が大きくなり、それが苦悶に満ちていることが伝わってきた。それとともに、一定のリズムで金属音が聞こえる。やがて、階段が終わって開けた場所に出て——。

「な……、これは！」

ホールのように天井が高く広々とした地下室。岩盤を切り崩して作られたそれは、木造の骨組みに支えられている。

そこに、男たちがいた。

罠に掛かっていた男と同じく簡素な服装で、岩壁に齧（かじ）りついてハンマーを振るっていた。

彼らはタガネが打ち付けられてひび割れた石片から輝けるものを選別し、ねこぐるまに載せて奥へと運んでいく。

作業をしている男たちを見張るのは、槍（やり）やら鞭（むち）やらを持ったインプだ。インプは獄卒のごとく男たちを責め、ひと時たりとも手を休ませようとしなかった。

「古城の地下で採掘をしていたのか……」

「あれは魔石だ」

息を呑むラルフに、アリスが言った。

「魔石って、魔力を含んだ鉱石だよな。魔法道具に使ったり、武器の魔法耐性を上げる時に使ったりするやつ。希少だし高価なんだっけ」

「ああ。この辺りの地質は、魔石が含有されていて魔力が高いのだろう。だから、先人は城を築いたのかもしれないな。魔石が地中に埋蔵されているならば、城内で儀式をしやすい」

「それじゃあ、なぜ、今になって採掘を……？」

ラルフは疑問を浮かべる。

「魔石を利用しようとしているんだろうが、その目的は――」

そこまで言って、アリスは口を噤む。

採掘している男の一人の様子がおかしい。ふらふらとおぼつかない足取りで明後日(あさって)の方向へ歩き出したかと思うと、唐突に倒れ伏した。

過労だ。男の顔色の悪さを見れば、アリスには一目瞭然だった。このまま放置していては危ないというのもわかっていた。

しかし、それを見つけたインプは、更に鞭を振るおうとする。周囲の男たちも、報復を恐れてか見て見ぬふりをしていた。

「やめろ！」

気付いた時には、アリスは飛び出していた。

男たちが何者であったとしても、病人は弱者だ。強きをくじき弱きを助けるアリスは、見過ごせなかった。

「ギッ⁉」

突然の闖入者に、インプはギョッとする。だが、アリスが即死魔法の大鎌を生み出す方が早かった。

「弱者に追い打ちをかけようとする貴様らは、私が処――」

インプに猛然と即死魔法を振るうアリス。絶体絶命のインプ。

しかし、その間を切り裂く紫電が走った。

「なっ、雷撃魔法……⁉」

アリスはすんでのところで跳び退く。命拾いをしたインプはたたらを踏み、地下室の奥を見やった。

「警備の連中がやられたから何事かと思ったけど、こんな小娘が遊びに来てたなんてねぇ」

毒々しくも美しい紫の髪を気だるげにかき上げながら現れたのは、蠱惑的（こわくてき）な肢体の女であった。

彼女は薄布でできた法衣を身にまとい、美しい貌から高慢さを滲ませつつ、周りにいるインプに大きな扇で扇がれながら悠々と現れた。頭には大きな三角帽子を被っている。伝統的なその帽子は、魔女の証だ。

「お前が魔女か……！」

アリスは倒れた男を庇うように立ちはだかり、魔女を睨みつける。ラルフもすぐに駆け付け、アリスとともに魔女と相対した。

「そういうあんたたちは何なのよ。可愛い男女二人でデートかしら？」

「ラルフと私はそのような不純な関係ではない！　ただの仲間だ！」

アリスは即答した。

「ふ、不純……！　ただの仲間……」

ラルフはひっそりと傷ついていた。魔女はそれを見逃さなかった。

「……あらー、ワンチャンあると思ったのかしら。でも、そこの堅物で目つきが怖い女より、私の方がイイことできるわよ」

魔女は誘惑的な眼差しをラルフに送る。初心なラルフの顔は反射的に赤らむが、彼は強い自制心を以って首を横に振った。

「不要！　俺はそんな目でアリスを見たこともないし、アリスが純潔を好むならば俺も純潔を貫く！」

「あらあら、フラれちゃった。まあ、私は堅物を落とす方が好きなんだけど」

誘惑の視線はアリスに向けられる。次の標的はアリスだと言わんばかりに。

「ダメだ！　アリスを狙うなら、まずは俺を倒せ！」

その間に、両手剣を構えたラルフが割り込む。その燃え滾る眼差しは、自分が狙われた時よりも明らかに強かった。

まさに一触即発。修羅場の予感。

一方、話題の中心のアリスはというと――。

「そうだな……。相手は簡単に間合いに入れてくれないだろう。前衛は君に任せて、私はサポートに回ろう」

「アリス……？」

アリスは誘惑の矛先が自分に向いたことに気付かず、真面目に戦術を考えていた。

もはや、色恋沙汰など眼中にないと言わんばかりだ。

「安心してくれ。君の背中は私が守る」

「た、頼もしいよ……」

ラルフは行き場のない巨大感情を胸に、辛うじてそう返した。

「……苦労しそうね、あんた」

魔女もまた、空回りをするラルフに同情的であった。

「そんなことより」

アリスはその場に渦巻くなれ合いの空気を一蹴する。

「お前が森に住まうという魔女か。何故、男たちを奴隷のように働かせて鉱石を掘っている！」

「答える前に、一つ質問していいかしら？」

「なんだ？」

魔女の問いに、アリスは訝しげに答える。

「あんたたちは何者？　王都の聖騎士団じゃなさそうだけど」

「我々は冒険者だ。依頼は、個人から受けている」

アリスは遥か後方からユーロンの視線を受けながら、さらりと説明した。

「ふぅん。それで、私を討伐しようってわけ？」

「必要であれば」

アリスの言葉に、魔女は鼻で嗤った。

「雇われ冒険者ごときが、自分で判断とはねぇ。あんたたちに正義なんてない。金で動くくせに」

「我々は違う」

「へぇ」

魔女はせせら笑うが、アリスは一切怯まなかった。

「ゆえに、我々の判断で奴隷のように働かされている人間を解放する！　それを阻むのならば、お前を処さなくてはいけない！」

「はっ、面白い！　あいつらが何者か知らないくせに！」

「盗賊だろう」

間髪を容れずに答えたアリスに、魔女はギョッとした。

「な、なんで知って……」

「もしかしたらと思っていたが、当たりだったようだな」

「あんた、私にカマをかけて……！」

魔女は悔しげに唸る。

「彼らの仲間を森で助けた。そいつの身のこなしや身体つきは、ただの村人とは言い難かった。それに加え、解放されたにもかかわらず村に帰る様子はなかった。村人であれば、いくら囚われている仲間が心配とはいえ、まず、自分の家や家族のもとに行くだろう」

冒険者が魔女のもとへ行き、仲間を解放してくれる可能性があるのなら尚更だ。

「ど、どういうことだ……？」

目を白黒させるラルフに、アリスはやんわりと説明をした。

「山岳地帯には盗賊が潜んでいると言っただろう？　そいつらが古城を襲撃して、返り討ちにあったんだ。古城の荒れた様子は、その時の名残だろう」

「魔女から有用なものを奪うつもりが、自分たちが労働力として囚われたってことか」

「恐らく」

アリスは頷いた。

「そこまでわかってるのなら、どうしてあいつらを解放しようとするのよ。盗賊なんて、弱者から奪う者の最たるものじゃない。あいつらが弱者の人権を認めないのと同じで、あいつらにも人権なんてないわけ。村人や旅人も、盗賊がいなくなって清々してるんじゃない？」

「お前の言い分は間違っていない」

アリスはまず、魔女の主張を肯定した。

「確かに、奪う者がいなくなって助かる者たちはいるだろう。それに、奪う者が奪われるのは当然の報いという見方もある」

「じゃあ、私のやることに口を出すんじゃないわよ」

「だが」

アリスはぴしゃりと言った。

「より強者が——盗賊から奪われていない第三者が盗賊から奪うというのは、結局は盗賊たちがやっていることと変わらないと思わないのか？」

アリスの主張に、魔女は一瞬だけ押し黙る。

だが、すぐに重々しく口を開いた。

「……あんたは」

「ん？」

「あんたはそうじゃないって言えるわけ？　あんたは私が使役したインプを殺した。あんたもやってることは変わらないじゃない」

「そんなわけないだろう！」

反論したのは、ラルフだった。

「あいつらが俺たちに襲いかかって来たんだ！　降りかかる火の粉を払うのは当たり前だ！」

「ラルフ」

アリスはやんわりとラルフを制した。

「……魔女の主張はもっともだ」

「アリス！　あれは正当防衛だって！」

「インプの件だけじゃない。私は常に、自らが振るう力が本当に正しいかどうか、考えなくては」

　そう、アリスもまた自覚があり、葛藤していた。

アリスは今、弱者を守るために奪う者と化した。しかし、自分が振るう制裁の大鎌は、本当に正しいのかと。

「だからこそ、見極めたい」

「はぁ？」

「お前が何を目的として魔石を採掘しているのかを。悪逆非道な魔女が暴れていて、聖騎士団が動いているという話だけは聞いている。だが、その裏に隠された真実を私は知りたい」

「真実ねぇ」

　魔女は肩を竦める。

「はー、正論ばっかりで嫌になる」

「どうした？」

「あんたを見ていると、お堅い聖騎士団を思い出すわ。あいつらって本当に――」

　魔女の右手に魔力が集中する。

　殺気を感じたアリスは叫んだ。

「ラルフ、避けろ！」

「ムカつくのよ！」

魔女が放つ雷撃を、ラルフは後方に跳び退いて避ける。彼が立っていた場所は真っ黒になり、焦げ付いた臭いを漂わせていた。

「間一髪……！　アリスが教えてくれなかったら死んでた……」

先ほどまでの戯れなど嘘のように、魔女は殺気をまとい、敵意に満ちた目で二人を睨みつける。

「聖騎士団はきっと、この古城を襲撃しようとしている。だから、私は魔石を一つでも多く採取して、戦力を増やそうとしてるのよ！」

「聖騎士団と全面戦争をする気か！」

「当たり前じゃない。あんなムカつく連中、全員黒焦げか奴隷にして一生こき使ってやるわ！」

魔女の溢れる魔力が静電気を発しているのか、長い髪は猛る獣のように逆立ち、怒髪天を衝くがごとくとなっていた。

魔女の気迫に圧され、前衛のラルフはじりっと半歩下がる。

「あんたたちはあいつらと似てる！　自分が正しいと思って高潔ぶって！　そのお綺麗さにヘドが出る！　この魔女ジギタリス様が、あんたたちに地べたがいかに苦いか味わわせてあげるわ！」

「お前の名はジギタリスというのか！　私はアリスだ！」

「様をつけなさいよ、小娘がッッ！」

ジギタリスの雷撃が、律義に名乗るアリスに向けられる。

それをラルフが両手剣で防いだ。「お、俺はラルフ……！」と遠慮がちに自己紹介をしながら。

「話し合えないのか！」

アリスは問う。だが、ジギタリスは鼻で嗤った。

「無理ね。あんたたちみたいなお綺麗な連中と話してると、むかっ腹が立ってきちゃって。今すぐその口を封じてやりたいくらいだもの」

「だが……！」

「ごちゃごちゃ煩いって言ってんだよ！」

ジギタリスは雷撃を放ち、アリスはなんとか跳び退いた。

「無理だ、アリス！」

ラルフは気持ちを切り替えていた。

「そもそも、聖騎士団と対立し、インプを使役するような奴だ！　俺たちが助けたホフゴブリンたちみたいに脅されているわけでもないし、戦わなきゃ！」

「それは……」

王都の聖騎士団は魔族を葬る者たちであり、デルタステラ王国における正義。

その正義が敵とみなした者は悪なのだ。

(果たして、本当なのか？)

何かが引っかかる。アリスはまだ全てを知らない。

それなのに、即死魔法の大鎌を振るっていいものか。

(いや、迷っている暇はない……！)

アリスは腹を括る。

魔女ジギタリスとの交渉は決裂している。彼女は何度も雷撃魔法で、アリスとラルフを襲っている。

魔女に奪われる前に、奪わなくては。

「ラルフ！　雷撃は風魔法だ！　放つ前に空気の流れが変化する。気を付けろ！」

「了解！」

アリスは、タリスマンでジギタリスのレベルを計測する。

ジギタリスのレベルは40。パーティーレベルよりも遥かに高く、交戦非推奨の範囲だ。

だが、逃げるという選択肢はない。逃げては真実が遠のく。それに、盗賊とはいえ、囚われている男たちを放っておくわけにはいかない。

彼らはすがるような目でアリスたちを見つめている。それはまさに、弱者の眼差しだ。魔女によって搾取され続けた彼らから、他者から奪う気力というものは窺えなかった。

一方、ラルフは、次々と繰り出されるジギタリスの雷撃を避けながら両手剣を構えて猛進する。

ジギタリスとの距離は、一気に詰められた。

「悪いな！　倒させてもらう！」

「なめんじゃないわよ！　小僧！」

ラルフが両手剣を振り下ろすも、小さな槍で受け止められた。

インプだ。ジギタリスの使い魔が、主を守ろうとしているのだ。

「くっ！」

純粋な力であれば、ラルフの方が強い。

両手剣を振り切ってしまおうと力を込めれば、槍の柄は容易に軋(きし)んだ。

「ギィ！」

「このまま、真っ二つにしてやる！」

勇猛な意志と勝利への確信。

それが、ラルフにとって大きな隙になった。チリッと鼻先の空気が電気を帯びる。

「ラルフ！」

アリスが警告するが、間に合わない。

ラルフの両手剣に、魔女の紫電が落ちる。ラルフは呻き声をあげ、たたらを踏んだ。

「くそっ……」

「アッハハハ！　苦痛に満ちた顔の方が可愛いじゃないの、ボウヤ！」

ジギタリスは腹を抱えて笑いながら、ラルフに更なる追撃を加えようとする。インプもまた、両手が痺れて剣をまともに持てないラルフに襲いかかった。

しかし、アリスが動く方が早い。

「クレアティオの代行、アリス・ロザリオが行使する！　生命の源を奮起させ、かの者の傷を癒せ！」

ラルフの身体が、陽光の如く優しい輝きに包まれる。

治癒魔法だ。

焦げ付いていた表皮も、麻痺(まひ)していた神経も、あっという間に癒される。

「助かる！」

感覚が戻るとともにラルフは両手剣を握りしめ、大きく振りかぶった。

繰り出される力強い剣撃。無謀にも突撃してきたインプを一撃のもとに斬り伏せる。

「チッ！　クレアティオの治癒魔法ってことは、聖女か！　どうりでお綺麗な考え方をすると思ったわ！」

ジギタリスは忌々しげに舌打ちをする。

「私はもう、聖女ではない。その資格はないからな」

「ふぅん。その割には、太陽神クレアティオはまだあんたに門を開いてるじゃない」

「それは、神の慈悲だ」

「ま、何でもいいわ」

ジギタリスを守るべく、次々とインプが立ちはだかる。ラルフは迫りくるインプたちを斬り伏せながら、ジギタリスの懐に潜ろうとした。

だが、次の瞬間、ラルフは全身が総毛立つのを感じた。静電気で髪が逆立ち、指先にチリチリとした痛みが走る。

「風の流れが変わった……！　アリス！」

ラルフはとっさに跳び退いた。

彼は、紫電を帯びつつ残酷に笑う魔女の姿を見た。

「無駄無駄無駄ァ！　深緑の魔女が命じる！」

ジギタリスは右手を掲げる。彼女は印を切り、帯電した大気を集中させた。

「風神ウェントゥスに従属する風よ！　標的を地べたに這いずらせるために、私に従いなさい！」

「呪文詠唱……！　伏せろ！　大きいのが来るぞ！」

アリスはラルフに、そして、固唾を呑んで勝負を見守っている男たちに警告する。

空気が冷え、大気が震える。アリスもまた、近くにあった石くれの山に姿を隠した。

「ひれ伏せ、人間ども！『紫電爆裂（エレクトリック・ボム）』！」

紫電の塊が無数に生まれ、魔女の呪文とともに拡散する。

地下室は真昼のように明るくなるが、それも一瞬のことだった。紫電の塊が壁や床に触れた瞬間、大量の電力を放出しながら弾ける。

「くっ……！」

アリスの目の前で、石くれの山が弾けた。焦げ付いた臭いが鼻を掠め、石のかわりに焦げ跡が残っていた。

こんなのを食らっては、ひとたまりもない。

「うわーッ！」

「助けてくれーッ！」

紫電に巻き込まれたり、崩壊した壁に押しつぶされそうになったりと、男たちもまた逃げ惑っていた。ラルフは物陰に隠れて伏せていたため無事であったが、彼の目の前にあったであろう石の壁は半分が吹き飛んでいた。

「んー、人間が逃げ惑う姿はいいわねぇ。癖になりそう」

ジギタリスは恍惚(こうこつ)とした笑みを浮かべ、惨状の中、支配者のごとき堂々たる姿で佇んでいた。

その反対側で、アリスは先ほどから一歩たりとも動いていない人物がいるのに気付いていた。

ユーロンである。

彼は地下室の入り口付近の壁に寄りかかり、魔女との戦いの様子を微動だにせず見つめている。気配を殺して、影のように。

そんな彼が、口を開いた。

「アリス。即死魔法を使いな」

「だが、あれは……」

「魔女は死なない。だが、それはお前さんの即死魔法が効かないって意味じゃねぇ」

ユーロンは断言する。

それが真実か否か。そして、相手が何を目的としているのか。躊躇(ちゅうちょ)するアリスに、ユーロンは続けた。

「盗賊とはいえ、無力な連中をこれ以上危険に曝(さら)したくないだろ？」

「……そうだな」

アリスは頷き、ジギタリスと対峙する。

いずれにせよ、時間をかけていられない。

長引けば、捕らえられている男たちに大きな被害が及ぶ。魔女は彼らを傷つけることを躊躇うどころか、楽しんでいる節すらある。

相手にどんな事情があろうと、弱者をいたぶる輩は許せなかった。

「ラルフ！」

「おう！」

気を取り直したラルフが、拳を振り上げて応じる。

「行くぞ」

「お、おう……」

ジギタリスに即死魔法を仕掛ける。

アリスの殺気がこもった双眸を見て、ラルフは察したらしい。緊張気味に頷いてみせた。

「何をごちゃごちゃとやってんの。作戦会議なんてしたって無駄よ」

ジギタリスは豊満な胸を張ってふんぞり返る。

「いいや、そうとも限らないさ。俺たちは冒険者。どんなにレベル差があろうとも、チームワークでお前に勝つ！」

ラルフがジギタリスに向かって駆ける。

「何がチームワークよ！　また同じパターンじゃない！」

使い魔は既に尽きたのか、インプが現れる気配はない。その代わり、ジギタリスは詠唱を始めた。

無慈悲にして高威力の、先ほどの大魔法だ。

「それとも、黒焦げになっても聖女サマに治してもらえばいいってわけ!?　だったら、威力を上げて消し炭にしてやろうかしらね！」

ジギタリスの周りに風の魔力が集中する。ラルフは避けない。

彼は見極めようと目を見開いた。

「消し炭になれ！『紫電爆裂（エレクトリック・ボム）』！」

ジギタリスが放つ紫電の塊。今度は拡散することなく、突進するラルフに集中する。

「うおおおおっ！」

「上手に焼いてやるよ！」

眩い閃光（せんこう）が弾け、辺りが光に包まれる。

床が、積み上げられた石が、あらゆるものが雷撃に焼かれ、白煙が辺りを包む。

ジギタリスの目の前の地面は、真っ黒に焦げていた。床に焦げた両手剣が突き立っているだけで、ラルフの姿は影も形もない。

ざわ、と戦いの行く末を見守っていた男たちがざわめく。

ジギタリスは満足そうに、そして残酷に微笑んだ。

「あらあら。本当に消し炭になっちゃったかしら。可愛い子だったから、多少は手加減したのに」

勝利を確信するジギタリス。

しかし、後衛にいたアリスの姿がないことに気付いた。

「聖女は……!?」

白煙が漂う周囲を見回そうとしたその時、ジギタリスは、背後に気配を感じた。

「はっ……！」

「捕らえたぞ、魔女！」

アリスだ。彼女は白煙に紛れてジギタリスの後ろに回っていたのだ。

「ばかなッ！」

アリスが魔女を羽交い締めにする。

一方、両手剣のそばの瓦礫の山から、姿勢を低くしたラルフがひょっこりと顔を出す。彼は雷撃から逃れて、無事だった。

「ボウヤは囮（おとり）だったってわけ!?　雷撃を集中させたのは、閃光と煙で目くらましをするためだったのね……！　ボウヤは両手剣を避雷針代わりにして逃げ、その隙に

――」

「そう。ゼロ距離であれば、お前も魔法は使えまい！」

「なめるな、小娘！」

ジギタリスは身体をよじり、アリスの腕から逃れようとする。しかし、アリスはびくともしなかった。

「クソッ！」

ジギタリスは悪態を吐いたかと思うと、後ろ手でアリスの髪を引っ掴む。

「うっ……！」

アリスは思わず呻き声をあげる。その一瞬の隙をつき、ジギタリスはアリスの腕から逃れた。

「たかが十数年しか生きてない人間のガキが！　このジギタリス様に勝てると思うな！」

激怒したジギタリスは、しなやかな足で回し蹴りを放つ。

標的はアリスの顔面。髪を掴まれてなす術もないアリスが避けられるはずもなく、魔女のキックを真正面から受け止めた。

「がはっ……！」

「アリス！」

アリスがたたらを踏み、ラルフが駆け寄ろうとする。

ぽたぽたっと鮮血が滴り、床にべったりと染みついた。

自らの鼻の奥に熱いものを感じる。鼻血だ。

アリスは自らの鼻血を見たアリスは、自分の中で何かがぷつりと切れたのを自覚した。

「これが、堪忍袋の緒が切れたというやつか……」

「ハン、やろうっての？」

ジギタリスは三角帽子を脱ぎ、挑発的に嗤う。

「聖女サマの顔面に一撃お見舞いするのが、こんなに気持ちいいこととは思わなかったわ。その可愛い顔を、二目と見られないように整形してあげる」

大魔法を連続で使ったジギタリスは魔力の限界なのか、それとも生来の嗜虐的な性格が疼いたのか、あるいはその両方なのかわからないが、アリスに拳を突き出してみせる。

一方、アリスは鼻を押さえたかと思うと、ゴキッという暴力的な音を立てて歪みを直した。彼女は軽い治癒魔法をかけ、鼻の内部の出血を止める。

「貴様は――私が処す……！」

アリスは縮地のごとき勢いでジギタリスに突進する。

「やれるもんならやってみな！」

ジギタリスはアリスを平手打ちで迎え撃とうとする。だが、アリスは避けようとしない。

バチン、と痛々しい音が響く。だが、アリスもまたジギタリスの法衣を引っ掴み、自らの頭をジギタリスのおでこに打ち付けた。

「オラァ！」

「――っ！」

ジギタリスの視界に火花が散り、一瞬、気が遠くなる。しかし、同様のダメージを受けているにもかかわらず、アリスの頭突きの追撃が来た。

ゴッと鈍い音が響き渡り、ラルフと男たちが息を呑む。

「う……ぐ……小娘ェ……」

軽い脳震盪(のうしんとう)を起こしているのか、ジギタリスの足元はおぼつかない。だが、彼女と同等のダメージを負っているはずのアリスは、物ともしなかった。

「まさか……私に攻撃しながら治癒魔法を……！」

「継続治癒魔法。一定時間、少しずつ身体を治癒していく魔法だ。鼻奥の出血を止めた時に自らにかけた」

「クソッ……痛みを感じないなんて……チートじゃない」

「痛みは感じるさ」

アリスは間髪を容れずに言った。

「殴ったその時は、お前と同じ痛みを感じている。痛みが継続しにくいだけで、痛いんだ。その痛みで、自分がやっていることを自覚できる」

「……敢えて相手と同じ痛みを感じようとしてるわけ？　ドMなの？」

「それが、力を振るう者として必要だと思っただけだ」

「そう――」

真っ直ぐ見据えるアリスに対し、ジギタリスは足元にたまっていた砂利を蹴っ飛ばした。

「なっ……」

「でも、私は痛みを味わうなんて真っ平御免よ！　あんた一人で痛い思いをしな！」

目潰しに怯むアリスにジギタリスが拳を振るう。

継続治癒魔法は、アリスが説明したように一定時間しか効果がない。時間を引き延ばせば引き延ばしただけ、アリスの優位性は失われるのだ。

「ぶっ潰れな！　クソ聖女ォッ！」

「やむを得ん！　お前の言葉を信じるぞ、ユーロン！」

ジギタリスの拳が迫るが、アリスは避けない。それどころか、一歩踏み出した。

ゴギャァ！　と痛々しい音が地下室に響き渡る。

ジギタリスの拳はアリスの頬に、アリスの拳はジギタリスの頬に食い込んでいた。

「ク、クロスカウンターッ！」

ラルフが思わず叫ぶ。

両者まったくの同時にして互角。

だが、歯を食いしばって踏み込んだのは、アリスの方が早かった。

「私の拳で――」

「ちょ、待っ……！」

ジギタリスの頬に右拳を食い込ませたまま、アリスは即死魔法を発動させる。

「貴様を処す！」

「うぎゃあぁっ！」

漆黒なる二重のパンチが炸裂し、魔女の身体は派手に吹っ飛ばされる。勢いよく二、三回地を跳ねたかと思うと、床を転がって壁にぶつかった。

土煙がうっすらと漂う中、魔女の身体はピクリとも動かない。

「決まった……粛清パンチ……」

ラルフは拳を振るった体勢のままのアリスを見やり、あまりの凄まじさに戦慄した。

囚われた男たちもまた、魔女が倒れたというのに、誰一人として歓声をあげなかった。アリスへの畏怖が勝り、ただ無言で彼女の動向を見守ることしかできなかった。

「魔女は死んだ……のか？」

「いいや。死んだが、生きている」

アリスたちと魔女の間を漂っていた土煙が引き、視界が晴れる。

そこに倒れていたのは、魔女ではなく猫であった。

「猫⁉　どうして……！」

「恐らく、これが魔女の正体だったのだろう」

アリスは膝を折り、猫に触れようとする。しかし、猫はカッと目を見開くと、アリスの手を引っ掻いた。

「つぅ……」

「クソッタレ！　命が一つなくなったじゃない！」

猫はジギタリスと同じ声で唸る。

「やはり、グリマルキンだったか」

部屋の隅から、ユーロンが悠々と歩いてきた。

「グリマルキン……！　なるほど、そういうことか！」

「えっ、どういうことだ？」

納得するアリスに対して、ラルフは一同を見比べつつ疑問を浮かべる。

「グリマルキンとは、魔女の使い魔だ。雌猫の姿をした魔族で、高い知性と魔力を持つがゆえに魔女の助手を務めることも少なくない」

ホフゴブリンと同様で人間と共生できる魔族だ、とアリスは付け加えた。

「じゃあ、アリスの粛清パンチで死ななかったのも、そのせい……？」

「猫には九つの命があるというからな。実際の猫の命は一つだが、グリマルキンほどの魔力があれば九つくらいあっても不思議ではない」

そこまで言って、アリスはユーロンを見やる。

「お前は、ジギタリスの正体がグリマルキンだと知っていたのか」

「見てるうちに予想がついたって感じだな。こう見えても、魔族には詳しい」

ユーロンは色眼鏡を中指で持ち上げる。

「待てよ。それなら、魔女は他にいるってことか？　だって、グリマルキンって魔女の使い魔なんだろ？」

ラルフの疑問に答えたのは、ジギタリスであった。

「魔女は死んだわ」

「死んだ……？」

「殺されたのよ」

忌々しげに吐き捨てるジギタリスに、アリスとラルフは息を呑み、ユーロンが顔をしかめた。

「一体、誰に……？」

「王都の聖騎士団」

「なっ……！」

一同が絶句し、地下室に緊張が走る。

ジギタリスは、地に落ちた三角帽子にヨタヨタと歩み寄り、前脚でぎゅっと握った。

「王都の聖騎士団が……なぜ……」

「異端審問ってやつ。魔族との繋がりがある人間は、外法使いとして処罰されるの。私の主人（マスター）である魔女も……外法使いとして処刑されたわ」

ジギタリスの身体は小刻みに震える。怒りと悲しみの感情が混じった彼女は、両眼に大粒の涙を滲ませていた。

「なるほど。お前が聖騎士団を憎む理由はそれか。そして、魔石を採掘して聖騎士団と戦おうとしていたのは、弔い合戦だったのか……」

「……そうよ。マスターの仇（かたき）を討って、マスターから奪った魔法道具の数々を返してもらおうと思ってたの。あいつらにとってはただの押収物かもしれないけど、私にとっては、マスターの大事な遺品だもの……」

「ジギタリス……」

男たちを捕らえて奴隷のように働かせ、アリスたちを亡き者にしようとした暴虐の魔女。しかし、そんな彼女が深い悲しみと理不尽に対する怒りを持っていたとは。

アリスは、肩を震わせるジギタリスに憐憫の想いを抱く。彼女がしたことは許せなかったが、彼女自身を憎むことはできなかった。

「ようやく真相が見えてきたぜ。アリスとラルフに感謝しねぇとな」

ユーロンは顔をしかめたままそう言った。

「お前は、魔女の討伐よりも調査をしたがっていたな」

「ああ。人間における魔女ってのは、魔族におけるホフゴブリンやグリマルキンみたいなもんだ。魔族と共生できるマージナルな存在でね。俺はそういう存在を募りたかったのさ」

討伐も視野に入れるとアリスたちに告げたのは、ただの方便だったという。

「そこで、この地の魔女が候補に挙がった。だが、ある時期を境に悪逆非道な行いをしているという噂が囁かれるようになった。それが、どうもにおうと思ってね」

「それ、聖騎士団じゃねぇか……!?」

話に割り込んだのは、成り行きを見守っていた男たちであった。ジギタリスに捕らえられていた彼らは、ジギタリスが倒されたというのにその場に留まっていた。

「その噂、俺たちも聞いたぜ。だから、魔女が住んでるっていう古城に来たんだ」

「は？　マスターの住処を襲撃して、金目のものを奪おうとしたんじゃないの？」

ジギタリスが目を丸くするが、男たちは首を横に振る。

「そんなこと、するわけがねぇ……。俺たちは魔女に——あんたのマスターに助けてもらったんだ」

「えっ……」

「俺たちは、それぞれの事情があって集落や村から追い出された者の寄せ集めだ。山にこもって、旅人や行商人から金品を奪って生活するしかなかった。そんなある日、仲間が病気に罹っちまった」

流行り病だったという。

盗賊の彼らは、麓の村に赴いて治療を受けるわけにはいかない。感染を拡げないためには仲間を隔離し、見捨てるしかない。

だが、彼らにそれはできなかった。苦楽を共にした仲間を見殺しにするのは、何よりも苦痛であった。

そこで、森に住まう魔女のもとに駆け付けた。

「病人に善も悪もない。苦しむ者を救うのが私の役目」と言って、魔女は盗賊たちの住処へ赴き、三日三晩、ほとんど寝ずに看病してくれたという。

「マスターが留守を私に任せて何日かいなくなった時があったけど、もしかして……」

ジギタリスの言葉に、男たちは頷く。

「ああ。きっとその時、俺たちのアジトで仲間の看病をしてくれてたんだ……。本当に……良い人だった……。だから、噂を聞いた時は耳を疑ったし、あの人に何かあったんだと思って……」

「行ってみたら、あんたがいた。俺たちを救ってくれた魔女のかわりにあんたが居座っているのが許せなかった。もしかしたら、魔女を殺したのはあんたなんじゃないかとすら思っていたんだ。それがまさか、使い魔だったたなんて……」

男たちはそう言ってうつむく。男たちもまた、真実を見誤ってジギタリスに襲いかかったのである。

「はぁ……？　なにそれ……馬鹿みたい……」

ジギタリスの頬が引きつる。

「マスターを慕った連中を、私は足蹴にしながら搾取してたわけ……？　なにそれ……私、完全に馬鹿じゃない……。マスターに顔向けできないよ……」

「顔向けできねぇのは、俺たちだって同じだ。勘違いして助手であるあんたに刃を向けちまったし、あんなに良くしてもらったのに、俺たちはまだ社会復帰できないでいる。誰からも奪わないように、畑を作って家畜を育てようとしてるけど、自給自足が実現するには、まだ時間がかかる……」

男たちはまだ、旅人や行商人から奪う日々を過ごしていたという。

しかし、命を絶対に奪わないことと、金品を奪い尽くさないことを厳守していた。

「護衛依頼はあっても盗賊の討伐依頼がなかったのは、そういうことだったのか……」

深刻な顔で話を聞いていたラルフは、納得したように頷く。アリスもまた、ジギタリスたちへの同情と聖騎士団に対する疑念が入り混じった表情で口を開いた。

「魔女の悪い噂を広めたのは、魔女を処刑した理由を正当化するためか、それとも、魔女の仇を討とうとするジギタリスを悪い魔女と誤認させようとしたためか……」

スタティオで見た聖騎士団――主にオーウェンが、そのようなことをする人物とは思えなかった。しかし、聖騎士団が手引きをしたと考える方が自然であった。

「正当化と誤認。どっちも狙ってたんじゃねぇか？」

ユーロンは肩を竦める。

「政治ってのはそういうもんさ。プロパガンダをいかにうまく使うかが勝負だ。特に、人間みたいに仲間意識が強い種族はな」

「まるで、政治を行う者のような物言いだな」

アリスの鋭い視線。しかし、ユーロンはさらりと受け流した。

「どうだかな。まあ、俺はそういうのが苦手でね。ハリボテばかり見せてたら、いつか致命的なところで足を掬われそうだしな」

「ハリボテ……か」

そう言えば、聖騎士団が結成されたのはいつかとアリスは思い至る。

華やかな彼らの活躍は辺境の地であるパクスまで響いていたが、そこまで歴史はなかったはずだ。

聖騎士団がいれば大丈夫。魔族が攻めて来ても、彼らが王国を守ってくれる。そんな気持ちが漠然とあったが、その気持ちすら仕組まれたものであったら？

そもそも、異端審問など聞いたことがない。

世界は主に、太陽神クレアティオを始めとする六柱の神によって維持されていると信じられているが、地域によって別の神も存在していることは広く知られている。

単に人類の敵である魔族に近しいから異端として処理されたのならば話はわからないでもないが、その場合は公表しない理由がわからない。

「いや、待て」

アリスはハッとする。

「悪い魔女の噂は、聖騎士団が動くための布石だ！」

「そうだ……！　聖騎士団が動いてるっていう噂だったもんな。あれは噂じゃなくて、本当で……」

「もう、来てる可能性がある」

「えっ!?」

焦るアリスにラルフを含め一同が目を丸くする。

「じゃあ、この古城に向かって……？」

「いや……」

アリスには、心当たりがあった。

「山岳地帯に向かう不自然な轍や馬の蹄の跡があっただろう？　あれはもしかしたら、彼らのものかもしれない」

「どうして山岳地帯に？　魔女がいるのは森だろ？」

「……ラルフ。君は他人に見られて都合が悪いものは、どうする？」

「普通なら隠そうとするんだろうが、俺は隠さない！」

ラルフは胸を張って答え、アリスは眉間を揉んだ。

「……正々堂々を体現したような君に聞いたのが間違いだった。ジギタリスは？」

「私は……埋めちゃうわね。埋めたら見つかることなんて滅多にないし、あわよくば、土に還るかなーなんて」

「まさかあいつら、全部埋める気!?」

気まずそうに答えてから、ジギタリスはハッとした。

「有り得ない話ではない。魔女に関することを全て隠蔽しようとしているんだ！　魔女の処刑は、彼らにとって不都合なことがあるに違いない……！」

聖騎士団の妙な動き。そして、魔女を知る者たちの証言。それらを合わせてみると、見えなかったものが見えてくる。

アリスの推理に、ラルフやジギタリスたちは戸惑うように顔を見合わせていたが、やがて、頷き合った。

目指すは山岳地帯。真実を、求めるために。

第五章

最弱聖女、悪しき聖を討つ

SAIJYAKUSEIJYO DESHITAGA
SHINIGAMI NI NATTE YONAOSHI SHIMASU
KAIRI AOTSUKI

アリスたちは古城の地下室から出ると、山岳地帯へと向かった。

途中、森の中で助けた男も合流した。やはり彼も盗賊の一味で、仲間が心配だったようだ。

「あいつら……もう来てるっていうの……？」

猫の姿のジギタリスが、アリスに抱かれながら唸る。

「可能性は高い。動いているとしたら、止めなくては」

「どうやって！」

「説得でどうにかなれば一番いいんだが……」

しかし、相手の目的が本当に隠蔽だとしたら、それも難しいのではないかとアリスは勘付いていた。

「あんたの粛清パンチでやっつけてよ！　マスターの仇なのよ！」

「それは……」

ジギタリスも、もとはといえば魔女とともに平和に暮らしていた存在だ。彼女の行いは歪んでいたが、気持ちが理解できないほどアリスは堅物ではなかった。

「仇討ちなら、自分でやんな」

きっぱりと言い放ったのは、ユーロンであった。

「な、何よあんた！　さっきから偉そうにして！」

「まあまあ、毛を逆立てなさんな。お前さんは、憎い相手を他人に討ち取られて満足かい？」

「うっ……」

ユーロンの問いに、ジギタリスは言葉を詰まらせる。

「お前さんの大事な存在のことを、他人に任せちまうのはどうかと思うがね。もし、怨敵を討ち取っても、しこりが残るんじゃねぇかい？」

「……そ、そうね」

ジギタリスは耳をぺたんと伏せる。

「時にお前さん、魔女とはどうやって知り合ったんだ？」

「人間領に迷い込んで追われていた時にマスターに助けてもらって、それから使い魔になったわけ。何か、恩を返したくて……」

「なるほどねぇ。魔族と人間は敵対してる。迷い込んじまうのは感心しないな」

苦笑するユーロンに対して、ジギタリスは唸った。

「仕方ないでしょ！　私の故郷が人間領の近くなんだもの！　たびたび人間に攻め込

まれて、命からがら逃げたってわけよ！」

「人間が魔族の領域に？　魔族が人間の領域を侵したから、退治したというのではなく？」

アリスが訝しげにしていると、ジギタリスは牙を剝いた。

「何言ってんの。境界区域はひどいもんよ。マスターに会うまでは、人間全てが野蛮な種族なんじゃないかって思ってたわ」

「ふむ……」

アリスは腑に落ちないものを感じていた。

世界は人間の領域と魔族の領域に大きく二分されているが、人間が魔族領に攻め込むという話は聞いたことがない。

だが、聞いたことがないというだけで、実際はあるのだろうか。

何が真実で、何が虚偽なのか。

「最近は人間の侵攻が本当にひどくて……。その上、魔王様の崩御だし――」

「魔王が死んだのか!?」

アリスと話を聞いていたラルフは声をあげる。

魔族の長である魔王。全ての争いの元凶と言われ、冒険者のみならず、全ての人類が討伐すべき最終目標である。

まさかそれが、いなくなっていたとは。

ジギタリスは沈痛な面持ちで目を伏せる。

「魔王様がお還りになる印が夜空に煌めいたからね。でも、王位継承の儀式はしたみたい。継承できてなかったら、世界の魔力のバランスが崩れちゃうし」

「王位継承……か。ということは、前魔王はいなくなったものの、魔王そのものはいるんだな」

「まあ、うん……」

アリスの言葉に、ジギタリスは煮え切らない返事をする。

「どうした？」

「噂、なんだけどさ。その王位継承したのが魔王様のドラ息子らしいのよ」

「ほう？」

アリスとラルフは目を瞬かせる。その横で、何故かユーロンが口角を吊り上げて笑っていた。

「魔王様には素晴らしきご子息やご息女が大勢いたのに、よりによって、放蕩の限りを尽くしている末子を王にしてしまったわけ」

「それは由々しき事態だな。……魔族間で、混乱は起きないのか？」

「どうかしら。魔族領に帰ってないからわからないわよ。でも、放蕩息子だし、王位継承しても漫遊してるんじゃないの？」

ジギタリスは、ひどく投げやりな態度であった。新魔王に対する期待の薄さが見て取れる。

「山の上に向かう道はこっちだ！」

一同を先導していた男が、山岳地帯の道を示す。険しくて狭い道だが、馬や荷馬車が通れないほどではない。

「村からの合流地点は？」

「もう少し先だ」

アリスは盗賊たちに案内されながら、生い茂る木々のすき間から周辺環境を確認する。自分たちが先ほどまでいた森と村は、思った以上に隣接していた。

「魔女は村の暮らしも支えていたんだろうな……」

「そうね。村で怪我人や病人が出た時に、村の人間がマスターを訪ねて来たわ。村には教会もないから、今は大変だと思う」

ジギタリスはうつむく。

「村と魔女は密接なかかわりがあったのか」

村の様子がおかしかったのは、そのせいかもしれない。彼らは魔女がいなくなったことに気付き、森の異変に怯えていたのかもしれなかった。

「おい、聖女さん！　こっちだ！」

　先導の男が、山道の合流地点にアリスを招く。

　ゴツゴツした苔むした岩場に囲まれた、見通しの悪い道だ。道は三差路になっており、一つはアリスたちがやってきた森へ、もう一つは村へ、そして、上り坂は山頂へ続いているという。

「やはり……」

　ぬかるんだ道に、真新しい蹄の痕跡と轍があった。それは一糸乱れず一列になり、真っ直ぐに頂上へ向かっている。

「この感じ、行商人じゃなさそうだな」

　ラルフもまた、アリスとともにしゃがんで痕跡を見やる。

「商隊よりもずっと統率が取れてるというか……。なんか、俺には馴染みがない感じだ」

「なるほどな。やはり、急いだ方がいいか……」

　アリスは、盗賊たちに導かれるまま進む。彼らは山を熟知しており、ぬかるみが少ない場所や凹凸が少ない道を教えてくれた。

「君たちのアジトもこの先か？」

　アリスが問うと、先導の男は頷いた。

「ああ。山道から少し離れた、見晴らしがいい場所だ。そこから、村と森を見渡せる」

「ならば、案内はある程度のところまででいい。聖騎士団は正義を貫く者たちだ。君たちが見つかったら、ただでは済まないだろう」

改心の兆しがあるとはいえ、彼らは盗賊だ。聖騎士団に見つかったら、即座に処分されるだろう。

しかし、盗賊たちは首を横に振った。

「ダメだ。聖女さんが真実を見極めようとしたように、俺たちも真実を知りてぇ。どうして、あんなに素晴らしい魔女が殺されなきゃいけなかったのか」

「そうだ！　もし、聖騎士団が本当に魔女を処刑したのなら、俺たちの手で仇を討たなきゃならねぇ！」

血気盛んな男たちは、力いっぱい意気込む。

「あんたたち……」

アリスの腕の中で、ジギタリスが胸を打たれる。

「猫ちゃんよ」

「猫ちゃんじゃない！　ジギタリス様よ！」

毛を逆立てるジギタリスに、男はそっと何かを差し出した。粗削りながらも美しく輝くその石は――。

「魔石……！」

「あんたはこれが必要なんだろ。俺たちが持てるだけ持ってきてやったぜ」

男たちは歯を見せて笑う。ジギタリスはしばらくの間、彼らの心遣いに胸を打たれて声を失っていたが、やがて、そんな気持ちを隠すようにプイッとそっぽを向いた。

「べ、別に頼んでないし！　それでも持ってきてくれるっていうなら、せいぜい頑張りなさい！」

「おっ。強がってるところも可愛いな、猫ちゃん」

「猫ちゃんじゃないって言ってるでしょ！」

男たちにつつかれ、ジギタリスはフシャーッと牙を剝く。

「ははっ、なんかいい感じだな。さっきまでの険悪なムードが嘘みたいだ」

彼らのやり取りに、ラルフはほっこりする。しかし、アリスの表情は晴れなかった。

「……もしかしたら、君たちのアジトはこの先か？」

山道からそれた藪(やぶ)の中に、獣道を見つけた。丁度、人一人通れるくらいの道幅で、延々と先まで続いている。

「ああ、そうだぜ」

「それならば、覚悟をした方がいい」

アリスは獣道を指さす。

そこには、山道に続いていた蹄の痕跡と轍が見て取れた。藪の小枝も切り落として間もないようで、辺りにチラホラと落ちていた。

「は……？　まさかあいつら、俺たちのアジトに……？」

「急ごう」

アリスは足早に獣道を往き、一同がその後を追う。

荷馬車が通れるほど道が切り開かれていたため、皮肉にも先に進みやすかった。その間、規則正しい蹄の痕跡はずっと続いていた。

やがて、視界が唐突に開け、曇天がアリスの目の前に広がった。

山岳地帯の一角に、見晴らしがよく開けた場所があった。木を組んで作られた簡素な山小屋があり、日当たりのいい場所には小さいながらも立派な畑がある。

間違いない。盗賊たちのアジトだ。

彼らはここで過ごし、魔女の厚意を受け止めて社会復帰に努めようとしていた。

だがその場所を、白銀の鎧(よろい)をまとった高潔なる騎士たちが蹂躙していた。

「聖騎士団……！」

アリスは息を呑む。

彼らが自分たちとは格が違うことは、一目でわかった。

曇天でも尚、わずかな陽光を反射して輝く鎧を全身にまとい、美しい栗毛(くりげ)の馬にまたがっている。スタティオで見たオーウェンたちは見当たらないので違う部隊なのだろう。

格下の兵士たちは、一切の無駄がない動きで荷馬車から何やら樽のようなものを下ろし、岩肌に等間隔に設置していた。

だが、統率が取れて美しい動きの彼らは、足元に一切目もくれなかった。そのせいで、盗賊たちの社会復帰の象徴たる畑が荒らされ、育ち始めた作物の青葉が踏みにじられているのである。

「な、なにやってんだ！」

盗賊団の男たちは声を荒らげる。

突然の闖入者に驚くことなく、聖騎士団の中で最も装飾が多い鎧をまとった騎士が振り返った。

ピンと跳ね上がった髭(ひげ)に、神経質そうな顔つき。恐らく、彼がこの一団のリーダーなのだろう。他の作業をしている者たちは、闖入者に目もくれない。

「何者かな？」

実に落ち着いたたたずまい。

盗賊たちとの差は歴然だ。何せ、相手はあらゆることで一流の訓練を積んだ貴族の出身である。庶民のあぶれ者とはわけが違った。

「そこは俺たちのアジトだ！　勝手に何をやってやがる！」

「それは失敬」

リーダーの男は馬にまたがったまま、アリスたちの前までやって来た。

「我々の緊急任務のため、この辺りは制圧させてもらった。本来ならば無償で差し出してもらうところだが、それはあまりにも理不尽というもの」

リーダーの男は大袈裟に顔を覆いつつ、懐を探った。

「さしあたって、これくらいでどうかね？」

彼は馬上から、チャリチャリと輝くものを放る。

地面に落とされたのは、数枚の金貨だった。

庶民であれば、数ヵ月は働かずに暮らすことができ、社会復帰するにも充分な額だ。

しかし、盗賊たちは目もくれない。尊大に放られた金貨を踏み潰した。

「ふざけんな！」

「金でどうにかできるもんじゃねぇんだよ！」

「やれやれ。このスペンサーの施しを受けず、感情のままに行動するとは。これだから庶民は狭量で困る。その金貨を受け取れば、貴様らの無礼やその他諸々(もろもろ)を目溢(めこぼ)ししてやろうというのに」

　スペンサーと名乗ったリーダー格の男は、露骨に溜息を吐いた。

「……騎士殿」

　緊張した面持ちで、アリスが進み出た。

「ん？　少しは話がわかりそうな者だな。名を、何という」

「アリス・ロザリオ。パクスという村で聖女を務めていた者です」

「パクス？　ああ、ひどく不便な田舎だと聞いているな。あんな場所に教会なんてあったのか」

　顎髭をさするスペンサーの無礼な言動に、アリスは頬を引きつらせつつも平静を装った。

「無礼を承知でお聞きしたい。彼らは一体、何をやっているのです？」

　アリスの視線は、樽状のものを岩壁に設置している兵士たちに向けられていた。その遥か下には、魔女の森と村が窺える。

　見晴らしがいいはずが、アリスはひどく不吉なものを見せられているような気がしてならなかった。

「火薬の設置だよ」

「火薬!?　炎神の力を借りずに炎属性のエネルギーを放出するという、錬金術師(アルケミスト)たちの秘薬……！」

火薬という単語に、ジギタリスは息を呑み、盗賊たちすら慄く。

魔法が発達しているこの世界において火薬は珍しく、製造できるのは一部の許可を得たアルケミストのみだ。魔法を習得していない者でも大きな力が使えると、近年注目を浴びているが、いかんせん、取り扱いに危険を伴うので導入が進んでいない。

そんな火薬を、まさかこのような僻地で目にするとは。

「聖騎士団にソーサラーは多くない。火薬であれば、魔法を使う素質がない者も超常的な事象を発生させることができる」

「その話は……理に適っています。しかし何故、このような場所に火薬を設置するのです。これではまるで、山を爆破して森を——いや、森のみならず村までも土砂で埋めてしまおうとしているかのようだ」

アリスの言葉に、スペンサーはしばらくの間沈黙していたが、やがて、ねっとりと口角を吊り上げた。

「さすがは聖女。察しがいい」

「森には善良なる魔女の住まいがあり、村には人々がいます。何故、そのようなことを！」

「そこに歪みがあるからさ」

スペンサーは、何ということもないように答えた。

「歪み……とは？」

「魔女は外法を使っていた。魔族と交流し、魔族の知識を借りていた」

魔族、と言われ、ジギタリスは身体を震わせる。彼女は自責の念に駆られているのか、顔色が優れなかった。

「仮に、それを歪みとしましょう。では、村を埋める理由は？」

「くどいぞ、聖女アリス」

スペンサーは自分の顎髭の先をピンと弾いた。

「歪みに関わった者全てが歪みよ。あの村は悪しき魔女の恩恵を受けていた。魔族の穢れに汚染された土地なのだ。埋めてしまうのが得策だろう」

「……まるで、魔女の存在そのものを隠蔽するおつもりのようだ」

「フゥン……」

アリスの言葉に、スペンサーは目をすがめる。

「何が言いたいのかな、聖女アリスよ」

「魔女が魔族と通じていたために処刑したという話、魔族は人類の敵という共通認識があるゆえに、納得しない者は少ないと思うのです。しかし、あなたたちは処刑の事実はおろか、魔女の存在すら抹殺しようとしている。恐らく、魔族と通じていたこと自体はさほど問題ではないのです。問題なのは、彼女が善良で周囲から慕われ、神格化されていたこと——ではないですか？」

「ほう……？」

アリスは盗賊団の男たちをチラリと見やると、続けた。

「彼らは魔女に助けられ、生き方を変えようとした者たちです。彼女に何らかの異常が発生したと思うや否や、危険を顧みずに強敵に立ち向かうほどでした。村人もまた、魔女の悪しき噂に一切加担しようとしなかった。彼女は、周囲に慕われていたのです」

村人たちはただ、森の中に入るなとだけ答えた。彼らはその原因が魔女だとは一言も言わなかった。

それは魔女を慕い、悪い噂がでたらめであると察していたからなのだろう。

「聖騎士団は——いや、聖騎士団を動かしている国王は何をお望みか。まるで、何らかの意図に反する者を排除していこうとしているようだ」

聖騎士団の強行は不可解だ。水面下に陰謀を感じる。

アリスはそれを見逃さなかった。

そんな彼女の強き双眸を、スペンサーは静かに、そして冷ややかに見下ろしている。

「仮にそうだとして、聖女殿はどうする気かな？」

「そうでなくても、村を埋めることには反対します」

　アリスはきっぱりと言い放つ。スペンサーは鼻で嗤った。

「我らに盾突くというのか？　それは、国王様に牙を剥くということだぞ！」

　国王と聞き、ラルフや盗賊団の男たちはわずかに怯む。だが、アリスは微動だにしなかった。

「私は構いません。たとえ私一人であろうと、弱者を救いたい」

「俺も――村を埋めるのは反対です！」

　アリスの勇気に背中を押されたのか、ラルフもまた声をあげる。それに倣って、男たちも拳を振り上げた。

「俺もだ！」

「こんなの横暴だ！」

　男たちは口々に叫ぶ。だが、スペンサーは一喝した。

「しゃらくさいわ！」

　スペンサーの唾が飛び散り、辺りはしんと静まり返る。作業をしていた兵士たちもまた、アリスらに顔を向けていた。

「この辺り一帯を埋めることは、既に決定している。邪魔立てするなら、貴様ら全員、牢にぶち込むことになるぞ！」

　そこまで言って、スペンサーはハッとした。「いや」と口角を吊り上げる。

「反逆罪で、この場で処分するのがいいだろうな。その方が――都合がいい」

「……本性を現したな」

アリスは忌々しげに吐き捨てる。

「本性とは人聞きが悪い。我らは正義を実行しようとするまでよ」

「あなたたちにとっての正義とは何か！　正義とは、弱者を守るためのものではないのか！」

「甘いな、聖女よ！　正義とは規律！　頂点に立つ者が決めた絶対的な基準だ！　弱者を守るなどという曖昧な考えが混沌（こんとん）を生み、無用な争いを引き起こすのだ！」

スペンサーが片手を高らかに上げると、周囲の騎士や兵士らは武器を手に、足並みを揃えてアリスたちを囲む。

「国王が決めたことが正義で、他は許さない――か。そんなお前さんたちは聖騎士の代行者のつもりのようだな。一介の魔女が善意で信頼を得、独自のコミュニティを作り上げていることを良しとしなかったのかい？」

口を挟んだのは、ユーロンであった。

「なっ……！　つまり異端とは、王都独自の枠組みから外れた者のことを指していたのか！」

アリスは絶句し、スペンサーはせせら笑う。

その態度は、ユーロンの言葉を肯定しているも同然であった。アリスの腕の中で、ジギタリスが震える。

「何よ、それ……。私のマスターは、そんなもののために殺されたの……？」

「喋る猫……グリマルキンだな？　魔女を拘束した時に見当たらなかったから、主を捨てて逃げたものと思ったが……」

スペンサーは訝しげに、猫の姿のジギタリスを見下ろす。

「マスターは、住処の奥に私を閉じ込めてたのよ。私が……マスターを助けに行って、むざむざ殺されないようにって……」

「ほう。それなのに、貴様は我らの前にいる。魔族とは実に愚かだな」

「私のことは何とでも言いなさい……。そんなことより、マスターから奪ったものはどこ？」

「生憎と、私は魔女の討伐に参加してなくてね。だが、城の保管庫にあるんじゃないか？　異端審問の押収物は、大抵、そこにぶち込んでいる」

スペンサーは投げやりな態度であったが、ジギタリスは気にした様子もなかった。

「そう……王都にあるのね」

「まさか、奪還しようなどと考えていないだろうな」

「考えていたら何なのよ」

ジギタリスは牙を剝いて唸る。スペンサーは、大袈裟に眉尻を下げてみせた。

「無駄だと言いたいのさ。貴様のような雌猫一匹すら通さない厳重な警備だ。それに、王都には団長殿と副団長殿がいる。グリマルキンごとき、一瞬で串刺しよ」

「それでも、私は取り返す……！　マスターとの大事な絆だもの！」

「絆ねぇ。まあ、異端の魔女と魔族ではお似合いか。穢れた者同士、哀れな末路を辿るに相応しい」

「こいつ……！」

怒りが頂点に達したジギタリスは、アリスの腕に収まっていられなかった。

「おい、ジギタリス！」

アリスが制止するのも聞かず、ジギタリスは柔らかい身体を駆使してするりとアリスの腕から抜け出し、スペンサー目掛けて跳躍する。

「マスターを侮辱するな！　クソ騎士が――ッ！」

「甘いわ！」

スペンサーはジギタリスの爪をひらりと避け、手にした槍の柄で彼女を打ち据える。

「ぎゃっ」

ジギタリスは短い悲鳴をあげて宙を舞い、地に落ちる寸前でそばにいた盗賊団の男の一人に抱きかかえられた。

「おい、大丈夫か！」

「うう……。すまないわね……」

「気にすんな。魔女を慕い、あいつらにむかっ腹が立ってる者同士だ！」

男たちの意思表示。それが、合図になった。

彼らは力強い咆哮をあげながら、一斉にスペンサーに襲いかかる。

彼らには地の利がある。何人かがアジトに向かい、保管していた武器を持ってくる。

他者から奪ったつぎはぎだらけの装備であったが、一瞬で武装を済ませた。

だが、スペンサーもまた、騎士や兵士たちに合図を送った。研ぎ澄まされた剣や槍を手にした彼らが、一斉に盗賊団へと襲いかかる。

「やれ！　一人残らず捕らえろ！　その場で処分してもいい！」

「させるか！」

ラルフもまた、両手剣を手に応戦する。

「致し方あるまい……！」

アリスもまた、一歩下がって戦況を見極める。

こちら側の気持ちは一つ。気合いは充分だ。

しかし、聖騎士団の動きは統率が取れている。訓練をしている彼らと、ほぼ我流の盗賊団、技術的な差は歴然であった。

「傷ついた者は一旦、戦線を離脱して後列で傷を癒せ！　くれぐれも踏み込み過ぎるな！」

「おう！」

アリスは、自らを中心とした治癒魔法の領域を展開する。

地面に柔らかい光の魔法陣が現れ、癒しの力が生じた。

手練れである聖騎士団を相手にして傷ついた男たちが魔法陣に入ると、見る見るうちに傷が塞がっていく。

「すげぇ……！　傷があっという間に塞がった」

「これならいける！　騎士たちを倒せるぜ！」

男たちは奮い立ち、騎士に猛然と立ち向かう。これこそまさに、聖女の奇跡の一つ。

「範囲治癒魔法だと……!?」

スペンサーは舌打ちをする。

「魔法陣の中に入った味方を癒す、中級治癒魔法か！　乱戦で大いに役立つ魔法！　一介の聖女がこれほどまでの力を持っているとは、なぜ……ッ！」

「熱心に勉強したからだッ！」

スペンサーの疑問を、アリスは一蹴する。

「地道な努力!?」

血筋がどうとか秘術がどうとかではない単純な理由に、スペンサーは目を剝く。

「努力を重ねて勉学に励むその心意気やよし……！　ここで果てさせるには惜しすぎる。どうだ。私が口利きするから、王都に来る気はないか？」

「なん……だと……？」

スペンサーの誘いに、アリスの心が揺らぐ。

王都行きという誘惑に魅せられたからではない。パクスに置いてきた愛しき後輩、ミレイユのことを思い出したからだ。

彼女は王都の大聖堂にスカウトされることを夢見ていた。故郷へ錦を飾り、両親に親孝行するために。

その純粋で尊い夢への懸け橋が、この傲慢たる騎士の気持ち一つで渡されようとすることに我慢ならなかった。

「断るッ！」

「何ィ!?　王都に来ればこのような場所で死ぬこともない。それどころか、高待遇を約束され、食うに困らないというのに！　何が不満だというのだ！」

「誇りだ！　私や親しい者の誇りが穢されることが、我慢ならない！」

「愚かな！　私の誘いを無下にする、その独善的な誇りとやらごと、叩き斬ってくれる！」

スペンサーは馬上から槍を繰り出す。

対するアリスは、治癒結界を維持しているせいで無防備だ。

「アリス！」

異変に気付いてラルフが叫ぶ。聖騎士の相手をしている彼は、駆けつけることができない。

だが、スペンサーの槍を阻む者がいた。

ギィンと金属音にも似た硬い音がスペンサーの槍を弾く。

「無防備な聖女を攻撃するとは感心しねぇな。そいつがお前さんの騎士道ってわけかい？」

「なん……だと……」

アリスを守ったのは、ユーロンだった。

しかも、槍の切っ先は彼の右腕で受け止めている。籠手も何も装備していないにもかかわらず、スペンサーの槍はユーロンに傷一つつけられなかった。

「袖の中に何を仕込んでいる！」

スペンサーは慌てながら、馬をいななかせて距離を取る。

「仕込んでねぇよ。ただ、他人よりもちょいと、ツラと腕の皮が厚いだけさ」

ユーロンはしれっとした顔で言った。

「ユーロン……」

「安心しな。お前さんは俺が守る」

ユーロンは、アリスに背中を向けながら宣言した。

「ちょいと面倒くさい事情があってね。俺は反撃できねぇのさ。だが、盾になることはできる」

「……無理はするな」

「お前さんもな」

ユーロンはひらりと手を振る。

胡散臭く本心が読めない男だが、その背中は頼もしい。

「分隊長！　こいつら、キリがないです！」

ラルフたちの相手をしていた騎士が、悲鳴に近い声をあげる。

技術も装備も、騎士たちの方が上だ。しかし、アリスの加護を受けたラルフや盗賊団の方が粘り強かった。

「妨害魔法は!?　聖女の術式を打ち消せば、あの忌まわしい結界も消えるだろう！」

「既にやってますが、全く潜り込めません！　レベル1なのに、術式に全然隙が無い……！」

聖騎士団の中にも、術者が数人いた。後方で何やらアリスの術式を妨害しようとしているが、アリスのひと睨みによって居竦んでしまう。

「聖女の技術はレベルでは測れんぞ！　油断するな！」

「してません！　レベル30の術者が複数人で！　全力で妨害してもッ！　まったく歯が立たないんです!!」

「なーにーをーーーーッ！」

スペンサーはギリギリと奥歯を噛み締める。怒りと悔しさのあまり、こめかみに血管が浮かび上がっていた。

「レベル30の術者と言えば、相当な使い手だぞ……！」

ラルフは騎士に応戦しながら、息を呑んだ。アリスに慄いているのは、ジギタリスも同じである。

「一人ならともかく、複数人の相手なんて私だってできない……。あいつ、実際のレベルはいくつなのよ……。あの妙な術式がこもったパンチで倒されたのも納得がいくわ……」

レベル40のグリマルキンに恐れられるアリスは、結界を維持しながら、仁王立ちでスペンサーを見据えた。

「いい加減、諦めたらどうだ。お前たちがくだらない作戦を取りやめない限り、我々は諦めないぞ！」

その姿は戦神のごとし。スペンサーと騎士たちは、彼女の叫びに気圧される。

「ふっ……」

スペンサーは唇を歪める。

「ふははははっ！」

「何がおかしい……」

「我々が！　貴様らを制圧する必要など無いッ！　何故なら、指先一つであの火薬を爆発させることができるからだッ！」

「なっ……！」

スペンサーは下げていた道具袋から、何かを取り出す。

「それは……」

「遠隔着火装置！　火薬樽に直接着火するのは危険だからな。着火魔法を遠隔で発動させる魔法道具を持ってきたのだ！」

「王都にはそんな技術があるのか……！　まさか、そいつを……」

「ご名答」

スペンサーの親指が遠隔着火装置の起動ボタンにかかる。

「分隊長！　それは我々が退避してからでないと……！」

「黙れ！」

ざわつく騎士たちを、スペンサーは一喝する。

「貴様らも騎士ならば腹を括れ！　自分たちの身と任務、どちらが大事だ！」

「それは……！」

騎士たちは言い淀みながらも、逃げようとはしなかった。動揺したのはむしろ、ジギタリスや盗賊団の男たちだった。

「あいつから魔法道具を取り上げないと！」

「……させるか！」

先ほどまで戸惑っていた騎士たちが、迷いを捨てて行く手を阻む。スペンサーは、それを満足そうに見届けた。

「ふん。個々の正義などくだらない。お前たちのような無教養な庶民の無邪気な正義には反吐が出る」

「なんだと……！」

「弱者は何故、弱者だかわかるか？」

スペンサーは憤る盗賊団の男たちに問う。

「弱い立場に生まれついたからだ……！　テメェら貴族に理解できるものか！」

「馬鹿めッ！」

スペンサーは吐き捨てる。

「それはなぁ、負け犬根性が染み付いているからだ！　できないことに言い訳を探し、出自のせいにして底辺に甘んじている！　私はそういう連中が大っ嫌いなんだよ！　庶民から貴族に成り上がった奴もいれば、貴族から物乞いに落ちた奴もいる！　何の努力もせず、最初から最後まで強者の奴なんていないんだ！」

「くっ……」

「それなのに！　苦しい時は貴族や王様のせい！　そんな連中、守る価値があるか⁉」

スペンサーの問いは、アリスに向く。アリスは答えなかったが、スペンサーはまくし立てる。

「私はそうは思わん！　だから、強者の理に従い、弱者を切り捨てる！　それが、よりよい世界を作るからだ！　負け犬どもの声を聞かなければ、絶対的な正しい世界になるはずだ！」

スペンサーは起動ボタンにかけた親指に力を込めようとした。刹那、アリスは治癒魔法の結界を解除する。

別の魔法に、集中するために。

「ユーロン、伏せろ！」

「はいよ」

背後から叫ぶアリスに、ユーロンは何も聞かずに地に伏した。

「強者を絶対的なものとして崇める。そんな貴様こそ、私には負け犬に見える！　気に食わない者を憎む言いわけを探し、強き者に巻かれて思考停止する愚か者ッッ！」

アリスの手に黒く輝くのは、即死魔法の大鎌だ。

慈悲を捨てた聖女は、死神へと変貌する。

「貴様の根性、私が処す！」

魔力の大鎌は、アリスの殺気とともに膨れ上がる。

ただならぬ殺気にあてられて、一瞬だけ怯むスペンサー。その隙を、アリスは見逃さなかった。

鋭利な大鎌は、スペンサーの左腕を一刀両断する。即死魔法の具現化たる大鎌に斬られたスペンサーの左腕は、再生不能なまでに弾け飛んだ。

これぞ、粛清の一閃。即死を齎す一撃だ。

「うぎゃあああッ！」

「成り上がるだけが強さじゃない。素朴な暮らしの中にも宝を見つけることも、強さなんだ」

スペンサーの手を離れた着火装置が、円を描いて宙を舞う。アリスはそれを慎重に手に取ろうとするが、血腥さが鼻先を掠め、影が阻んだ。

「なに……!?」

「負けるかぁ！　私は、私は正しく、そして強者なのだッ！」

片腕を失っても尚、スペンサーは着火装置に食らいつく。いななく馬を制御することも放棄し、落馬を物ともせず着火装置をもぎ取った。

スペンサーは着火装置のボタンを逆さにしたかと思うと、そのまま地面に叩きつける。自らの身体もまた地に打ち付けられてただでは済まないというのに、受け身すら取らずに。

「こいつ……」

「は、ははは……。勝ったのは私だ……。私が強者だ……」

地べたに転がり、血溜まりに身を埋めながら、スペンサーは満足そうに気を失う。

刹那、斜面に設置された火薬樽が爆発し、黒煙とともに派手な炎があがった。

「全員退避！」

騎士団は一斉にその場から離れる。高台は地響きに見舞われ、大地に亀裂が入った。

「おい、やべぇぞ……」

盗賊団の男たちも青ざめ、避難しようとする。

だが、彼らは後ろ髪を引かれていた。じきに土砂崩れが起きる。そうすれば、森のみならず、麓の村までも呑み込まれてしまう。

「今から村に行って避難を促……いや、間に合わないか……！」

「クソッ、どうすれば……！」

ラルフも歯がゆそうに村を見下ろす。ジギタリスもまた、魔女と親交があった村の行く末を、悲痛な面持ちで見つめていた。

「無力だ……」

アリスは拳を握りしめる。

蘇生魔法と即死魔法。生死を操る魔法を扱えるアリスも、災害の前ではなす術もない。生き埋めになった人々を何とか掘り起こし、治癒魔法と蘇生魔法で救護に携わることはできるかもしれないが、掘り起こすのが遅くなっては手の出しようもない。

一同の間に絶望が過ぎる。

そんな中、ユーロンは色眼鏡を取ると、内ポケットに放り込んだ。

「おい、ジギタリス」

「な、なに？」

「お前さん、風魔法が得意だろ？　浮遊か滑空は使えるかい？」

「滑空なら使えるけど、麓まで下りる気⁉　私の技術じゃそんなに速度も出ないし、今から避難を呼びかけても……」

「避難を呼びかけるんじゃねぇよ」

　ユーロンは、次々と罅（ひび）が入って崩れゆく地面を、悠々と歩く。

「それに、出力なら上げられるだろ？」

「はっ、これか！」

　盗賊団の男たちは魔石を取り出し、ジギタリスに差し出す。

「そうだった……！　これだけ魔石があれば、超特急で麓まで下りられるわ！　一応……全員……」

「じゃあ、全員下りるか。ここに居ても危ねぇし。まあ、安全は俺が保証するからよ」

　ユーロンは軽々とそう言った。

　一同は顔を見合わせる。果たして、彼は何をする気なのか。

「……わかった」

　真っ先に頷いたのは、アリスだった。

「何をするつもりか知らないが、お前を信じよう」

「ありがとよ」

　短いやり取りであったが、アリスが彼女なりに覚悟を決め、ユーロンに託しているのは見て取れた。ラルフやジギタリスたちも、お互いに頷き合う。

「それじゃあ、一気に麓に下りるわよ！　みんな、手を繋いで！　舌を噛むんじゃないわよ！」

魔石を抱えたジギタリスは、地面に下り立ったかと思うと人間の姿へと転じた。

「風神ウェントゥスに従属する風よ！　私たちを安全に山の麓まで連れて行って！　早く！」

ジギタリスの切実な詠唱とともに、魔石がまばゆく光り出す。風神の加護たる風が、一同の足元に渦巻いた。

「いっけぇぇぇ！」

ジギタリスが叫んだ瞬間、そよ風は暴風へと変わる。

手を繋いで一つになった一同の身体が浮かび上がったかと思うと、次の瞬間、麓に向けて急降下した。

「うおおおお、速い！　速過ぎる！　これが滑空魔法なのか!?」

ラルフはジギタリスにしがみつきつつ、目を回す。

「本当はもっとゆっくりよ！　魔石の威力は違っぱばばっ！」

ジギタリスは舌を噛んでしまったらしく、ろれつが回っていなかった。

それでも、地上に着くまで魔法の制御を怠らず、一同は風の力で高台から滑空し、無事に村まで辿り着いた。

「あんたたち……！　何なんだ、あれ……！」

村人は家々から飛び出し、恐怖の表情で山岳地帯を見上げていた。彼らにつられて、アリスたちも自分たちがいた場所を見やる。

山岳地帯の一部が崩れ、無数の巨石が今まさに、斜面を転がって来ようとしていた。

山肌を削り、木々を巻き込み、大量の土砂を引きつれながら、山が津波の如く襲ってくる。

「早く逃げないと！」

「いいや」

ユーロンは逃げ惑う村人たちの前に出、一人、斜面の前に立ちはだかった。

「全員、家の中に入るか伏せるか——口に布を当てて目をつぶってた方が良さそうだぜ」

「何をする気なんだ、ユーロン」

アリスが尋ねると、ユーロンはにやりと笑った。

「巨石を砕いて土砂を吹っ飛ばす」

「そ、そんなこと……！」

災害を打ち消すには、災害クラスの力でないと不可能だ。しかし、ユーロンは笑みを崩さなかった。

「やるさ。逆に、これくらいのことしか俺はできねぇのよ」

「……そ、そうか」

アリスは村人たちの方に向き直る。

だが、アリスが指示するよりも早く、ラルフとジギタリスが叫んだ。

「みんな、家の中に入って！」

「山から連れてきた連中も入れてやって！　義理堅い奴らだから、助かったら労働力くらいにはなるわよ！」

「二人とも……」

自分が正にやろうとしたことを率先してくれた二人に、アリスは目を丸くする。

「アリスがあいつのことを信じるなら、俺も信じるよ。俺はアリスを信じてるし」

ラルフはニッと笑い、ユーロンの指示に従って姿勢を低くする。

「これしか選択肢がないなら仕方がないでしょ。それに私、あいつになんか引っかかるのよね……」

ジギタリスもまた、物陰にするりと身を潜ませた。

アリスもユーロンに従い、マントで口を覆う。

しかし、目だけは離さなかった。ユーロンが何をするのか、見極めたかったのだ。

「さてと。風神の加護の名残もあるし、おあつらえ向きかね」

ユーロンは懐から扇を取り出す。気品あふれる黄金のそれを開いた瞬間、辺りに、今までとは比べ物にならないほどの風が吹いた。

「なんだこれ……嵐か……!?」

ラルフは建物にしがみつく。気を緩めたら吹き飛ばされてしまいそうな風を、アリスも身を以って感じた。

「天空の覇者の代行が命じる――」

村を押しつぶさんと迫りくる土砂。襲いかかる巨石。地響きと暴風があらゆる音を呑み込もうとしているにもかかわらず、ユーロンの声はあまりにも鮮明に響き渡った。

「爆ぜな」

ユーロンは黄金の扇で、目の前の災厄を薙ぐ。

すると、風も地響きも、一瞬だけ止まった。

静寂が辺りを支配する。しかし次の瞬間、逆流した暴風が槍の如く巨石を貫き、土砂を巻き込んで山に吹きつけた。

「うわわわわっ!」

家の中でも尚、暴風の余波に翻弄される村人たちであったが、家に迎え入れられた盗賊団の男たちが彼らに代わって窓を閉め切る。ラルフとジギタリス、そしてアリスも吹き飛ばされそうになるが、お互いに手を繋ぎ、肩を抱き合い、なんとかその場に踏みとどまった。

粉砕された巨石は砂となり、村にどっと降り注ぐ。家々の屋根は砂まみれになり、畑にうっすらと砂が積もるものの、被害はその程度で済んだ。

「本当に……あの土砂を吹っ飛ばした……だと？」

アリスは俄かには信じられなかった。

目の前には、斜面が崩れて変形した山が佇んでいるのみだ。倒された木々は村の前に積み上がっているものの、土砂も巨石も見当たらない。

村を呑み込もうとした土砂と巨石は、全て粉砕されて、砂となって辺りに降り注いだことだろう。村は砂まみれだし、森にも砂が降り注いだだろうし、山岳地帯にいたスペンサーらは砂を被ったかもしれないが、致命的な被害は負っていないだろう。

「あー、さすがに疲れたな」

当のユーロンは、のん気に首をコキコキと鳴らしていた。

激しい暴風のど真ん中にいたせいか、彼の服は激しく煽られ、上半身の鍛え抜いた諸肌が見えていた。

その肌の一部が、陽光を受けて輝く。アリスは思わず息を呑んだ。

「おお、見られちまったか。まあ、いいけどよ」

「お前、その身体……」

ユーロンの腕と背中にかけて、金の美しい鱗が覆っていた。アリスの即死魔法を防いだ時の硬質な感触は、その鱗のものだったのか。

「ひっ、ひえっ、う、うそ、嘘でしょ……」

ジギタリスは膝から崩れ落ち、尻餅をつきながらも後ずさりする。

「おい、大丈夫か？」

ラルフが心配するが、ジギタリスの視線はユーロンに釘付け（くぎづ）だった。彼女の顔は畏怖に歪み、達者なはずの口をパクパクさせている。

「やばいやばいやばい……」

「どうしたんだ、ジギタリス」

アリスもまた、ジギタリスを落ち着かせようと歩み寄る。すると、ジギタリスは震えながらアリスに縋りついた。

「まっ、まっ、ま……まお……まおう……」

「なに……？」

ジギタリスが辛うじて口にした単語に、アリスとラルフが顔を見合わせる。

当のユーロンは、乱れた金の髪をかき上げ、色眼鏡をかけ直す。

「仕方ねぇ。改めて自己紹介するぜ」

灰色の雲が途切れ、柔らかい陽光が降り注ぐ。人ならざる者の証である鱗を輝かせながら、ユーロンはふてぶてしいまでに堂々たる笑みを浮かべた。

「俺は黄龍族の王家の末子、鼬龍。魔王を継承した者だ」

「まっ、まっ……」

アリスとラルフもまた、ジギタリスのように声を失い、ユーロンを指さす。ユーロンは一同の動揺を楽しむかのように、歯を見せて笑った。

「ま、よろしくな」

「魔王〜〜〜ッ!?」

アリスとラルフの悲鳴じみた声が、晴れゆく空に響き渡ったのであった。

第六章

最弱聖女、仲間と旅に出る

SAIJYAKUSEIJYO DESHITAGA
SHINIGAMI NI NATTE YONAOSHI SHIMASU
KAIRI AOTSUKI

村は大きな被害こそなかったが、大量の砂が降り注いだせいで、あちらこちらが砂に埋もれていた。

村人たちは大事なものを掘り起こし、砂を一ヵ所に集める。それを、盗賊団の男たちが手伝っていた。

当初は、村人も男たちに戸惑っていた。

しかし、男たちは自らの罪を悔い、人々の役に立ちたいのだと申し出ると、村人たちはぎこちないながらも彼らを受け入れた。

村は砂を被っただけだが、山が崩れたせいで山道が何ヵ所か塞がっていた。復興のために人手が必要なので、これから時間をかけて、同じ困難を乗り越えることで少しずつ歩み寄れることだろう。

男たちの何人かは、高台とともに崩落したアジトの様子を見に行ったが、聖騎士団やスペンサーの姿はなかったという。馬の蹄の跡があったので、逃げ去ったのだろう。

　そして、村を救ったアリスたちは、村長の家へと案内された。

　村人が会合するのに使っているという大部屋へと通され、一同は木製の円卓につく。

「なるほど。王都の聖騎士団は魔女様を外法使いとして処刑し、その証拠隠滅のために、村と森を土砂で埋めようとした。しかし、魔女様の噂が事実無根であると聞きつけたあなたたちが居合わせ、我々を助けてくれたというわけですな」

　村長は白い顎髭をさすりながら、アリスたちの事情説明を聞いていた。

「あなたたちは、やはり魔女を慕っていたのですね……」

「ええ。魔女様は我々によくしてくださいました。どんな病気や怪我に見舞われても、魔女様のお薬があればたちどころに治るのです」

　村長は、思い出に浸るように目を細める。

「しかし、或る日を境に森から出て来なくなってしまいまして……。その代わりに、立派な鎧をまとった騎士様が、森をうろついたり険しい貌で村を視察したりしていたのです。何やら不穏な空気を感じた我々は、それぞれの家のあらゆる戸を閉ざし、息をひそめていたのです……」

「森から出て来なくなったというのは、魔女が処刑されたためだろうな。恐らく、騎士たちは今回の計画の下見に来ていたんだ」

「なぜ、あの善良なる魔女様が、立派な騎士様たちに処刑などされなくてはいけなかったのでしょう……」

「それは……」

うつむいて口を開いたのは、ジギタリスであった。

魔族の彼女は、自らの存在が魔女の処刑の原因となったのではないかと、気に病んでいるのだ。

しかし、アリスの手がジギタリスを制した。

「聖騎士団の動きに不穏かつ不正なるものを感じました。もしかしたら、何らかの陰謀が働いているのやも」

「なんと……！」

「彼らの行動は見過ごせない。私は、王都に向かって調査をしてみようと思います」

王都に向かう。

アリスがそう言った瞬間、ジギタリスは顔を上げ、ラルフが目を丸くした。

「アリス……！」

「聖騎士団に不正があるなら、私はそれを正したい。魔女のように理不尽に処刑されそうな者がいたら助けたいし、不正を隠蔽しようとするなら明かしたい。これ以上、理不尽に奪われないように……」

アリスは仲間の方に向き直り、こう言った。

「これは、飽くまでも私の希望だ。ついて来るか来ないか、君たちに任せたい」

「行くさ！」

ラルフは欠片も迷わなかった。

「アリスがいるところに俺あり！　君にどこまでもついて行くよ！」

「そうか。すまないな」

アリスはふっと微笑む。凛々しくも美しい笑みを前に、ラルフは「うっ！」と尊さのあまり心臓を押さえた。

「私も行くわ」

ジギタリスもまた、声をあげる。

「わかった。君のマスターの遺品も取り戻さないとな」

「それもあるし、あいつらを指揮した奴は他にいるんでしょ？　だったらぶん殴らないと気が済まないもの」

ジギタリスは殺意マシマシで拳を握る。

そして、ユーロンは――。

「お前は……どうするつもりなんだ？」

余裕たっぷりな笑みを湛えて座っている魔王ユーロン。彼は充分すぎるほど沈黙を置いてから、金色の瞳でアリスを見据えながら答えた。

「行くさ。元々、用事があったからな」

「……そう……か」

アリスは真紅の瞳でユーロンを見つめ返す。

相手に殺気も何もないのに、緊張が走った。アリスの頬に、ひんやりとした汗が伝う。

「そ、それでは、あとはこちらの部屋をお使いください。何かありましたら、私を呼んで頂ければと」

ただならぬ気配を感じ、村長はすごすごと立ち去る。アリスとユーロンが睨みあう中、ラルフだけが律義に「有り難うございます！」と村長に頭を下げた。

一方、ジギタリスは猫の姿へと転じ、こそこそと円卓の下に隠れる。ユーロンに無礼を働いたため、彼を恐れているのだ。

「ただ者ではないと思っていたが、まさか魔王だったとは。強者を求めて各地を旅しているようだが、配下を向かわせることもできるだろうに」

「俺が一ヵ所に留まらないことには理由があるのさ。もし、玉座でふんぞり返ってみろ。兄上や姉上が俺を殺しに来る」

飽くまでも、ユーロンは飄々とした態度だ。

「兄姉と仲が良くないのか？」

「俺は半端者だからな。あと、放蕩息子だからだ」

ユーロンはチラリとジギタリスを見やる。ジギタリスは、「ひぃ」と短い悲鳴をあげた。

「親父殿がそろそろ空に還るってのは知ってたからな。王位継承の争いに巻き込まれないよう、身分を隠して諸国漫遊してたのさ。だが、いざ親父殿に呼び出されて戻ってみれば、呼び出されたのは俺一人。拒否する間もなく王位継承の儀式が済んじまったってわけだ」

「……お前自身に、野心はなかったんだな？」

「半端者だから」

ユーロンはさらりと繰り返した。

「どういうことだ？」

「俺だけ出自が独特でね。他の種族の連中に認めてもらえねぇと思ったんだ」

「魔王の言うことは絶対なんじゃないのか？」

「まさか」

ユーロンは肩を竦めた。

「お前さんたちが魔族と称しているのは、人間以外の種族の総称に過ぎない。別に、一枚岩ってわけじゃねぇ。魔王っていうのも、各種族の代表から更なる代表を選出しているだけさ。絶対的な権限があるわけでもなく、議会をまとめる議長に近い」

「そう……なのか。ずいぶんと印象が違うな……。私はてっきり、絶対君主だと思っていたが……」

絶対的な力を持ち、魔族を統べる者にして人類の敵。

アリスとラルフ、そして人々は、魔王とはそういうものだと教えられてきた。

「まあ、他の種族や兄姉たちが魔王になったら、どうなるのか知らねぇけどな。親父殿は穏健派で、多様な種族の調和を何より重んじていた。何なら、人間とも上手くやれねぇかって思ってたんだ」

「魔王が人間との和解を考えていただって⁉ そんな馬鹿な……！」

驚いたのはラルフであった。

アリスもまた、同じように声をあげそうになった。しかし、或ることに思い至り、ハッとする。

「そうか、マージナルな存在……！」

「そういうことだ」

ユーロンはにやりと口角を吊り上げる。

「どういうことだ？」

ラルフは、円卓の下のジギタリスとともに疑問を浮かべる。

「魔族にして人間と共存できる存在と、人間にして魔族と共存できる存在がいただろう？」

アリスの言葉に、ラルフはホフゴブリンを思い出し、ジギタリスは自分と魔女を重ねて頷いた。

「ユーロンの種族——黄龍族もそうだ。彼らはドラゴン属の中で最も人間と親しく、東方の一部の地域では神として崇められている」

東方では主に、神龍と称されている。彼らは太陽神クレアティオらと同じように、人間に自然の恵みを齎すという。

「最大級の脅威にして災厄と言われているドラゴンが……神か……。あまり想像がつかないな」

ラルフは目を瞬かせながら、ユーロンを見つめる。

「まあ、地域差があるのは文化の違いってやつじゃねぇか？　ドラゴン属自体、自然災害に匹敵するほどの力を持つ。そいつに歯向かうのか、共存したり良いとこ取りしたりするかで、敵か味方かが変化するんだろ」

「文化とか接し方によって違うって……、神と魔物の境界は意外と曖昧なんだな」

同じドラゴン属でも、人類の敵にもなるし味方にもなる。ラルフがそれを理解したのを眺め、ユーロンは満足そうに頷いた。

「そういうことだ。両者の境界は本来曖昧だし、その曖昧さを理解している奴こそ、異なるものを受け入れて、多様な世界を築けるってわけだ」

「ということは——」

ユーロンとラルフのやり取りを黙って聞いていたアリスは、慎重に口を開いた。

「お前は前魔王と同じく、多様な世界を作ろうとしているんだな？」

「流石のお察し能力だな。まあ、そういうことだ」

「お前がマージナルな強者を集めているというのは、お前の思想に同意する軍勢を作ろうということか？」

「俺が考えてるのは、軍勢ってほどのものじゃねぇよ。仲間が多い方が物事を上手く運びやすい。それだけさ」

ユーロンは遠回しに、戦争は視野に入れていないという意思を示す。

「そういうことか……。だから前魔王は、お前を後継者に選んだんだな」

「戦いは嫌いじゃねぇが、余計な争いはしないに限る。種族が違うことを諍い（いさか）の理由にしたくないってのは、親父殿に全面的に同意だしな」

ユーロンはヘラヘラと笑いながら、長い髪をかき上げる。

だが、その一瞬、彼の目に複雑な感情が宿ったのをアリスは見逃さなかった。

困惑と苛立ち、そして、理不尽。それらの感情がユーロンの金色の瞳に渦巻く。軽薄な彼からは想像もつかない、繊細な表情だった。

「ユーロン……」

「アリス、お前さんは」

アリスの声を遮るように、ふてぶてしい表情に戻ったユーロンは名を呼んだ。

「な、なんだ？」

「お前さんは、俺のことをどう思う？　俺が目指すのは、全種族の和平。しかし、そいつは全てが平和に心地よく暮らす世界ではなく、気に食わねぇもんでも許容し、誰もが少しずつ我慢しなきゃならねぇ世界だ。そして、そんな世界の敵は――」

ユーロンの金色の瞳は、窓の外に映る崩れた山に向けられる。

「絶対的な正義。自らと違う者を許容せず、排除しようとする力だ。人間だろうが魔族だろうが、そいつと俺の思想は相容れねぇ。和平を目指したい俺でも、そいつとは戦わなきゃならねぇのさ」

「絶対的な……正義……」

「聖女にして死神のアリスよ。お前さんはどんな思想の持ち主なんだい？　俺は腹を割って話した。お前さんの意見も聞きたいね」

ユーロンはそこまで言い終わると、椅子の背もたれに身を委ねてアリスの返事を待った。

「因みに、俺と意見が違うからって襲いかからねぇから安心しな。こんな放蕩野郎の俺でも、一応、魔王なんでね。新たな魔王が人間に攻撃したとなれば、そいつは人間が魔族領に攻め込む口実になる」

ユーロンが争いごとで頑(かたく)なに手を出そうとしなかった理由は、それであった。小さな諍いに介入するには、彼は政治的にあまりにも大きな存在であった。

「私……は……」

アリスは、ユーロンの問いを頭の中で反芻(はんすう)する。

自分の理念に反する者すら許容する多様性の世界と、絶対的な正義によって理念に反する者を排除する世界。

アリスを始めとするほとんどの人々は、人類と魔族は敵対するものだと教わってきた。しかし、事情を汲(く)んで歩み寄ることで、無用な争いを避け、種族を問わず弱者を救うことができることも知った。

アリスは、マリアンヌ商会に利用されていたゴブリンたちを退治することは正しくないと思っていた。ジギタリスに手を差し伸べず、聖騎士団に従うことも正しくないと思っていた。

「アリス……」

苦悩するアリスを、ラルフとジギタリスが心配そうに見つめる。アリスは頭を抱え、自らの行いを振り返りつつ、長い沈黙を経て、ようやく口を開いた。

「私は……自分の正義を行使する」

「ほう？」

ユーロンが興味深そうに、前のめりになる。

「だが、それは理不尽に踏みにじられる弱者を助けたいのであって、そこに種族や思想は関係ない。相手の行動に対して……結果を返すだけだ。種族や思想が異なっていても、理不尽を行わない者には手を出さない。どんな生まれであろうと、どんな考え方であろうと、自由であるべきだと思っている……」

「アリス……！」

アリスが導き出した答えに、ラルフとジギタリスは表情を明るくする。ラルフはアリスが結論を導けたことに、ジギタリスは魔族である自分に歩み寄ってくれたことに対する喜びを露わにした。

「……いいじゃねぇか」

ユーロンは満足そうに頷くと、ゆっくりと立ち上がった。

「相手が何であれ、立場の弱い者の味方になる。弱者とされる連中は、一人一人の力は弱いかもしれない。だが、まとまると強いうねりを生み出すこともある」

ユーロンの言葉に、アリスの全身の力がどっと抜ける。手のひらは汗でベタベタだ。

口の中もすっかり乾いている。

やはり、ユーロンは王だ。腹を割って話されたことで、彼のカリスマ性が詳らかになり、アリスはすっかり呑み込まれていた。

恐ろしい男だ。しかし、頼もしくもある。

この相手のことをもっと知りたい。

アリスはそう思うようになっていた。

「ユーロン、お前は……」

「ん？」

「お前が旅をしていたのは、弱き者たちを——民をその目で見るためだったんじゃないか？　お前のその視点、世界を自分の目で見ていないと、なかなか生まれるものではない」

「はっ、よせよ。俺はお前さんみたいな真面目じゃねぇよ」

ユーロンは笑い飛ばす。

「因みに、ラルフの意見も聞いておこうか」

ユーロンは、ラルフに振った。ラルフは押し黙っていたが、やがて、決心したように頷く。

「俺も、アリスの思想に異論はない。俺は俺の大切な人を守りたいし、多分、そこに種族は関係ないと思う……」

「ま、お前さんはそうだろうと思ったぜ。根っからの優しい善人って感じだしな」

「また皮肉じゃないだろうな……！」

ラルフは身構えるが、ユーロンは彼を無視してアリスに向き直った。

「というわけで、俺もお前さんについて行くぜ」

「ついて来る……だと？　同行は構わないが、王であるお前は連れて行く方じゃないのか？」

「王っていう器でもねぇし、俺が個人的にお前さんの旅を見たいってのもある」

「そ、そうか？」

腑に落ちないものを感じながらも、アリスはユーロンの意見を受け入れた。

「因みに、お前の用事は何なんだ？　王都見学ってわけでもないだろう？」

「視察だな。聖騎士団の動きが気になる。ちょいと、引っ掛かりがあってね」

「引っ掛かりがあるのは私もそうだが、何か他に……情報を持っていそうだな」

ユーロンの言葉に含みを感じたアリスは、ユーロンを睨みつける。しかし、ユーロンはいつもの調子で受け流した。

「或る程度の確信が得られたら共有するぜ。まあ、察しがいいお前さんなら、その前に気付いちまいそうだがな」

「……正体がわかっても食えない奴だ」

「美味しく頂かれちまっては困るんでね」

しかめっ面のアリスに、ユーロンはからかうように笑う。

「……ジギタリス、大丈夫か？」

ラルフは、円卓の下で縮こまっているジギタリスを心配する。そんなラルフに、ジギタリスは小声で叫んだ。

「だ、大丈夫なわけないでしょ……！　気まずすぎるのよ！　まさか、魔王様が一緒に来るなんて……」

「俺がいちゃ不満かい？」

ユーロンは円卓の下に手を入れたかと思うと、ジギタリスの首根っこをむんずと摑んで引きずり出した。

「フニャーッ！　め、滅相も御座いません！　ただ、わたくし、魔王様に失礼を……」

ジギタリスは前足で器用に揉み手をしながら、機嫌を伺うような眼差しをユーロンに向ける。

「気にしちゃいねぇよ。あと、目立つから魔王呼びも止めな。ユーロンでいい」

「で、では、ユーロン様とお呼びしますね……！」

「呼び捨てで構わねぇよ。どうせ、放蕩ドラ息子だし」

「ひぃぃん！」

意地悪く笑うユーロンに、ジギタリスは涙目になる。

「おい、弱者をいじめるな」

アリスはユーロンからジギタリスを奪い、優しく抱きかかえる。

「そいつは、レベル40のソーサラータイプのグリマルキンだぜ？」

「お前はそれ以上のレベルだろ？　それに、立場もお前の方が上だ」

「ま、そいつは否定しないな」

ユーロンはあっさりと引き下がる。

「ふぇぇ、あんたはいい子ね、アリス……。今度、ネズミを捕まえたら、あんたに譲ってあげるわ……」

「気持ちだけ受け取っておこう……」

めそめそと泣きながらすり寄るジギタリスに、アリスは溜息を吐いた。

「王都に行くには、一度スタティオに戻る必要があるな。そこから港町に向かって、船に乗る……か」

アリスたちがいる地域と王都の間には、内海が横たわっている。陸路で王都に向かうこともできるが、船の方が遥かに早い。

「あいつらは……」

アリスは窓の外で作業をしている、盗賊団の男たちを見やる。

彼らは村人とともに砂を片付けたり、村の子どもたちに労われたりしている。力仕事を積極的に引き受け、村の労働力に貢献しているようだった。

「……あいつらなら大丈夫じゃない？　村を襲ってたわけでもないし、それなりに受け入れられるんじゃないかしら」

ジギタリスは、アリスの腕の中からひょっこりと顔を出してそう言った。

「まあ、彼らなりに罪を償っていけばいいか。私たちが出る幕でもなさそうだ」

「それよりも、村を出るなら少し待って欲しいの。古城に取りに行きたいものがあるから……」

「なんだ？」

「マスターが書き残した薬草の調合メモ。それは辛うじて、聖騎士団に奪われなかったから。……マスターはいなくなっちゃったけど、村はこれからも存続していかなきゃならないでしょ。それならせめて、自分たちで薬を調合できたらいいのかな、って思って」

幸い、薬草が生えている森はすぐ近くにある。素材は容易に調達できるだろう。

「……そうだな。私も一緒に取りに行こう」

「俺も！」

頷くアリスと、それに便乗するラルフ。ジギタリスの大きな瞳が涙で潤んだ。

「あんたたち……」

「それじゃあ、俺も付き合うとするか」

ユーロンもまた、同行の意思を見せる。その瞬間、ジギタリスはアリスの腕の中から飛び上がった。

「ひぃぃ！　結構ですぅぅぅ！」

ジギタリスは猫の姿のまま走り去り、様子を見に来た村長が扉を開けたのを幸いと飛び出した。

「おお……。今の猫ちゃんは……？」

「これは、先が思いやられるな……」

目を丸くする村長を前に、アリスは溜息を吐いたのであった。

そのころ、王都では。

北の森に派遣したスペンサーが率いる分隊が戻る前に、王都の灰色の空に魔法伝書鳩が舞い降りた。

城の中へと降り立った魔法伝書鳩は、魔女討伐の痕跡削除に失敗した旨と、奇妙な魔法で分隊長スペンサー卿の腕を潰した聖女がいたという旨を、王宮に戻っていた聖騎士団副団長のオーウェン・バージェスに口頭で伝達した。

「聖騎士団が、たった三人の冒険者と盗賊団に後れを取った……だと……！」

俄かには信じ難い。

オーウェンは何かの間違いだと思いたかった。しかし、それができるほど彼は楽観的ではなかった。

「バージェス卿」

「はっ！」

オーウェンは即座に背筋を伸ばす。

彼がいる場所がよくなかった。

魔法伝書鳩の報告に、ともに耳を傾けていたのはデルタステラ国王であった。オーウェンは謁見の間にて、国王の警護の最中だったのである。

ちょうど、謁見者が途切れたタイミングでの出来事であった。

国王は眉間に深い皺を刻む。まだ、三十代後半ほどの若き国王は、厳格な顔つきでオーウェンに問う。

「スペンサー卿の腕を潰した聖女の名は、何と言った？」

「アリス・ロザリオです」

その名を聞いた瞬間、国王が複雑な表情になったのを、オーウェンは見逃さなかった。嘆きや悲しみといった感情が過ぎるものの、国王は自らを律するように表情を打ち消した。

「そうか……。ならば、その聖女を指名手配するのだ。聖騎士団と知って歯向かったのならば、国賊として処理しなくてはならん」

「はっ！」

オーウェンは国王に跪く(ひざまず)と、ともに警備をしていた聖騎士団の騎士に手配書の作成を命じる。

その姿を眺めながら、国王は人知れず重い溜息を吐いた。

指先が震えている。それに気付いた国王は、拳を握り込むことで動揺を抑えた。

「何故だ……。やはり神託の通り、お前は私の前に立ちはだかるのか……アリス」

国王の呟きは、慌ただしいその場の空気にかき消され、永遠に誰にも届くことはなかった。

第七章

最弱聖女、港町に着く

SAIJYAKUSEIJYO DESHITAGA
SHINIGAMI NI NATTE YONAOSHI SHIMASU
KAIRI AOTSUKI

目指すは王都。

王都へ行くには、内海を船で渡らなくてはいけない。

そこで、一行は乗り合いの馬車に乗り、港町マーメイドヘイブンまで向かった。


馬車から降りると、潮風がアリスの黒髪を撫でた。

「おお……！」

アリスの唇から感嘆が漏れる。

なだらかな石畳の下り坂が続き、煉瓦（れんが）や木で造られた建物がずらりと並んでいた。

その先には、水平線がはっきりと見えた。海は太陽の光を受けてキラキラと輝き、
船は真っ白な帆を張って進みゆく。

「アリス。お前さん、海は初めてかい？」

ユーロンに問われ、アリスは頷いた。

「ああ。書物で見たことはあったんだが」

「知識として取り入れたモノと、実物は違うだろ」

「そうだな。風が不思議なにおいを運んでくる。まるで、命を煮詰めたような……」

アリスは鼻を鳴らし、磯くささを感じた。

「あの中では、生物が生まれて死んでいく。命の終着点にして始まりの場所だから、命のにおいがするんだろうな」

ユーロンは遠い水平線を眺め、しみじみとそう言った。

ラルフもまた、長い馬車旅ですっかり固まった身体をほぐしながら、辺りを見回す。

「水神バーシウムの領域だもんな。俺は何度か来たことがあるけど、港町は雰囲気が独特だよなぁ」

水神バーシウム。

水の元素を司る女神だ。町の入り口に、彼女を模した銅像が建てられている。

下半身は魚、上半身は美しい女性の姿をしたバーシウムの像のそばでは、熱心に祈る海の男たちがいた。

船旅の無事を祈っているのか。それとも、大漁を願っているのか。

美しくも恋多き魔性の水神は、多くの生命を育み、多くの恵みを齎してくれるが、
それと同時に、恐ろしい側面も持っていた。

彼女は惚れっぽく、惚れた相手は老若男女問わず水の中に引きずり込んでしまうと

いう。ゆえに、水死した者は、「バーシウムにキスをされたのだ」と言われることもあった。

「おっかない女神様よね。彼女が恵みをくれるのは有り難いけど、私は苦手」

ジギタリスは、青い顔をして震える。

「まあ、確かに。炎神サピエンティアも激しい神だが、バーシウムも適切な畏れをもって接しなくては痛い目を見るからな」

アリスは頷く。だが、ジギタリスが妙に怯えているのが気になった。

「君は確か、風魔法の使い手だったな。属性的には相反するわけでもないような……」

「私は濡れるのが嫌いなのよ」

ジギタリスは、ずいっと詰め寄る。

「猫だからな」

ユーロンが付け加えた。

「ああ、そういう……」

「私にとって、水は大敵なのよ！　濡れると渇きにくいし、体温が奪われるし……。泳ぐなんてもってのほかだからね！」

「大丈夫だ。船を使う」

「頑丈な船にして！　とにかく、強そうなやつ！」

　ジギタリスは拳をギュッと握りしめて強調する。

「そうしたいところだが、資金が潤沢というわけでは……」

「換金できるものならある！」

　ジギタリスは、自らのバッグの中身を見せつける。中に入っているのは、瓶入りの魔法薬だった。

「なるほど。魔法薬は何処でも喜ばれるからな」

　アリスは目を輝かせた。しかし、その表情はすぐに曇ってしまう。

「だが、君の主人と調合したものだろう？　換金するのは勿体ない気もするが……」

「んー。確かにそうだけど、背に腹は代えられないしね。魔法薬は消耗品だし、ずっと取っておくわけにもいかないから」

「それもそうか……」

　アリスは、ジギタリスの言い分に納得する。

「それじゃあ、この町の冒険者ギルドに相談してみよう。道具屋が何軒かあるから、魔法薬を高額で買い取ってくれるところを紹介してもらうんだ」

　ラルフはそう言って先行する。

　歩き出すと、潮風が心地よかった。陽射(ひざ)しが強く眩しかったため、アリスは目を細めて進む。

スタティオも栄えていたが、このマーメイドヘイブンも活気に溢れていた。

筋骨隆々の海の男たちや、快活な海の女たちが行き交う。老人は足取りがしっかりしていて、子どもは笑顔に溢れていた。

通り沿いに食事処(しょくじどころ)が散見されたが、魚の看板を掲げている店が多い。港町だけあって、魚介類をメインにしている店が多いのだろう。

焼いた魚のにおいが、ふわりとアリスの鼻孔をくすぐった。

「お腹が空いたな……」

「馬車に乗ってる時間が長かったしね。私もお腹空いたー」

ジギタリスも頷く。それを聞いたラルフは、顔だけ振り向いた。

「それじゃあ、冒険者ギルドに行った後に飯にしようか。焼き魚が美味しいところ、知ってるからさ」

「やったー、ごはん！」

「ラルフは頼もしいな」

ジギタリスは諸手(もろて)を挙げて喜び、アリスはラルフを称賛する。

そんな中、最後尾でマイペースに歩くユーロンがぽつりと呟いた。

「刺身を食いてぇな」

「サシミ？」

　アリスたちは鸚鵡返しに尋ねる。

「東方の料理さ。生の魚を捌いたものだ」

「生魚を食う……だと？　それは大丈夫なのか？」

　アリスは怪訝な顔をする。

「恐れながら、魚は焼いた方が美味しいので……。私も、マスターが調理したものを御馳走してくれてからは、焼き魚を食べるようにしておりますゆえ……」

　ジギタリスは、魔王であるユーロンに及び腰になりながら意見した。しかし、ユーロンはにやりと笑う。

「わかってねぇな。刺身にワサビと醤油、そして白米が最強なんだぜ？」

「ワサビとショーユって、東方の調味料だよな。そんな高級品、この町にあったかな……」

　ラルフは記憶の糸をたぐり寄せる。

「スタティオに東方料理の料亭があるんだ。港町にもあるだろ。刺身を食うなら奢ってやるぜ」

「おお、太っ腹……」

奢りと聞いて、ラルフとジギタリスが目を丸くする。しかし、アリスだけが浮かない表情だった。

「そのサシミだが、我々が食べても平気だろうな？」

「はっ、確かに！」

ラルフは気付く。

ユーロンは人間の姿をしているが、ドラゴンの血族らしい。当然、消化器官も丈夫だろう。

「東方の人間も食ってるぜ。安心しな」

「そ、そうか。それなら……」

「ただ、たまに寄生虫がいるらしいけどな」

「文明の火を通せ！　加熱しろ！　生で食うな！」

アリスは目を剝き、即座にツッコミを入れる。

「野暮なことを言うなって、刺身は美味(うま)いんだよ」

「野暮はどっちだ！　寄生虫を体内に入れるリスクを冒してまで食うものか!?　炎神サピエンティアに浄化をしてもらえ！」

炎神サピエンティアの浄化──すなわち、火を通す。大抵のものは、それで安全に食べられるようになる。それこそ、サピエンティアの恵みにして英知だ。

「リスクを冒してまで食うもんさ。イーストランドにいる東方人に聞いてみろよ。というか、お前さんの奇跡で寄生虫の駆除くらいできるだろ？」

「珍味のために我らがクレアティオの奇跡を行使しろと!?」

アリスはのけぞって憤慨した。

「そもそも、クレアティオの光は全ての生命に平等に降り注ぐもの。寄生虫も生き物だ。駆除はできない」

「だが、寄生虫に腹を食い破られそうになったら、流石のクレアティオも助けてくれるだろ」

二人のやり取りを聞いていたラルフとジギタリスは、青い顔でお腹を押さえる。どうやら、寄生虫に食い破られるところを想像してしまったらしい。

「排出の助けならばできそうだが……」

アリスは渋い顔だ。

「じゃあ、粛清の力で何とかならねぇか？」

「即死魔法は目視できないと使えない……。それに、目視できるくらいなら手作業で排除する」

「よし、それでいこう」

ユーロンの中で話がまとまったらしい。彼は一行から離れ、食事処が集まる区画へと足を向ける。

「おい、勝手に……！」

「冒険者ギルドに行くんだろ？　俺は刺身が食える飯処を探して合流するからよ。先に行っててくれ」

ユーロンはアリスの返答も待たずに、さっさと立ち去ってしまった。

「自由な奴だ……」

「というか、グルメなんだろうな。スタティオの料亭で食べた料理もめちゃくちゃ美味しかったし……」

また食べたい、とラルフは夢見心地になる。

「諸国漫遊されてたみたいだしね。あの方なりの目的があったみたいだけど、各国の名物を食べたいっていう理由もあったりして……」

魔王がいなくなって緊張がほどけたのか、ジギタリスは深々と息を吐いた。

「いずれにせよ、我々の言い分は聞いてくれないだろうな。サシミとやらを食べることになったら、解析魔法で寄生虫がいないか確認しよう」

「助かるよ、アリス。生魚を食うなんて、文明の火が使えない者のやることだと思ってたのに……」

眉間を揉むアリスと、溜息を吐くラルフ。

魔王に振り回される一行は、情報を得るべく冒険者ギルドに向かった。

マーメイドヘイブンの冒険者ギルドはスタティオほど大きくなかったが、受付には
カジキの立派なレリーフが飾られていた。
冒険者ギルドに寄せられる依頼は、やはり海の魔物の退治が多い。反社会的勢力の
討伐もあるが、相手は盗賊団ではなく海賊だ。
「この辺りでは海賊が出るのか」
ギルドに貼られた依頼書を見るアリスに、「勿論」とギルドの職員は言った。
髪をベリーショートにした、気風のいい女性スタッフである。日焼けをしていて、
肌は健康的な小麦色だった。
「貿易船の往来も多いからね。そいつを狙ってくるのさ。ウチの町には自警団もいる
けど、手が足りなくてね」
「それで、外部から来た冒険者に頼むということか」
「そういうことさ。あんたたちもどうだい？」
スタッフは歯を見せて笑う。しかし、アリスは申し訳なさそうに目を伏せた。
「手伝いたいのは山々だが、これから船に乗って王都に向かわなくてはいけないんだ
……」

「ああ、それなら仕方がないね。何日か滞在するようだったら頼みたかったけど」

「だが、我々が海賊と遭遇した際は、必ずや仕留める」

アリスは、責任感たっぷりに答えた。

「ははっ、頼んだ。と言っても、自分の命優先で頼むよ。ここのところ海賊が増えているころだし、たった三人のパーティーには荷が重いからね」

「えっ、私もパーティーに入れられてる？」

ジギタリスは目を丸くした。

それに対して、アリスとラルフはキョトンとしてしまう。

「君は貴重な戦力の一人だ。当たり前だろう」

「でも、冒険者じゃないし……」

「仲間ってことさ」

戸惑うジギタリスにラルフがそう言い、アリスが頷いた。

「仲間……か。なんかむず痒いわね」

ジギタリスは三角帽子のつばを摑むと、ぎゅっと帽子を目深に被って表情を隠す。

照れているのだ。

それを見ていたスタッフは、微笑ましげに笑っている。

「青春だねぇ。王都に行くなら、いいタイミングだ。明日、王都方面行きの船が出るからね。紹介しようか？」

　どうやら、王都方面に向かう船が護衛を募集しているらしい。冒険者が護衛として乗るならば、乗船料を免除してくれるという。

「おお、助かる！」

　アリスたちは目を輝かせた。ジギタリスの貴重な魔法薬を換金せずに済みそうだ。

「三人って先方に伝えておいていいかい？」

「いや——、四人だ。うち、二人は冒険者ギルドに登録していないが、大丈夫だろうか？」

「一人は、そこにいる魔女のお嬢ちゃんだろ？　もう一人は？」

「サシミが食える店を探している」

　アリスは、ユーロンのことを思い出しながら答えた。

「ああ。あの東方の料理だっけ？　その仲間は、イーストランドから来たのかい？」

「……恐らく」

　アリスはユーロンのことをよく知らないので、曖昧に頷く。

「まあ、どこの出身かはどうでもいいけどね。レベルはどれくらいなんだい？」

「計測不能だ」

「ふぅん？　アンチアナライズの使い手ってことかね。あれは高度な技術らしいし、問題なさそうってことにしておくわ」

「助かる」

本当は魔王で、土石流を砂の雨に変えるほどの天災的実力の持ち主だとは口が裂けても言えなかったし、信じてもらえるとも思わなかった。

それに加え、ユーロンは魔王という立場上、手出しができない。万が一、魔王が人間を殺したとなれば、魔族の領域に攻め入る理由を人間に与えてしまうからだ。

スタッフはさらさらと書類を作成し終え、後ほど船長に申請すると約束してくれた。

全てがスムーズに済み、ギルドを後にしようと一行が踵を返した瞬間、出入り口の前に佇む金髪の胡散臭い男が目に入った。

「ユーロン、いつの間に」

「さっきからいたぜ。おおよその話は聞いた。船は確保できたみたいだな」

「ああ。護衛という条件付きでな」

アリスの言葉を聞き、壁に寄りかかっていたユーロンは身体を起こす。

「いいんじゃねぇの？　ギブアンドテイクってやつだ。俺は守るくらいなら出来るから、万が一の時は防御に回るぜ」

「それは助かる」

守ってくれるのならば、頼もしいことこの上ない。

　聖騎士団との戦いの際も、ユーロンはアリスを守ってくれた。即死魔法が効かない魔王が盾になってくれるというのなら、それだけで攻勢に専念できるというものだ。

「それで、サシミの店は見つかったのか？」

「ああ。市場にある大衆食堂で提供してるとさ。料理人に東方人がいるんだ」

　ユーロンはどことなく嬉しそうであった。

「やっぱり、グルメなんだな……」

　浮かれる魔王を前に、ラルフは苦笑する。

「そりゃあ、美味いもん食った方が元気になるだろ。いいもんを食ってこそ、いい旅ができるってモンだ」

「それは一理ある！　美味しいものを食べると元気になるしな！」

　ラルフは全面同意した。

「ついてきな。案内するからよ」

　ユーロンはそう言って、悠々と冒険者ギルドを後にした。

　ユーロンが一行を連れて来たのは、大衆食堂であった。

　古びた木造で、あちらこちらに修繕の跡がある。スタティオの料亭とは違った庶民くささに、アリスとラルフは目を丸くした。

食堂の近くにある港には、木製の漁船がずらりと並んでいる。磯の香りが一層強くなり、波が打ち寄せる音がよく聞こえた。

大衆食堂に足を踏み入れると、ずらりと並んだごつい男たちが一斉にアリスたちの方を見やる。皆一様に冒険者に劣らぬ筋肉の持ち主だ。

日焼けをしている彼らは、漁業を営む海の男たちなのだろう。アリスは自分たちが場違いなのだと自覚する。

だが、ユーロンが「連れてきたぜ」と声をかけると、一同の表情が和やかになった。

「なんだ、どこの面倒くせぇ冒険者どもかと思ったら、あんたの仲間か。それなら歓迎だ」

カウンター席の向こうには、頭を丸めた髭の濃い男がどっしりと構えていた。

食堂の主人なのだろう。その背後では、料理人たちがせわしく調理している。

主人は白い歯を見せて笑いながら、一行をカウンター席へと促した。

「冒険者が、何か問題でも？」

アリスはまず主人に頭を下げてから、そう訊ねた。

「つまらねぇ話さ。郷に入っても郷に従わない連中が多くてね。海では俺たちみてぇな人間の言うことを聞いて欲しいんだが、レベルがどうのと言って聞かねぇ奴が多いんだ。だから、ウチは冒険者お断りにしてるわけよ」

「なるほど……。そんなことが……」

「思い当たる節があるって顔だな。冒険者のお嬢ちゃん」

「私は冒険者になったばかりだ。冒険者になる前に、色々な人間を見てきた」

パクスの教会に運ばれてきた冒険者たちや、スタティオのギルドでスタッフに狼藉を働いた三人組。いずれも、自分たちのレベルの高さを誇示してきたことを思い出す。

「冒険者になると、序列が明確になるからな。飽くまでも冒険者の中での物差しに過ぎないのだが、それに気付かない者も多い」

アリスは眉間に皺を深く刻む。

「勿論、そういう人間ばかりではないけどな。ラルフのように正しき心の持ち主もいる」

アリスはラルフの方を見やり、頼もしい仲間のフォローを忘れなかった。しかし、当のラルフの表情は晴れない。

「どうした?」

「いや……、どうだろうと思って。俺は、自分の方がレベルが高いから偉いとは思わないけど、レベルが高い自分が低い人たちを守らなきゃって思ってるな……と」

「ラルフ……」

「アリスが俺を高く評価してくれるのは有り難いけどさ。根本的なところは、きっと同じなんだよ。レベルが低い人を弱者だと思ってる。アリスみたいに、そうとは限らない人もいるのに……」

ラルフは真剣に悩み出す。そんな彼の背中を、力強く叩く者がいた。

「いたっ！」

「なーに辛気臭い顔してんのよ。ご飯を食べるところなのにさ」

ジギタリスだった。

「限られた範囲の物差しかもしれないけど、レベルが高ければ戦いにおいて強いってことだから、全面的に間違ってるわけじゃないのよ」

「そ、そうかな……」

「そういうもん。私は高レベルらしいし、低レベルで生意気な連中にはマウントしちゃうかも」

ジギタリスは悪戯っぽく笑った。

「まっ、私は郷に入っては郷に従うタイプだけどね。水神の領域を進むには、水神の扱いに慣れてる連中の言うことを聞くのが一番。自分勝手に行動して、バーシウムにキスされるなんて御免だわ」

「要は、物差しの使い分けが必要ということだな」

アリスがそうまとめると、ラルフが納得したような顔をし、ジギタリスが頷く。

「冒険者の連中は戦い慣れてるし、頼もしいんだけどよ。それが全てじゃねぇって俺たちは思うわけよ」

主人はそう言いながら、四人にお冷を出した。

「そもそも、ここは地元の人間の憩いの場らしいしな。郷の中の郷だ」

ユーロンは水を啜りながら言った。

「そ、そうなのか。そんな場所に、我々のような余所者がお邪魔してしまってすまない……！」

アリスは主人に頭を下げる。だが、主人は首を横に振った。

「いいってことよ。そこの兄ちゃんは食通らしいし、腕っぷしも強いから気に入った。何せ、俺との腕相撲に勝ったんだからな」

主人は笑いながら力こぶを作る。めきっと硬さを増す上腕二頭筋を前に、アリスは主人とユーロンを交互に見やった。

「腕相撲をしたのか？」

「それが郷のやり方だっていうから、従ったまでさ」

ユーロンは、何ということもないようにヒラヒラと手を振った。海の男たちの土俵で勝負をし、尚、相手を負かしたことで気に入られたのだろう。

「で、サシミの盛り合わせだったな。ほら、出来てるぜ」

ユーロンが既にオーダーを済ませていたらしい。主人は問答無用で、四人の前に刺身の盛り合わせを出してくれた。

「おお……！」

花のように美しい盛りつけに、アリスたちは目を輝かせる。

新鮮な生魚の切り身の一つ一つが、花弁のように並べられている。紅白に彩られたそれは食堂の控えめな灯りに照らされて輝き、水神が恵んでくれた宝石のようであった。

あまりにも美しい。解析魔法を使うのは、もはや、野暮のように思えた。

「い、頂きます……！」

アリスは手を合わせると、ぎこちない動作で箸を持ちつつ刺身を取る。

解析魔法を使わないのが礼儀だ。しかし、未知の料理を毒見する必要はある。そう思って、先陣を切ったのだ。

「醤油をつけて食いな。ワサビもつけると更に美味いが、そこはお好みってところだな」

「それなら、まずはショーユだけつけてみるか。生魚を食すのは初めてだが……」

アリスは刺身に醤油をつけると、恐る恐る口にする。

「アリス……」

隣に座っているラルフは不安げだ。

そんな彼の前で、アリスの目がカッと見開かれた。

「な、なんだこれは……！」

「アリス、大丈夫か!?」

ラルフはアリスに声をかける。だが、その言葉はアリスの耳に届いていなかった。

アリスはわなわなと震えると、こう叫んだ。

「美味い、美味過ぎる……！　この魚、捌かれても尚、舌の上で弾けているぞ！」

「そんなに!?」

感動に打ち震えるアリスに、ラルフは目を丸くする。

それに対して、ユーロンはご満悦だ。

「お、気に入ってくれたか」

「なぜだ……。文明の火を使っていないのに、こんなに美味いとは……。このショーユは魔法薬の一種か……？」

「大豆と小麦を麹にして、発酵させたものですね」

カウンターの向こうから、シンプルな顔立ちの料理人が声を投げる。

「大豆と小麦で、こんな調味料が……？」

「そうです。自分、イーストランドから来たんですよ。東方の料理の美味しさを知って欲しくて」

どうやら彼は、東方人らしい。

やけに腰が低く、アリスに何度もぺこぺこと頭を下げている。

「いやはや、どうして文明の火を使わないのかと思ったが、生魚特有の美味さが引き出せる調味料を使っているとは……。東方の料理は奥が深い……」

アリスは感心しながら二切れ目を食べようとする。

だが、その横でラルフとジギタリスが呻いた。

「うぐっ」

「ぎにゃっ！」

「どうした、二人とも！　寄生虫か!?」

焦るアリス。だが、ユーロンと料理人は訳知り顔で笑っていた。

「ワサビだ」

「えっ？」

見ると、二人は刺身に大量のワサビをつけていた。

どうやら、ワサビの辛さが鼻に来たようで、ラルフは目頭を押さえ、ジギタリスはフレーメン反応のまま固まっていた。

「めちゃくちゃツーンとする……。こんなの、初めてだ……」

ラルフは涙目である。

「ワサビはほどほどにしておいた方がいいですよ。自分や大将はガッツリつけちゃうんですけどね。慣れてない人は少しずつの方がいいかと……」

料理人は二人を同情の眼差しで見つめたかと思うと、追加のお冷を出してくれた。

「東方の料理は……奥が深いな」

アリスも慎重にワサビをつけてみるものの、ピリッとした刺激に顔をしかめた。まだ、自分にも早いらしい。

そんな中、ユーロンは平然と大量のワサビを醤油に溶かし、いつの間にか頼んだ飯で刺身を食らっていた。

「はー、うめぇ……」

刺身をじっくりと咀嚼すると、ユーロンはしみじみと息を吐く。そんな彼の横顔を、アリスはぼんやりと見つめていた。

「ん、どうした？　ワサビの味わい方でも教えてもらいたいのか？」

アリスの視線に気付いたユーロンは、にやりと笑う。

「いや、結構。私もまだまだのようだからな……」

「そいつは残念」

ユーロンは肩を竦め、再び刺身に意識を戻す。

ユーロンの正体が魔王だとわかっても尚、胡散臭く、内心が読めない男だ。彼が戦争ではなく和平を望んでいると知っても、アリスは彼のことを警戒していた。

だが、美味しいご飯を味わっている時のその表情だけは、彼の本心から来るものなのだろう。包み隠すことなく曝される至福の顔は、嫌いではないとアリスは思った。

（また、彼の食事に付き合うのもいいかもしれないな）

もう少しだけ、彼の素顔が見たい。

アリスはそう感じながら、控えめにワサビをつけつつ、刺身の盛り合わせを味わった。


四人は旅立ちの準備を整え、港に近い宿屋に泊まった。

窓のすき間から寄せては返す波の音が聞こえたが、それがやけに心地よく、アリスはぐっすりと眠ってしまった。

翌日、アリスが目を覚ましたのは陽が昇ってからであった。

「ん……。もう、クレアティオが顔を出しているとは……。寝過ぎたな」

太陽神に仕える聖職者であるアリスは、日の出前の起床を心掛けていた。それなのに、水神バーシウムの子守歌があまりにも心地よく、熟睡してしまったらしい。

「おい、ジギタリス。起きろ」

アリスは、自分の毛布の上で丸まっているグリマルキン姿のジギタリスを揺さぶる。

確か、彼女は隣のベッドにて、人間姿で眠っていたはずなのだが。

ジギタリスは、前足でくしくしと顔を撫でる。

「ううん……。ワサビはもう勘弁……」

「寝ぼけるな。どうして私のベッドの上で寝ているんだ」

「んん、おはよ……。なんか、こっちの方が暖かそうだったから……」

ジギタリスはそう言うと、くああっと大口を開けてあくびをした。

「それならば、一人分のベッドでよかったな……」

「違うのよ！」

ジギタリスはくわっと目を見開き、ひらりと床に着地したかと思うと、魔女の姿になった。

「私のベッドがあって敢えて他人のベッドで寝るのと、私のベッドが最初からないのと、全っっ然違うわ！　ねえ、アリス。あなたも選択肢があった方がいいと思うでしょ？」

「いや、宿代が節約できるなら、ジギタリスに選択肢を与えて、私がベッド無しでも良かったかもしれない……」

「へ？　どういうこと？」

「ベッド一つの部屋を取り、君が自分のベッドで寝ると言ったら、私は床で寝るというのもアリだった」

「我が身を犠牲にしないでくれる⁉　自分を大事にしなさいよ！」

ジギタリスは、目を血走らせながらアリスの肩を引っ掴む。

「倹約にもほどがあるでしょ！　あんたの実力なら大きな仕事を引き受けてガッポガッポ稼げるのに！」

「私が目指しているのは、命を落とす危険性がある者の救済だ」

そのためなら、報酬が低くてもいい。何なら、無くてもいい。そう言わんばかりのアリスの真っ直ぐな瞳に、ジギタリスは頭を抱えた。

「はー……。あんたみたいな美人でうら若き乙女が、そんな色気のないことを……。勿体無いし、悲しいわ……」

「じ、ジギタリスだって若いだろう」

「残念でしたー！　私は孫までできてるくらいの年齢ですー」

魔族グリマルキンであるジギタリスは、両手で罰点を作った。

「元とはいえ、私は聖女。クレアティオの敬虔なる信者だ。色恋に現を抜かしている場合ではない」

アリスは溜息まじりになりながら、寝間着から冒険着に着替える。

そんなアリスを、ジギタリスは小突く。

「またまた。イィ男二人と一緒に旅をしてるのに、何も感じないなんてことないでしょ？」

ジギタリスは、男性陣が泊まっている隣の部屋の壁を見やる。

「いい男……？　誰……だ？」

アリスはマントを羽織り、ベルトを締めながら怪訝な顔をする。

「はあぁ？　ラルフと魔王様に決まってるじゃない！　真面目でカワイイ系のラルフと、妖艶美形の魔王様に囲まれて、あんた、何も思わないわけ⁉　魔王様はおっかないけど、相当な美形よ！　あれで色眼鏡を取ったら、道行く女のみならず、男すら目を奪われるわよ！」

「二人は大事な仲間だ」

アリスはきっぱりとそう言った。

「ひぃーっ！　意識が高すぎる！　よこしまな感情の入る隙がなさ過ぎる！」

あまりにも隙が無いアリスに、ジギタリスは思わず悲鳴をあげる。だが、そんな彼女の手を、アリスはそっと取った。

「そして、君も大事な仲間だ。ベッドを一つ余らせる可能性があるなら、次から言ってくれ。もし、君が一人で眠りたいのだとしても、君のためならば私は床で眠ることを厭わない」

「ぐぅっ！」

アリスの真剣な眼差しに、ジギタリスのハートが射貫かれた。

「こ、怖……。ただのケチケチ聖女なのに、どうしてこんなにイケメンに見えるの……？」

「ど、どうしたんだ？」

「アリス、あんたがナンバーワンよ……」

主に、イケメン度が。

ジギタリスがそう言おうとした途端、部屋の扉が開け放たれた。

「大変だ！」

ラルフであった。

彼は既に冒険の装備を整えていて、息せき切ってやって来た。

「敵襲か!?」

「違う！　もっと悪い！」

構えるアリスと、首を横に振るラルフ。

その後ろからユーロンが顔を出した。

「ほらよ」

ユーロンが何かを放る。

羊皮紙で作られた貼り紙だ。

「そいつが冒険者ギルドに貼られてたんだ。じきに、町中に貼り出されるぜ」

アリスとジギタリスは羊皮紙の内容を窺う。そこには、信じられないことが書いてあった。

「私が……指名手配されている!?」

なんとアリスが、賞金首になっているのである。賞金はかなりの高額で、一年は余裕で暮らせるほどだ。

「にしては、似てないけどね」

ジギタリスが言う通り、似顔絵は似ていなかった。

特徴を捉えているのは黒髪でショートボブというくらいで、顔は悪意がこもっているのか、殺気マシマシで描かれている。

「だが、ギルドには名前が割れている。もしかしたら――」

アリスは最悪の事態を想定する。その時だった。階下から騒がしい物音が聞こえたのは。

「なに……!?」

ジギタリスが廊下の吹き抜けからこっそりと階下の様子を窺う。アリスたちが泊まっているのは二階だ。一階には受付がある。

そこで、三、四人の冒険者と思しき人間が、宿の従業員に詰め寄っていた。

「おい！　ここにアリス・ロザリオが泊まっているだろう!?　何処にいる！」

「ひぃ！　わたくしどもはお客さまのプライバシーを守──」

「お前たちを一人一人尋問してもいいんだぜ？」

「ひぃぃ！」

冒険者は暴力的な表情で従業員に詰め寄り、従業員は顔面蒼白(がんめんそうはく)だ。押し負けて口を割るのは時間の問題である。

「アリス、早く逃げましょう！」

ジギタリスはアリスの背中を反対側に押す。

「しかし、入り口が塞がっているとなると……！」

「窓から逃げるのよ。私が滑空魔法を使うから！」

「なるほど！」

冒険者たちは従業員を押しやり、地響きがせんばかりの足音で朝の静寂を蹂躙しながら階段を上って来ようとする。

アリスは即座に部屋へと戻り、一行はジギタリスの滑空魔法を使って二階の窓から脱出した。

「一体、どうしてこんなことに……」

平和だった町は、すっかり騒々しくなっていた。

殺気立った冒険者たちがうろついては、町の人間を尋問している。彼らは皆、アリスを捕らえようとしているのだろう。

「昨日、冒険者ギルドに顔を見せたしな……。そこから宿がバレたんだと思う……」

ラルフは沈痛な面持ちで言った。

「これじゃあ、船には乗れねぇな。どうするよ」

物陰に身を隠しつつ、ユーロンが問う。

「ひとまず、人が少なくて落ち着けそうな所へ行こう。私はどうにか、顔を隠さねば」

手配書の似顔絵は似ていないが、アリスの顔を知っている人間はいる。姿を隠さなくては、捕らえられるのは時間の問題だ。

ジギタリスは肩を竦める。

「金に目がくらんだ冒険者なんて、粛清パンチで黙らせりゃいいのに」

「駄目だ」

アリスはぴしゃりと言った。

「彼らの中には正義感で動いている者がいるだろう。それに、やむを得ない事情があって金が必要な者もいるに違いない。即死魔法を使うなんてもっての外だ」

「真面目ねぇ。自分が狙われてるってのに」

ジギタリスは呆(あき)れたように溜息を吐くと同時に、アリスの頭に魔女の三角帽子を被せた。

「ジギタリス？」

「しばらくは、それを被ってたら？　変装にもならないけど、時間稼ぎくらいはできるんじゃない？」

「すまない。恩に着る」

アリスはジギタリスの帽子を目深に被り、人の目を避けながら人気のない場所を探す。

大通りも市場も、冒険者たちがうろついていた。

アリスたちは自然と、海へ海へと追いやられる。

「ここなら、少しは落ち着いて話せそうだな」

人気がない建物の裏までやって来て、アリスはようやく帽子を外した。

「問題は、どうしてアリスが指名手配されているかだよな。っていうか、誰がアリスを指名手配してるんだ？」

ラルフは改めて手配書を見やる。

そこには、厳かな印が押されていた。六枚の翼の意匠に見覚えがある。

「聖騎士団……！」

アリスは掠れた声をあげた。

「もしかして、北の森での……」

ラルフとジギタリスは顔を見合わせる。

「あの分隊が生還して、あそこで起こったことを報告したってわけか」

ユーロンの顔からは、いつの間にか笑みが消えていた。常に余裕を見せていたユーロンですら、笑えない状況ということか。

彼は色眼鏡を外し、金の瞳で手配書をつぶさに見つめる。

「生死は問わないって書いてあるな。こいつは、相当おかんむりのようだ。まあ、国王直属の聖騎士団に一発お見舞いしたし、わからんでもないが」

「私が、聖騎士団――すなわち王国から指名手配になるとは……」

聖女だったアリスは、自ら教会を去り冒険者となった。しかし、それが一転して指名手配犯になってしまうとは。

「まずいな。お尋ね者になったら、冒険者ギルドの資格も剝奪だ。っていうか、アリスはこれから――」

ラルフは緊張した面持ちで、アリスを見やる。

張り詰める一同に対して、アリスは驚くほど冷静だった。

「命を狙われ続けるということか」

「冗談じゃない！」

叫んだのはジギタリスだった。

「あいつら、無罪のマスターを処刑して、マスターを慕ってた人間を皆殺しにしようとしたのよ！　それを止めただけなのにアリスを指名手配するなんて、横暴じゃない！」

「本当だよ……！　あまりにも理不尽だ。何のための、誰のための聖騎士団なんだ……！」

ラルフもまた、握りしめていた拳を震わせていた。温厚で聖騎士団に憧れていた彼もまた、アリスのために怒っていた。

「どうすんだ、アリス。このまま、お尋ね者として生きるのか？」

ユーロンが問う。

しばしの沈黙の後、アリスは答えた。

「王都で、聖騎士団に直談判(じかだんぱん)する。この指名手配は不当であり、解除するように、と」

どうせ、彼らの不正を暴くために王都に行くつもりでいた。

ジギタリスのマスターの遺品を回収し、ユーロンが和平のきっかけを得るべく動くというのなら、用事が一つ増えたところで構わない。

アリスの凜とした表情を見た三人は、ふっと肩の力を抜いた。

「こんな時まで真面目よねぇ。聖騎士団を粛清パンチでぶっ飛ばすつもりがないなんて、出来た聖女様だわ」

「正当な取引をしようとするのはアリスらしいや。俺は、アリスを手伝うよ」

ジギタリスは苦笑し、ラルフは目を輝かせる。

そしてユーロンは、いつものように口角を吊り上げた。

「面白いじゃねぇか。手伝えそうなら手伝ってやるぜ」

「頼もしいな。魔王が味方とは」

「まさか、元聖女様に歓迎されるとはな」

軽口の応酬。その場の空気が和やかになる。

しかし、そんな一行のもとに人影が差した。

「あんたたち……！」

アリスたちは振り向く。

するとそこには、昨日刺身を振る舞ってくれた東方人の料理人がいた。その顔面は蒼白で、指名手配のことを知っているのは明らかであった。

「お客さん、アリスって名前でしたよね……」

「いかにも」

誤魔化しても無駄だと思ったアリスは、正直に答えて料理人の出方を窺う。人を呼ぶようならば逃げようと、視線だけを辺りに巡らせて逃走経路を見出そうとする。

だが、料理人は騒ぐことなく、声を潜めて手招きをした。

「大変なことになってるみたいですね……。うちの大将が教えてくれました。よろしかったら、うちに来ませんか？」

アリスたちは顔を見合わせる。

彼女らがいたのは、まさに大衆食堂の裏手であった。冒険者お断りの店なので冒険者たちが来辛く、人気がなかったのだ。

「すまない。しばしの間、場所を借りても構わないだろうか」

アリスたちは頷き合うと、料理人とともに大衆食堂に裏口から入る。

そこには、従業員用の休憩所があった。休憩所の一角では、大将と呼ばれた食堂の主人が難しい顔をして座っている。

「あんたら、えらいことになってるな」

「申し訳ない……。町を騒がせてしまって……」

うつむくアリスに、主人は首を横に振った。

「いいってことよ。それよりも、こんなんじゃ船に乗れねぇだろ」

「ああ……」

アリスは頷く。

王都へは内海を渡らなくてはいけない。陸地を往くと遠回りになるし、陸路には危険も多い。だが、アリスがお尋ね者になってしまったため、元々乗るつもりだった船には乗れないだろう。

では、どうすればいいのか。

アリスたちは選択を迫られていた。リスクを承知で陸路を往くのか、別の船を用意するのか。

「だったら、うちの漁船を使え」

「なっ……」

アリスたちの暗い道に、光明が射す。

主人も料理人も、白い歯を見せて笑った。

「だが、私は指名手配犯で……！」

「訳ありなんだろ？　あんたと話をして飯を食っているところを見たら、どう考えて

も お尋ね者には見えねぇ。手違いか訳ありかのどちらかだ。俺は、自分の目を信じてあんたに手を貸そうと言うのさ」

主人の大きな手が、アリスに差し伸べられる。アリスがその手を取ると、ぎゅっと力強く握手をされた。

大きくて硬い職人の手だ。そして、陽光のように温かい。

「有り難い。まるで、クレアティオのような慈悲深さと懐の深さだな」

「太陽神に喩えられるったぁ、光栄だね。まあ、無事に戻ってきた暁には、またサシミを食いに来てくれや」

「勿論だ！」

アリスは力強く答える。それを聞いた東方人の料理人は、嬉しそうに破顔した。

「悪いな。大事な漁船を出してくれるなんてよ」

ユーロンもまた、主人に頭を下げる。

魔王が人間の庶民に頭を下げるさまを見て、ジギタリスは驚愕のあまり、目玉をひん剝いていた。

「俺は、あんたのことも買ってるんだぜ」

ユーロンが魔王だと知らない主人は、彼の肩をしっかり抱いて頭を上げさせる。

「俺のことを？　そいつは嬉しいね」

「あんたの立ち振る舞いを見ていればわかる。あんたは高貴な身分だろう」

「どうだか」

ユーロンは笑ってはぐらかした。しかし、主人は話を続ける。

「そんなあんたが一切偉ぶらずに腕相撲に応じ、こうして頭を下げてくれる。あんたはきっと、何か大きなことを成し遂げようとしているんだ。俺はそれの手伝いをしたいのさ」

「……その気遣い、心に留めておくぜ」

ユーロンはやんわりと主人の腕をほどき、背を向けてひらりと手を振る。彼はその表情を、一切見せようとしなかった。

「照れ隠しかな」

ラルフが小声でアリスに問う。

「そうかもしれないな。どんな顔をしていたか見たかったものだ」

「おい」

頷くアリスに、ユーロンの刺すような声が飛ぶ。

「漁船で王都に行くんだろ。冒険者の連中がお前さんを見つける前に、さっさとずらかるぞ」

有無を言わせぬ魔王の言葉。アリスたちは顔を見合わせると、にやりと笑って後に続いた。

用意された漁船は、古い木船だった。立派ではある。

しかし、一行が余裕で乗れるほど広く、彼らが船を漕いでくれるというのだ。復路の漕ぎ手が必要なため、アリスは彼らの厚意に甘えることにした。

「風神ウェントゥスも背中を押してくれるようだな。有り難い」

碇をあげて帆を張って、漁船はマーメイドヘイブンの港を出る。

追い風が漁船を押してくれる。潮風が一行の船出を祝福するように、髪を優しく撫でた。

そんな中、漕ぎ手の漁師たちは軽快なリズムで歌い始める。

「その歌は……？」

「ウェントゥス様に捧げる歌だ。風神は音楽を奏でるのが好きだからな。もっと調子を上げてもらおうっていうのさ」

「そうそう。バーシウム様の腕の中からさっさと逃れられるようにな」

漁師たちは笑いながらそう言った。

風神ウェントゥスは、若くて美しい男として描かれることが多い。彼は他の神々の祝福を行き渡らせる幸福の象徴で、勝負をする者たちから絶大な支持を集めていた。

「ウェントゥス様もバーシウム様にキスをされるのが怖いんだ。だから、海の上はさっさと駆け抜けるのさ。俺たちはそれに便乗するために帆を張るってわけだ」

「そうか。この町では水神が船に手を出さないように祈り、風神の力を借りているわけだな」

「バーシウム様には大漁も祈るけどな。どっちも俺たちの生活には欠かせない神様だ」

「そうか……」

神々を大切にする民を前に、信心深いアリスもまた微笑む。

「昔は、バーシウム様が人恋しくて荒れ狂ってる時に、若くてイイ男を婿にやったらしいけどな。でも、あれだけ大きな身体を持つ女神が、たかが人間一人で寂しさが埋まるわけないんだよなぁ」

漁師は遠い目でぼやく。

内海とはいえ、ひとたび港から出れば四方は海に囲まれて、急に心許(こころもと)なくなってしまう。これが大海原ならば、より顕著なことだろう。

「風神の力を借りられるのならば、そちらの方が断然いいだろう。神には神でしか対抗できない」

アリスは追い風を受ける帆を眺めながら言った。

昔は、海が荒れた時に若い男性を人身御供（ひとみごくう）にしていたのだろう。信仰のためとは言え、命が失われるのは耐え難い。古い慣習がなくなったと聞き、アリスは心底安堵した。

「あの、手伝いましょうか？」

ラルフは自らも腕まくりをしながら、船を漕ぐ漁師たちに声をかける。だが、彼らはやんわりと首を横に振った。

「大丈夫。俺たちの方が慣れてるからよ。あんたたちは、大船に乗ったつもりで向こうに着くのを待てばいい」

「いや、そうはいかないみたいだぜ」

後方を眺めていたユーロンが、そう言った。

「えっ？」

一同はつられるように後方を見やる。

すると、何艘（そう）もの小舟が物凄い勢いで追いかけてくるではないか。

無駄に棘が付いたプレートメイルで身を固めた者もいれば、『仏恥義理』という謎のペイントを施した舟に乗っている者もいる。

「いたぞー！　お尋ね者だ！」

「待てーッ！　賞金首！」

誰もが武装をしていて、血眼になって漁船に追いすがろうとしている。

「冒険者じゃない！」

「いや、賞金稼ぎもいるんじゃねぇか？」

ジギタリスは悲鳴をあげ、ユーロンは目を凝らして追っ手を見やる。

「どっちにしたって、アリスの命を狙っているんだろ⁉　なんだよ、賞金首って！」

ラルフは非難の声をあげながら、身を乗り出した。

「おーい、誤解だ！　アリスは悪いことなんてしてないってば！　だから——」

ラルフが言い終わらないうちに、後方の小舟から矢が飛んでくる。アリスはラルフの首根っこを引っ掴み、強引に引き戻した。

「わっ……！」

ラルフの目の前に刺さる矢。追っ手からの宣戦布告の証。

ラルフはアリスの方を見やる。すると、アリスは頭を振った。

「無駄だ。彼らにとって私が無実かそうでないかは関係ない。恐らく、賞金が必要なんだ……」

「もう、ぶっ飛ばすしかないでしょ！　私の魔法で一掃してやるわ！」

ジギタリスは風の元素を集め始める。

「いや、駄目だ！　彼らは誤解で私を追っているのだから！」

「じゃあ、一方的にやられてろって言うの!?　あいつらが追いついたら、こんな船、木っ端微塵よ！」

「くっ……」

アリスは葛藤する。

船が大破したら仲間のみならず、漕ぎ手の漁師たちまで巻き込んでしまう。

「おい！　やべぇぞ！」

全力で漁船を漕いでいた漁師が叫ぶ。

進行方向に、二隻の船があった。

そこそこ大きな一隻は帆船だ。貨物を積んでいるのだろう。アリスはその船の特徴を眺め、自分たちが護衛として乗るはずだったものだと悟る。

だが、先行していたはずのその船は、もう一隻の船に取りつかれて停まっている。

帆船に勝るとも劣らない規模のそれは――。

「海賊船だ！」

漁師が慄き、船を漕ぐ手に迷いが見られる。

「海賊船……だと!?」

「そうだ。あいつらは内海を根城にしてる海賊の一つだ！　最近、王都から追い出されたならず者の集まりだ！」

どうやら最近、王都で大規模な摘発があったらしい。そこから逃れた者たちが、内海で暴れているという。

よく見れば、海賊船から海賊たちが帆船に乗り込んでいるではないか。逃げ惑う船員は海賊たちに捕らえられ、海賊と戦う者たちも片っ端から斬り捨てられていた。

「私たちが乗っていれば、こんなことには……」

アリスは嘆く。

しかし、漁師は首を横に振った。

「いいや。どんなにあんたらが強くても、あの規模の海賊を相手にするのは無謀だ。命拾いをしたと思った方がいい」

「そうだ。あの海賊どもはヤバい。護衛の冒険者を何度も海に沈めてる。だから、俺たちも迂回（うかい）するしかねぇ」

漁師たちが口々に言う中、アリスは沈黙していた。

前には海賊船、後ろからは追っ手。生き残るためには、海賊船を迂回するしかない。

ただし、帆船を見捨てることになる。

「いいや。このまま真っ直ぐに行こう。帆を畳み、二隻の船の間を走るんだ。この船の大きさならできる」

　アリスは決断し、前を見据えた。

「いやいや！　できないこともねぇが、海賊たちに乗り移られたらどうするんだ！

こんな船じゃなす術もないぞ！」

「海賊は、私が処す」

「なんて？」

　漁師のみならず、ラルフとジギタリスも目を丸くする。唯一、ユーロンだけが口角を吊り上げた。

「いいじゃねぇか。やろうぜ」

「ええ!?」

　漁師たちは耳を疑った。

　一方、ユーロンはアリスに問う。

「勝算はあるんだろう？」

「やるしかない。それだけだ」

「いいね。万が一の時はフォローするから、好きにやんな」

「いいのか……？」

「万に一がないのが一番いい」

「それもそうだ」

ユーロンは強い。強過ぎる。

しかし、魔王という彼の立場上、うっかり人間の命を奪ってしまうと人間と魔族の戦争の原因になってしまう。そのジレンマが、彼が迂闊に動けない理由となっていた。

それなのに、ユーロンはアリスの保険になるという。

その覚悟に、アリスは背中を押された。

「俺は何をすればいい？　船上の戦いなら、多少の経験があるけど」

ラルフも手伝う気満々だ。彼の真っ直ぐな心根に、アリスは勇気づけられる。

「君は漁船に残って、みんなを守ってくれ」

「それじゃあ、海賊船にはアリス一人で!?」

「いいや」

アリスは、ジギタリスの首根っこをひょいと摑む。事の成り行きを見守っていたジギタリスは、きょとんと目を丸くした。

「へ？」

「ジギタリスを連れて行く。彼女の風魔法があれば、帆船までひとっ飛びだ」

「なるほど！」

ラルフが納得し、ジギタリスが目を剝く。

「えええっ!? 無理無理! 風魔法であんたを運ぶって!? その後はどうするのよ!」

「私がどうにかする!」

アリスはずいっとジギタリスに詰め寄る。

使命感と正義感に燃える瞳を前に、ジギタリスはなす術もない。

「ううう……。どうなっても知らないし、私が危なくなったら大魔法で一掃するからね!」

「そうならないようにする!」

ジギタリスの魔法は強力だが、帆船の船員や護衛を巻き込む可能性がある。海賊だけを確実に、そして、速やかに排除する必要があった。

ジギタリスはグリマルキンの姿に転じると、アリスの背中にしがみついた。

「ええい! どうにかなれーっ!」

ジギタリスの叫びとともに、集束した風の元素が解き放たれる。風は漁船を大きく揺らしたかと思うと、ジギタリスもろともアリスの身体を跳躍させる。

潮風に乗り、空に舞うアリス。

帆船では今まさに、荷物を守らんと身体を張った船員が海賊に斬られそうになっていた。

護衛は既に海賊に踏みにじられ、戦闘不能となっている。

海賊たちに蹂躙される無力な帆船。正しき者が悪しき者に踏みつけられる理不尽さ。

アリスの心に、暗い炎が宿る。

それは、殺意だ。

不正なる者たちに裁きの鉄槌を下さなくては。

死神から得た即死魔法を制御し、大鎌を作り上げる。ジギタリスの滑空魔法をまといながら、アリスは戦線に舞い降りた。

「バーシウムの領域を荒らす海賊ども！　これ以上、水神の腕の中を血で汚すというのならば――」

「な、なんだ！　新手の護衛か⁉」

突然の来訪者に海賊たちがざわめく。へたり込む船員を守るように、アリスは海賊たちをねめつけた。

「貴様らは、私が処す！」

「どこのどいつか知らねぇが！　邪魔をするなら魚の餌にしてやるぜッ！」

海賊たちがアリスに襲い掛かる。

しかし、即死魔法を持つアリスの相手ではなかった。

「貴様は右腕を処す！」

真っ先に斬りかかってきた海賊の右腕を、アリスの大鎌が薙ぐ。魔法の刃が海賊の腕をすり抜けた瞬間、その腕は弾けた。

「おっぎゃああっ！　腕が！　俺の腕がぁ！」

「なんだこいつ！　強すぎる……！」

「だが、数はこっちが圧勝！　一斉にかかるぞ！」

動揺する海賊たち。彼らは青ざめた顔をしながらも、アリスに一斉に襲い掛かる。

「護衛を踏みつけていた貴様は右足！　船員を斬りつけようとした貴様は、右手を処すッ！」

アリスは律義に宣言し、即死魔法の大鎌で彼らの悪しき部位を粛清する。

アリスは自らが返り血に染まるのを気にしない。背中にいるジギタリスをマントの下に隠したまま、襲い掛かる海賊たちを粛清しながら突き進む。

彼女が目指すのは、海賊船本体だ。

「おいおい。何もんだ、テメェは。俺の可愛い手下どもを妙な魔法で斬りつけやがって」

海賊船からぬっと現れたのは、二メートルをゆうに超える巨漢であった。

巨大な斧を担ぎ、悠然と闖入者であるアリスの元へやってくる。

「あ、あいつは危険だ……！」

先ほどまで踏みつけられていた護衛が、這いつくばりながら呻く。本来ならアリスとともに帆船の護衛に当たっていた者だ。

「レベル38のこの海賊団の頭だ！　襲った船は皆殺し。その凶暴さから、賞金首になっている……！」

「そうか」

アリスは護衛に短く応じるのみで、歩みを止めようとしない。

「貴様は、なぜ皆殺しにする？」

「決まってるだろ。楽しいからだよ」

海賊団のボスは下卑た笑みを浮かべた。

「テメェも力を持っていればわかるはずだ！　自分より弱い奴を、一方的にいたぶることの楽しさが！」

「わからないな」

アリスは冷めた目でボスを見やる。それが癇に障ったのか、ボスはこめかみに青筋を浮かび上がらせた。

「クソ生意気な女だ！　だが、テメェもこれから俺のお楽しみになるのさ！　地べたを舐めて命乞いをしやがれッ！」

ボスは斧を振るってアリスに猛進する。だが、アリスは怯まなかった。

「ジギタリス」

「はいはーい」

場違いなほど軽い返事が響いたかと思うと、アリスは風をまとって一気に跳躍する。

「な、なんだ⁉」

「貴様は、きっちり処すしかないようだな！」

面食らったボスは、手にした斧で己の身を守ろうとする。しかし、アリスの方が早い。

すっと死神の大鎌がボスの首を薙いだ。

一瞬だけ、風が止まる。

「な、別に何も」

ボスは頬を引きつらせながらも笑みを作る。

しかし、その首はぱっくりと離れた。

「起きな、ばっばっ！」

言葉になっていない声を漏らしながらボスの首はすっ飛び、あまりにも美しい切り口からは血飛沫が飛び散る。

海賊のボスの首は倒れている護衛のもとまでゴロゴロと転がり、身体は四散した。

「な……！　一瞬で、あの海賊のボスを……⁉」

「そいつは、君の治療費や船の修復代にしてくれ」

ボスの首に賞金が懸けられていることを思い出しながら、アリスは言った。

護衛や船員は怪我をしている。本当ならば、治癒魔法で治療していきたい。

しかし、時間がない。

漁船は丁度、二隻の船の間を通り過ぎたところであった。数人の海賊が降りて行ったようだが、ユーロンが漁師を守り、ラルフが海賊を船からたたき落としたお陰で漁船は無事だった。

しかし、その背後からは賞金稼ぎの追っ手が迫っている。

「ヒャッハー！　その首で一攫千金だぜ！」

「大人しく捕まりやがれ――ッ！」

ものすごい勢いで距離を詰める何艘もの小舟を目にして、アリスは決意を固めた。

「ジギタリス、もう一仕事頼む！」

アリスは漁船に向けて走りながら、背中のジギタリスに叫ぶ。

「りょーかい！　上手く跳びなさいよ！」

「問題ない！」

ジギタリスが風の元素を集め、アリスは漁船に向かって跳躍する。ジギタリスの周囲の空気が静電気を帯び始め、空気がピリつく。

ジギタリスは息を大きく吸うと、高らかに叫んだ。

「ぶっ飛べ！　『紫電爆裂（エレクトリック・ボム）』！」

ジギタリスの大魔法が海賊船に炸裂する。

紫電は海賊船を木っ端微塵に蹂躙し尽くし、海の藻屑（もくず）に変えていく。

ばらばらと降る海賊船の欠片。それに行く手を阻まれる追っ手たち。

爆風に煽られたアリスは漁船に着地し、ラルフが駆け寄った。

「お帰り！　無事だったか⁉」

「ああ。お陰様でな」

「私はへとへとよ。あー、しばらく動けないわ」

ジギタリスはアリスの背中から離れると、漁船の上で大の字になった。

「それじゃあ、俺が抱いててやろうか？」

ユーロンがグリマルキン姿のジギタリスを抱え上げようとするが、ジギタリスはバネのように跳ねてその手から逃れる。

「いいえ！　元気ですので！」

「ははっ、嫌われたもんだ」

畏怖のあまりアリスの後ろに隠れるジギタリスに、ユーロンは気にした様子もなく軽く笑った。

「いやはや。すげぇな、あんたたち……」

漁師たちは、木くずと化した海賊船と、それに捕らわれて前に進めない追っ手たちを眺めて、感心したように言った。

帆船は無事だ。海賊船が爆破された余波を受けて揺れたものの、目立ったダメージは見受けられない。

これで、自分たちが乗れなかった分の清算はできただろうか。

アリスは、帆船が無事に対岸に着くことを祈る。

「賞金首……か」

アリスは、海賊のボスのことを思い出す。自分もまた、彼と同じく賞金が懸けられている身だ。

ラルフとジギタリスが心配そうにこちらを見つめている。それに気付いたアリスは、うつむいていた顔を上げた。

指名手配を取り下げるにしろ何にしろ、全ては王都にある。

少しずつ見えてきた対岸を見つめ、アリスはただ前に進むことを改めて決意した。

第八章

最弱聖女、絶対神を知る

SAIJYAKUSEIJYO DESHITAGA
SHINIGAMI NI NATTE YONAOSHI SHIMASU
KAIRI AOTSUKI

対岸に着くころには、すっかり日が傾いていた。

漁師たちは近くの宿で一夜過ごしてからマーメイドヘイブンに帰還するという。アリスは彼らに何度も礼を言い、彼らの帰路の無事を祈った。

「さて、我々も宿を探さなくては」

アリスはそう言いながら、自分のマントを取ってフード代わりにし、目深に被る。指名手配されているので、できるだけ顔を隠さなくてはいけない。

「人が多いところは避けた方がいいかもしれないな。いや、逆に人が多い方が紛れる……のか？」

ラルフは首を傾げる。

「裏通りの宿なら、安いし、訳ありでも泊めてくれるとこがあるぜ」

ユーロンはゆっくりと歩き出しながら言った。その後ろで、人間の姿に戻ったジギタリスが落ち込んだように肩を落とした。

「どうした、ジギタリス」

アリスが問う。すると、ジギタリスは呻いた。

「裏通りの安宿って、治安が悪くて不潔なところが多いんじゃあ……。私、ベッドが汚いところは嫌なのよね」

「すまない、私のせいで……」

「いやいや！　これもあの聖騎士団どものせいだから！」

　ジギタリスは声を荒らげる。

「でも、どうしてアリスだけなんだろうな。俺たちだってアリスと一緒にいたのに」

　ラルフは考え込みながら歩く。それを聞いたジギタリスは、肩を竦めた。

「知らない。よっぽど気に入られたんじゃないの？」

「即死魔法持ちだしな。連中にとって、最も脅威だったんだろう」

　ユーロンはさらりと言った。

「それはつまり、『異端』だから――」

　異端を理由に、ジギタリスの主人は処刑され、彼女を慕っていた村人たちも生き埋めにされそうになった。

　聖騎士団は、異端を嫌う。

　絶対的で、排他的な精神のもとで動いていた。

「ん？」

　一行は広場に差し掛かる。

その中央には、大理石で造られた真新しい像が立っていた。

純白の六枚の翼が天に向かって広げられている。そんな神秘的で美しい像が、町の象徴と言わんばかりに佇んでいた。

「これは、聖騎士団のシンボル……」

聖騎士団が掲げていた六柱の神々のいずれにも当てはまらないナニカ。

「絶対神デウス様だよ」

不意に声を掛けられ、アリスは慌てて顔を隠しながら用心深く振り向く。

そこにいたのは、通りすがりと思しき港町の住民であった。素朴な顔つきで、警戒心の欠片もなくアリスたちを見つめている。

「絶対神……デウス？」

アリスは聞いたことがない神だ。

それはユーロンたちも同じのようで、お互いに顔を見合わせる。

「王都の大聖堂の大司教様が見つけた新たなる神様さ。クレアティィオ様の遥か頭上の宇宙から万物を見守る、絶対的な存在だよ」

「ほう……？」

クレアティオの上位と聞き、敬虔なる信者であるアリスは片眉を吊り上げた。

「大司教様が見つけただって？　神様って、見つけられるものなのか？」

ラルフは不思議そうに目を瞬かせる。

それに対して、アリスは声を絞り出すように答えた。

「不可能では……ないだろうな。そもそも神々とは、我々に恩恵と——時に災厄を齎す存在を象徴化したものだ。観測の範囲が広がることで、未知の神が発見されるというのはおかしな話ではない」

アリスの言葉に、住民は善良なる笑顔で何度も頷いた。

「デウス様が見つかったのは、つい最近のことさ。恐らく、これからデルタステラ各地に広まることだろうね。不正を許さず、異端を排除するという頼もしい神様だよ」

住民は、自分のことのように誇らしげに胸を張った。

「異端を排除……か」

「そう。デウス様のお力があれば、魔族どもも一網打尽だ。魔族という異端を葬ることで、人間の世界に本当の平和が訪れる。そうすれば、戦いで死ぬ人間が減るはずだ。兵士だろうが冒険者だろうが、早死にしなくて済むようになるんだよ！」

その言葉に、アリスはハッとした。

アリスもまた、最前線で戦う冒険者を死なせないために冒険者になろうとした者だ。

だが、そもそもの争いがなくなれば、彼らもアリスもまた、死地に赴く必要がないのである。

「どうだかな」

心が揺らぐアリスの隣でユーロンが口を挟む。

「案外、人間同士で争いが起きるかもしれないぜ？　人間も一枚岩じゃないだろう」

人間の国は幾つかに分かれている。そのうちの一つが、デルタステラ王国であった。

各国は協力して魔族に対抗すべく、不可侵条約を結んでいる。だが、魔族がいなくなったとしたら、不可侵である理由がなくなってしまうのだ。

「まあ、確かに周辺諸国の動きも怪しいとは聞いているけど――」

住民はそこまで言うと、深く息を吐いた。

「まずは、今一番取り除かなきゃいけない相手をどうにかした方がいいだろう。現に、どこかで毎日のように誰かが犠牲になっているんだ」

「もしかして、あなたの身近な人も……？」

アリスが遠慮がちに尋ねると、住民は重々しく頷いた。

「家族が冒険者になってね。魔物の討伐に行って、それっきり戻らなかった」

「それは……」

「だから、魔族みたいな争いの火種は無くなって欲しいんだ。それに、あんたたちみたいな若い冒険者に命を落として欲しくないんだよ」

住民は悲しげに顔を歪めながら、そう言って去っていった。

いつの間にか日が沈みかけ、東の空から夜がやってくる。星が輝き出した空の下、アリスは小さくなっていく住民の背中を見送った。

「確かに、火種はなくなった方がいい……」

「なんだ？　お前さんも魔族がいなくなった方がいいと思うクチか？」

苦笑するユーロンであったが、アリスは即座に否定した。

「違う。あの住民の言うことも一理あると思うが、物事はそんなに簡単ではない。人間もまた、魔族の領域を侵しているというのなら、魔族にとっては人間が火種なのだろう」

アリスは、人間に人生を蹂躙されたジギタリスの方を見やる。彼女も思うところがあるのか、すっかり静かになってうつむいていた。

「どちらかが消えるよりも、双方が妥協して歩み寄るのが一番だと改めて思っただけだ。互いを滅ぼし合うのは、不毛過ぎる」

「心変わりをしてなくて良かったぜ」

ユーロンは口角を吊り上げて笑った。

「しかし、不思議なものだ」

「なにがだ？」

「いくら人間と共存できていた黄龍族とはいえ、ユーロンはずいぶんと人間に肩入れをすると思ってな。神や天災に喩えられるドラゴン属にとって、人間など小さな存在だろう。そこまで気にするということは、身近に人間がいたのか？」

アリスがそう訊ねると、ユーロンの表情から笑みが消える。彼は顎に手を当て、少し考え込んだかと思うと、そっと唇を開いた。

「ああ。実は――」

「こいつ、奴隷商か！」

ユーロンの声は、港から響いた声にかき消される。

一同がそちらを見やると、兵士が二人がかりで男を拘束しているではないか。

その傍らには、ぼろ布を被った人影がある。布から覗く細腕には、手枷が嵌められていた。

「国王様のお膝元へ奴隷を運び込もうとはなんて奴だ！　デルタステラ国内では、奴隷はご法度だぞ！」

兵士は奴隷商と思しき男を組み伏せると、慣れた手つきで縛り上げた。

「君、大丈夫か？」

別の兵士は、呆然としている奴隷を気遣う。

奴隷は怯えたように一歩退いた。奴隷商に非人道的な扱われ方をされていたのだとしたら、当然の反応だろう。

正義を行使する兵士たち。王都が近いだけあって、実に勤勉で有能であった。

そんな彼らのもとに、風神の気まぐれな海風が吹き付ける。潮の香りを運んできた風は奴隷のぼろ布をするりと剝ぎ取り、隠れていた姿を露わにした。

「あっ……！」

その場にいた誰もが息を吞む。兵士も、アリスたちも。そして、奴隷も例外ではない。

手枷を嵌められていたのは、ガラスのように繊細な少年であった。

年齢はアリスと同じくらいだろうか。ひどい扱いを受けていたためか、あちらこちらが汚れているが、それでも尚、輝くような容姿だった。

しかし、その人間離れした美貌を裏付けるように、彼の背中には異質なものが生えていた。

翼だ。

片方しかない純白の翼が、怯えるように震えていた。

「混血か？」

兵士が目を丸くした。

人間と人間以外の種族――すなわち、魔族の間にできた子どもか。

彼らは大抵が不完全な姿をしていて、持っている力も不完全にして未知数といわれていた。

「翼が生えているってことは、ハーピーか何かか？　どちらにしても気味が悪い」

先ほどまで道徳的であった兵士は、差別的な態度でそう言った。少年は、小さく震える。

「どうする？」

もう一人の兵士に尋ねる。すると、尋ねられた兵士は大きな溜息を吐いた。

「処分するしかないだろう。混血児だなんて異端極まりない者じゃないか」

「そうだな。国王様の目の届くところにこんな汚らわしい者がウロチョロするのはよくないだろう。人間でないのなら、助ける必要はなかったかもしれないな」

兵士たちは片翼の少年を取り囲む。その様子を見ていた通行人もいたが、彼らは忌まわしいものを見るような目で片翼の少年を見つめていた。

アリスの胸に戸惑いが生まれる。

人間と魔族の契りは禁じられている。アリスもまた、それが不正な行為だと教会で教え込まれていた。

だが、見殺しにしていいのか。

断じて否。

片翼の少年は、紛れもなく弱者。アリスが守りたい者だ。

「魔族なんぞと交わった、愚かな親を怨むんだな」

兵士は、少年に向かって剣を振り下ろす。

「やめろ！」

兵士の冷ややかな一閃を止めんとアリスが身を乗り出そうとするが、彼女よりも早く動いた者がいた。

ギィンと耳障りな金属音が響く。

兵士の剣は、受け止められていた。双方の間に割り込んだ男の腕で。

「ユーロン……！」

処刑の剣を阻んだのはユーロンであった。彼の長い髪が海風に躍る。

「貴様ッ！」

もう一人の兵士がユーロンに斬りかかろうとする。だが、ユーロンはそちらを振り向かず、腕だけ向けた。

ユーロンの人差し指と親指が、空を弾く。

その瞬間、斬りかかった兵士の身体が宙に浮いた。

「うわああっ！」

兵士が軽々と吹き飛ばされる。

触れたのか、それとも風圧で飛ばしたのか。あまりにも刹那の出来事だったため、誰もわからなかった。

わかったことはただ一つ。ユーロンが指だけで兵士をふっ飛ばしたということだ。

「このっ！」

ユーロンに刃を阻まれていた兵士は、恐ろしく強い闖入者を前に、畏怖を露わにしながらも体勢を整える。

「何者だか知らないが、我々に盾突くということは国王様に盾突くということ！　この場で斬り捨ててや——」

だが、兵士の威勢は長く続かなかった。

ユーロンの金色の瞳が、彼を射竦めたからだ。

「やれるもんなら、やってみな」

「ひっ——」

周囲にまで伝わる殺気。

アリスは気付く。ユーロンは、本気だ。

今の彼にはいつもの余裕が見られない。我を見失っているというのか。

だが、彼を諫める者がいた。

「ユーロン！」

自らの名を呼ばれたユーロンが、一瞬だけ現実に引き戻される。その目の前で、両手剣の腹が兵士の後頭部に直撃した。

「ぐぎゃっ！」

兵士は短い悲鳴をあげて昏倒する。

殴りつけたのはラルフであった。正義を行使する兵士を殴ってしまったためか、顔が青ざめている。

「どうしたって言うんだ。お前、人間に手を出さないんじゃなかったのか!?」

「……悪いな」

ユーロンは色眼鏡をかけ直し、表情を隠す。

「え、衛兵さーん！　暴れてる人がいます！」

様子を見ていた通行人が、新たな兵士を呼ぼうと叫ぶ。

「なんていう余所者だ……。兵士をのしちまって……」

「王都の近くだっていうのに、とんだ狼藉者だよ……！」

人々の恐怖の表情が、ユーロンたちに向けられていた。遠くからは、兵士の増援が駆けつける足音がする。

ジギタリスは騒然とする広場を見て声を潜めた。

「これ、ヤバくない？」

「身を隠さなくては……！」

アリスは逃走経路を見つけようと辺りを見回す。

するとその時、物陰からこちらに手招きしている人物がいるのに気付いた。

「こっち！　あのお兄さんも一緒に、早く！」

声からして女性のようだが、頭からすっぽりとフードを被っていて正体がわからない。

しかし、相手を選ぶわけにはいかない。アリスはその人物を信用することにした。

「行くぞ！」

アリスは、ユーロンとラルフに声をかける。ラルフはすぐに言わんとしていることを察したようで、アリスの元へと走ってきた。

「ユーロンも早くしろ！」

アリスに急かされながら、ユーロンは片翼の少年を見やる。少年は警戒するように誰も信用しないと言わんばかりである。兵士の態度を見れば、今まで彼がどのような扱いをされていたか想像がつく。

だが、ユーロンはそれ以上のことを悟っているかのように、複雑な眼差しを少年に向けていた。

「行くぞ」

「あっ……！」

ユーロンは問答無用と言わんばかりに少年の腕をむんずと掴み、謎の人物に導かれるアリスたちとともにその場を後にした。

兵士に追われながら町中を走り、フードの人物に導かれるままに奥へ奥へとゆく。

町の奥へ進むにつれ、美しかった町並みはすっかり混沌として、ぼろ布のような衣をまとった痩せぎすの人影ばかりの路地になる。

その更に奥の、ツンとした異臭が鼻を突く下水道に辿り着くと、フードの人物はようやく立ち止まった。

「ふー。ここまで来れば大丈夫」

地下となっている下水道の中には、生活感があった。

人が一人寝転べるスペースには古びた毛布が敷かれ、あちらこちらに洗濯物が干してある。家がない者たちが住まう場所なのだろう。

よく見ると、薄闇に紛れていくつかの人影がこちらを窺っている。敵意や殺気は感じられない。突然の来訪者を警戒しているのだろうか。

「助かった。有り難う」

アリスはまず、フードの人物に礼を言った。

「気にしないで。困った時はお互い様だし」

フードの人物はからりとそう言った。

だが、フードの人物の爽やかさとは裏腹に、下水道の空気は濁っていた。肺まで侵されそうな悪臭に鼻を覆いたくなるが、アリスは気合いで耐える。

「ここは、君たちの住まいなのか……？」

「ひどいところでしょう？」

フードの人物はくすりと笑った。

「私たちには、こういう場所しかないから」

フードの人物は、するりとフードを取った。すると、まだ幼さが残る少女であることがわかった。

だが、それよりも——。

「君は、半獣人か……！」

彼女の頭部に猫のような耳があった。

獣人という二足歩行の獣の姿をしている魔族がいる。彼らは二足歩行である以外は獣と変わらぬ外見なのだが、目の前の少女は、人間に近しい姿であった。

一目見てわかる。獣人と人間の子どもなのだ。

遠巻きに見ている者たちもそうだ。皆、人間の特徴を持ちながら、別の種族の特徴も持っている。

「そう。私は獣人と人間の間に生まれたの」

少女は頷くと、自分がミラと名乗っていることを教えてくれた。

「行く当てがないから、このようなところに……」

「ここが一番安全だからね。衛兵はこんなところに来ようとしないし」

ミラはあっけらかんとした様子で言った。

「放せ！」

静寂を切り裂く強い声。

ユーロンによって米俵のように担がれている片翼の少年のものだった。

「ほら、暴れんな。大人しくしてりゃあ、さっさと終わる」

ユーロンは少年を下ろすと、懐から針金を取り出す。

警戒して唸る少年に構わず、手枷の鍵穴を弄ってやる。すると、手枷はパッと外れて両手が自由になった。

「ほらよ。これでお前さんは自由だ。奴隷でもなんでもねぇ」

「え……あっ……」

少年は目を瞬かせ、自分の両腕を恐る恐る動かし、ぎこちない動作で振ったり回したりしていた。

「長い間、手枷を嵌められてたのか。大方、色んな奴らのところを転々とさせられてたんだろうな」

ユーロンは同情的な眼差しで少年を見つめた。

「どうして……」

少年は、驚いた顔でユーロンを見上げる。

「別に。気まぐれさ」

ユーロンは素っ気なく返した。

「いや、違うな」

アリスは鋭く否定する。

「兵士を止める時のユーロンは、いつもと違っていた。人に手を出そうとするなんて、お前らしくない」

魔王であるユーロンはあまりにも強い。力加減を間違えれば人を殺めてしまう。そうすれば、人間と魔族間で大問題に発展するため、ユーロンは自分を強く律して手出しをしないようにしてきた。それなのに、奴隷の少年を助けるという理由で、たった二人の兵士に手を出したのだ。

「連中が気に食わなかったから」

「そう……なのか？」

「ああ、嘘じゃねぇ。俺の出自は複雑でね」

「まさか……」

察しのいいアリスが、ユーロンが言わんとしていることを悟る。

妙に人間に肩入れするドラゴンの血を持つ魔王。アリスは、人間が彼の身近にいたのかと思っていたが──。

「そう。俺も、人間と魔族の間に生まれた者さ。親父が竜で、母親が人間。他の兄姉は竜の姿を持っているが、俺は人間の姿しかねぇ」

皮肉めいた笑みを作るユーロンを前に、一同は息を呑んだ。

「だから、人間と魔族の和平を結ぼうと……？」

「それもあるかもしれねぇな」

ユーロンははぐらかすように笑う。相変わらず、彼はすぐに本心を隠そうとしてしまう。

「そっか……でも、なんか納得だな。だから、彼の親が侮辱されて怒ったのか……」

ラルフは、ユーロンと片翼の少年を交互に見やる。

だが、ジギタリスはショックのあまりへたり込んでしまう。

「そんな……。現魔王様が半分人間だなんて……」

「失望したか？　まあ、魔族的にも抵抗があるのは知ってるさ」

「い、いえ。ビックリしましたけど、その……」

「その？」

ユーロンの金色の瞳に見つめられ、ジギタリスは恐る恐る続ける。

「別に、失望はしてないです……。生まれがどうであろうと、魔王様は魔王様ですし……」

「まあ、好きにすりゃいい」

ユーロンはひらりと手を振り、片翼の少年に向き直った。

「──というわけだ」

「あんたが……魔王？」

片翼の少年は、信じられないものを見る目つきでユーロンを見つめる。

「そう思うなら信じればいい。まさか、と思うなら信じなきゃいい」

「……どっちでもいい。そこの魔女の言う通りだ……。助けてくれた事実は変わらない。……有り難う」

少年はそう言って、ユーロンとアリスたちに頭を下げる。

「お前さん、名前は？」

「……エミリオ」

「いい名前だ」

彼の名を知ったユーロンは、嬉しそうに口角を吊り上げる。

「連中はお前さんをハーピーとの子どもだと勘違いしていたようだが、お前さんの親は天人だろう？」

「天人だと……!?」

その言葉を聞いたアリスがギョッとする。

「天人って、なんだ……？」

ラルフが耳打ちをすると、アリスは動揺したまま答えた。

「天上に住まう魔族の一種だ。排他的でどの種族とも交わらないため、情報が少ない。私が知っているのは、知能が高く高度な魔法技術を持っているということくらいか」

「そして、背中には純白の翼が生えている。俺も連中については、それほど知らなくてね」

ユーロンは、エミリオの片翼を見やる。

「魔王ですら知らないのか？」

「お前さんたちが魔族と言ってるのは、人間以外の種族のことだからな。んで、前に言ったとおり、魔王はそいつらの意見をまとめる議長。人間以外の種族を統一しているわけじゃねえ。議会に参加しない種族の情報は、たいして入って来ねぇのさ」

ユーロンいわく、天人族は何千年も議会に参加していないという。

「高潔にして高慢な連中さ。態度がはっきりしているところは嫌いじゃねぇが。その天人が人間と交わるなんて珍しいもんだ」

ユーロンに見つめられ、エミリオは居心地悪そうに身じろぎをする。

「両親のことは知らない。僕は、捨て子だから……」

遠く離れた地の貧困街で細々と暮らしていたら、悪漢に拉致されて奴隷商に売られたという。

芸術品のような容姿のエミリオに高額を出したいという物好きは絶えなかった。略奪してまで手に入れたいという者も多かった。

エミリオの主人は次々と変わり、その度に道具のような扱いを受けていた。

最初は逃げようとしていたのだが、いつしか、逃げる気力も無くなっていた。そもそも、エミリオには逃げる場所もなかった。片翼を持った半天人は、常に差別の目に曝されていた。

美術品としては一級品。しかし、人間として生きることは許されない。

やがて、ちょっとした不幸で前の主人が死に、エミリオは奴隷商に引き取られ、買い手が現れたということで船に積まれてここまで運ばれてきたのだ。

「ひどい。人権なんてあったもんじゃない……」

ラルフは彼らの不遇に同情してか、泣きそうな顔をしていた。

「混血児なんてそんなもんだよ、お兄さん」

話を聞いていたミラは、なんてこともないように言った。

「私たちは異端の子。親は気味悪がって捨ててしまう。そうじゃなくても、歪んだ契りによって親の身体に負担がかかって、親が病気になったり死んでしまったりするの。だから、たった一人で人目に触れないように生きて行かなきゃいけないってわけ」

「君たちは、それでいいのかい……？」

いいはずがない。

そう言わんばかりに、ラルフの声は悲しそうに震えていた。

しかし、ミラはあっけらかんとしていた。

「いいわけないけど、仕方ない。そういうもんだもの。私たちがあがいたところで、世の中が変わるわけじゃないから、受け入れるしかないの」

エミリオもまた、否定せずにうつむいていた。

彼らは迫害され、日陰で生きることを強いられてきた。そんな扱いが、まだ幼さが残る少女に希望を持たせることすら許さなくなってしまったのだろう。

だが、ユーロンは大きな手でミラの頭に触れた。

「ならば、変えてやるさ」

ミラが驚き、エミリオが顔を上げる。

「人間と魔族の境界さえなければ、お前さんたちが異端とされることもない。俺は、その境界をぶち壊したい」

「お兄さん……」

「そしたら、お前さんたちも白い目で見られずに済むはずだ。こんなところに住むことなく、親が非難されることもない」

ユーロンの力強い言葉。

ミラの諦めきった目に、希望の光が射す。

彼女の両眼が揺れたかと思うと、ほろりと涙が頬を伝った。

「うん、お願い……。私も……お日さまが当たるところで暮らしたい。人間や獣人と一緒に、仲良く暮らしたいよ……」

ミラは本心を吐露する。

ユーロンは、しっかりとその言葉を受け止めた。

「そうだな。生きとし生けるもの、全てがクレアティオの恩恵を受けるべきだ。そして、個人が手を取り合うのに出自が邪魔しちゃいけねえ」

ユーロンはしばらくの間、感極まって泣き出したミラを静かにあやしていた。

アリスは、ユーロンの目に新たなる決意の炎が宿るのを見届ける。ラルフとジギタリスもまた、ミラにもらい泣きして洟を啜っていた。

そんな中、エミリオだけがうつむいていた。彼もまた、拳を握りしめて決意を胸に秘めたのであった。


ミラが他の住民と話し合い、エミリオは彼らの住まいに受け入れられることになった。

いい環境とは言い難いが、また奴隷商に捕まったり、兵士に排除されたりしそうになるよりずっといい。下水道の住民の種族はまちまちであったが、弱い者同士で身を寄せ合う彼らに、種族の壁は関係なかった。

アリスたちが外に出るころには、すっかり日が沈んでいた。

夜の帳が下り、闇がお尋ね者のアリスの顔を隠してくれる。

「これから王都に向かうのも難しいだろうな……。まあ、この辺りの宿屋は深い事情を聞かないだろうし、厄介になるとするか」

アリスたちがいるのは貧困街だ。壁とベッドらしきものが辛うじてある宿屋ならばあるだろう。そういった宿屋は、金さえ積めば泊めてくれる。

「なあ、お前さんたち」

ユーロンはぽつりと呟くように、アリスとラルフに向けて言った。

「どうした？」

「いや、助かったぜ」

兵士に手を出そうとした時の話だ。ラルフが代わりに兵士を気絶させ、アリスがミラを信じてユーロンを誘導しなかったら、過ちが起こっていただろう。

「たいしたことはしていない。お互い様だ」

アリスはミラがしたようにサラリとそう言って、ラルフが大きく頷いた。

「お互い様……か。仲間みてぇだな」

「少なくとも私はそう思っている。志に同意するところもあるしな」

アリスもまた、ミラやエミリオのような出自の者が迫害されることが耐えられなかった。彼らにも、陽の下で生きる権利があると思っていた。

ユーロンが、彼らも平等に生きられる世界を作りたいというのなら、アリスもまた手を貸したかった。

「……悪くない」

ユーロンは、仲間という言葉を噛み締めるように頷く。

「旅仲間を作ったことは、なかったのか？」

「まあな」

ラルフの問いに、ユーロンは肩を竦めた。

ユーロンもまた特殊な出自。

だが、彼は上手く隠している。ならば、積極的に人と深く関わるのを避けていたのだろう。他の兄姉と上手くやれていないのも、彼の主張だけでなく出自ゆえなのかもしれない。

アリスは、ユーロンの孤独を垣間見た気がした。

「ほら、行くぞ」

「あ、ああ」

ユーロンはさっさと宿を探そうとする。

しかし、アリスたちがその後に続こうとしたその時、声が掛かった。

「待ってくれ……！」

「エミリオ……」

一同が振り向くと、そこにはエミリオがいた。息せき切ってやって来たのか、肩を揺らしている。

「頼む！　僕も連れて行ってくれ！」

「だ、だが……」

危険な旅路だ。戦い慣れていない少年を巻き込むのは気が引ける。

アリスはユーロンの方を見やる。

エミリオの気持ちが向いているのは、ユーロンだ。彼に決断を任せようと思った。

「僕はあんたの役に立ちたい！　少しでも早く、僕たちのような異端が堂々と生きられるように……！」

「ずいぶんと懐いてくれたじゃねぇか。さっきはあんなに、ツンケンしてたのに」

ユーロンは肩を竦める。

エミリオは、気まずそうに目をそらした。

「最初は……信じられなかった。何か下心でもあるのかと思ってた……。僕のために怒ってくれた人は、初めてだったから……」

ユーロンが彼らしくない行動をしたのは、エミリオの親が嘲笑されたからであった。

そして、エミリオにとって、自分の親を庇ってくれた人間は初めてだったという。

会ってからわずかな時間しか経っていない関係。それでも、お互いに信じるに足る。

「だったら、待っててくれ」

「えっ？」

予想していなかった言葉に、エミリオは思わず聞き返す。

「俺がこれから向かうのは王都だ。俺にとっちゃ敵地だし、お前さんにとっても危険な場所だ。だから、連れて行くわけにはいかない」

ユーロンにぴしゃりと言われてエミリオはうつむくが、話には続きがあった。

「その代わり、お前さんは俺の居場所になってくれ」

「ユーロンの……居場所……？」

エミリオが鸚鵡返しに尋ねると、ユーロンは深く頷いた。

「王都で事が済んだら、またここに戻ってくる。その時に、元気な顔を見せてくれりゃいい」

「それだけでいいのか……？」

「それがいいのさ。同じ混ざりモン同士、元気でやってるのを見ればやる気が湧くからな」

「そっか……」

同じ、という表現が照れくさかったのか、エミリオは恥ずかしそうに目をそらす。

そんな彼の肩に、ユーロンの手が優しく乗せられた。

「だからお前さんは待っててくれ。俺もいい報せを土産にできるようにするからよ」

「わ、わかった」

エミリオは素直に頷く。

温かい絆が結ばれた瞬間だった。アリスたちは、その様子を温かく見守っていた。

「それじゃあ、また……」

「ああ、またな」

ユーロンが立ち去るまで、エミリオは一行を見送っていた。

アリスはユーロンの横顔を見ると、ふっと笑みを漏らす。

「エミリオと別れるのが、寂しいと思っているんじゃないか？」

アリスは今までの反撃と言わんばかりに、ユーロンのことを小突く。

「馬鹿言え」

ユーロンは名残惜しそうな表情を隠すように、さっさと宿を見つけるべく歩を速めたのであった。

裏通りの安宿で一夜過ごした一行は、マントを頭から羽織り、王都を目指す。

昨日の一件で、港町の兵士に顔が知れ渡ってしまった。兵士に盾突いたという理由で、ユーロンとラルフもまたお尋ね者になっているのだということを町の様子から把握した。

「流石に、首は狙われてないみたいだけどな。でも、王都にも共有されてるかもしれない」

ラルフは難しい顔をする。

「まあ、こっちには賞金首もいるくらいだ。まともに入れるとは思わねぇさ」

港町を後にしつつ、ユーロンは肩を竦めた。

一行は今、馬車に乗って王都を目指している。御者に話を聞かれないよう、お互いに声を潜め合いながら話していた。

「どうせ城壁が囲っているだろうしね。風魔法で飛び越えたいところだけど、アンチマジックの結界を張られてそうだしなぁ」

ジギタリスは頬杖をつきながらぼやいた。

「やっぱり、正面から入るのは無理かな」

真っ直ぐな性格のラルフは正面突破したい気持ちを募らせる。だが、ジギタリスが首をぶんぶんと横に振った。

「無理に決まってるでしょ……！　門番にマントを剝がれて、顔を確認するなり縛り上げられて終わりよ！」

「だが、入れることは入れるな」

ユーロンは、さらりとそう言った。

「いやいや！　あなたは縄で縛られようが鎖で縛られようが引きちぎることができるでしょうけど、私たちは無理ですからね⁉」

「俺も万能じゃねぇさ」

「またまた……。無双できるのに敢えてしないってだけじゃないんですか？」

ジギタリスはウンザリしたように言った。

「いや。俺の半分は黄龍だからな。信仰を遮断する結界を張られちまったら無力なもんだ」

「あっ、黄龍族って信仰を力の源にしてたんですっけ。神々に限りなく近い、概念に依存した種族ですもんね。準神族っていうやつ……」

天人族も準神族だった、とジギタリスは付け足す。

「そういうことだ。だから、俺の母親は処女受胎したって聞いたぜ。精神的な契りがあれば子を儲けることができるわけだ」

記憶の糸をたぐり寄せるユーロンに、ジギタリスは感心したような目を向ける。

「ほへー。流石は準神族。清いですねぇ」

「俺は別に清くないけどな」

ユーロンはヒラヒラと手を振った。

「ユーロンの母親は、どんな人だったんだ？　黄龍族って東方の一部の地域で神と崇められているくらいだし、高貴な人だったとか……？」

ラルフが首を傾げる。

「さて、どうだか。俺が物心つくころにはいなかったし、親父殿には病死したって聞いたぜ。ただまあ、なんつーか……」

そこまで言うと、ユーロンは言葉に詰まる。

「どうしたんだ？」

「いや……。母親のことを思い出す時、親父殿は寂しそうだし悔しそうでね。未練があるんじゃねぇかと思ったわけよ」

「どういう人物だったか聞かなかったのか？」

「聞けねぇさ。普段は物静かで厳かな親父殿が、思い詰めた顔をするんじゃあな」

ユーロンは苦笑する。

「だから、母親のお墓を捜しているのか……」

「そういうことだ。名前だけは聞いてるしな。自分のルーツくらい知っておきたいだろ。あと、親父殿が逝っちまったことを報告したいんだ」

「ユーロンの父親って……その、どうして亡くなったんだ？　人間が攻めてきたとかじゃないだろ？」

ラルフはユーロンに気を遣いながら、遠慮がちに尋ねる。一方、ユーロンはあっけらかんとした表情で答えた。

「寿命だよ」

「黄龍族に寿命なんてあるのか……!?」

「正確には、物質界に顕現する力が衰えたから霧散したってやつだな。滅んだわけではなく、世界の流れの一つに還ったのさ。四元素の神々が世界のあらゆる場所にいたり、あらゆる場所を巡ったりしているのと同じだ。概念に依存する準神族は、肉体が失われても完全な死は訪れない。ただ、信仰がなくなれば完全に滅びるけどな」

「忘れられたら消える……ってやつか?」

「そういうことだ。冴えてるじゃないか」

「そ、そうかな」

素直なラルフは、ユーロンに褒められたことで照れてしまう。

「で、新たな信仰が生まれれば、新たな存在が顕現する。——そうだな、聖女様?」

ユーロンは、馬車に乗ってからずっと無言のアリスを見やる。

彼女は、思い詰めたように押し黙っていた。

「デウス神のこと、気になってるんだろう?」

「……ああ」

アリスは、ようやく顔を上げた。

「信仰が強ければ強いほど、概念に依存する存在は力を得られると聞く。概念に依存する存在とは即ち、人々に認知されてさえいれば、肉体を持たなくとも存在できる者

──神々や準神族だ」

ユーロンの父親は準神族ゆえ、物理法則とは異なる法則に囚われるという。

「絶対神デウス。そして、それをシンボルとして掲げる聖騎士団。彼らはもしかして、デウスの信仰を集めるために異端を排除しようとしているのではないか？」

「そんな……！」

ラルフとジギタリスが息を呑む。ユーロンは予想していたのか、小さく息を吐いただけだった。

「可能性はある。不正を赦さないという信仰を集めるために、少しでも不正に触れるものを厳しく取り締まっているんだろうな」

港町で奴隷商を捕らえたのも、魔族と人間の子どもであるエミリオを処分しようとしたのも、その一環なのだろう。王都から追い出されたならず者が海賊になっているという話があったが、王都は規制が強くなっているのだ。

「正しいことはいいことだと思うし、実際、奴隷商なんて捕まった方が良いんだろうけど……」

ラルフは言葉を濁す。

彼は善なる心の持ち主で不正を嫌い、正しいことを好む性格であったが、それが偏った物の見方だということを自覚していた。

何せ、不正を排除しようという動きゆえに、魔族であるジギタリスとともに暮らして素朴な村人たちから支持されていた魔女が処刑され、聖騎士団に逆らったアリスが賞金首になり、エミリオが魔族と人間の子どもというだけで処分されそうになった。

魔女もアリスも、善人だ。弱者の味方で、正しき心の持ち主だ。

そして、エミリオは弱者だ。本来は手を差し伸べられるべき存在なのに。

「デウス神って本当に正しいのかな……。絶対って、何に対する絶対なんだ？」

「誰かにとって正しいことは、誰かにとって間違っていることである可能性もある」

アリスは眉間に皺を刻みながら、そう答えた。まさに人間と魔族の関係がそれだ。

「種族や民族が多様なら、善悪や正誤を判断する物差しも多くなる。その物差しを一つにしようとしているんじゃねぇか？」

ユーロンは鋭くそう言った。

物差しはたった一つ。唯一無二の価値観を示すための、『絶対』。

「なにそれ、無茶苦茶じゃない……！　そんな神いる⁉」

ジギタリスは、魔女の姿だというのに牙を剝き出しにして唸る。

無理もない。太陽神クレアティオを始めとした六柱は、人間だろうが魔族だろうが、分け隔てなく恩恵と災厄を齎す。分断した世界で、六柱の神々だけは平等だった。

魔族の中で、炎神サピエンティアは人間に文明を与えた裏切り者だとされている節があるものの、ドワーフ族は相変わらず炎神を強く支持しているし、炎神が弱き人間を憐れんで文明をくれてやったのだと擁護する者も多い。

「何を根拠に『見つけた』と言っているか――だな。そして、躍起になってデウス神の存在を広める地盤を作ろうとしていることも気になる」

信仰が集まれば集まるほど、神やそれに準ずる者たちは強くなる。その先に、何があるというのか。

力を得ようという理由は一つ。

「……戦争、か？」

アリスの呟きに、馬車の中はしんと静まり返った。

誰も否定しようとしない。黙っているのは、認めたくないからだろう。

長き沈黙を経て、ユーロンが口を開く。

「俺が調べようとしていたのは、そのことだ」

「な……っ！」

「昨今、大気の様子が――四元素が妙にざわついていてな。信仰のバランスが少しずつ乱れてる気がしたんだ」

「だから、諸国を巡って調査をしていたのか……！」

「ああ。グルメのためだけじゃないんだぜ？」

ユーロンは冗談めかすように言った。アリスは全く笑わなかった。いいや、笑えなかった。

「信仰のバランスが崩れているというのは由々しき事態だな」

「そうだ。放っておけば、世界がひっくり返される可能性がある」

誰が、何のために。

戦争、の二文字が更に色濃くなった。

一同が沈黙する中、馬車が緩やかに止まる。いつの間にか、王都が目前に迫っていた。


王都の前で止めて停しい。御者に事前にそう伝えていたため、御者は王都が見える丘の上で馬車を停めてくれた。

ユーロンが御者に支払いをし、馬車は港町に戻っていく。まるで、王都から逃げるかのように。

丘の上からは堅牢(けんろう)な城壁に囲まれた王都が窺えた。

中央には堂々たる城が建っている。城は飾り気がない代わりに威厳に満ちていた。

デルタステラの国王はまだ若いが、贅沢をせず質素な暮らしをしていると聞く。

聡明にして厳格。しかし、民を慮って政をするため、支持は厚かった。

特に、魔族の侵攻に対して目を光らせており、聖騎士団を結成したのも現王の功績だ。聖騎士団は各所に赴き、冒険者が手を焼く災害級の魔族を鎮圧し、人々に平穏と平和を齎している。

というのは、表向きの話であった。

聖騎士団に無実の主を討たれたジギタリスは、王都を忌々しげにねめつける。彼女の主人の遺品は、聖騎士団が持ち去ったため王都にあるという。

「あの立派な建物は大聖堂かな」

ラルフは、城のすぐそばに建つ荘厳な建物を見やる。

武骨な城とは裏腹に、大聖堂は豪華絢爛であった。

芸術品と見紛うほどの装飾があちらこちらに施されており、遠方からでも煌びやかなステンドグラスが窺える。天を貫くほどの尖塔がいくつも並び、国王がいる城そっちのけで権力を誇示しているようにも見えた。

アリスは眉間を揉む。

「凄まじい自己主張だな。王都の大聖堂は別格だと聞いたが、これほどとは……」

郷里に置いてきた愛しき後輩であるミレイユが見たら、どんな感想を抱くだろうか。

「ずいぶんと綺麗じゃねぇか。最近、改修でもされたのか？」

ユーロンが色眼鏡を外し、目を細めて大聖堂を観察する。

「やはり、絶対神とやらと何か関係があるのだろうか……」

「かもしれねぇな。何やら、胡散臭いことになってるかもしれねぇ」

「あの……」

突然、背後から声がかかる。一同は一斉に振り返った。

またもや、頭からすっぽりとフード付きのマントを被った人物だ。どうやら女性のようで、辛うじて覗く双眸は一行を警戒しているかのようであった。

「皆さんは、王都へ？」

「そうだとしたら？」

アリスは問う。

「王都は今、出入りが厳しく制限されています。門番に身分を証明するものを求められるかと……」

「身分を証明するなら、冒険者ギルドのタリスマンなんかはどうかな？」

ラルフは自分のタリスマンを掲げる。そこには、個人情報が刻まれているのだ。

「冒険者ギルドのタリスマンであれば問題ありません。全員が、それを出せればの話ですが……」

フードの人物は声を潜めたまま一行を見やる。

アリスはタリスマンを持っているがお尋ね者だ。ジギタリスはそもそも魔族だし、ユーロンに至っては魔王である。

ラルフ以外、城壁の向こうに行くことは叶(かな)わないだろう。

ラルフもそれに気付いたようで、慌ててアリスたちを見やる。

「え、えっと、荷馬車を借りようか。ほら、三人がそこに隠れればいいし」

「門番は荷も検(あらた)めます」

フードの人物は、ぴしゃりと言った。

「それに、お前さんが門番を欺けるとも思えないしな」

ユーロンの痛恨の一撃に、ラルフは「ぐぬぬ」と呻いた。正直者のラルフでは、門番を上手くあしらえないだろう。

「君は何が言いたい。我々に話しかけてきたということは、用があるのだろう？」

アリスはフードの人物に尋ねる。

フードの人物は、一行の一挙手一投足をつぶさに眺めた。まるで、アリスたちがどのような人物なのか見極めるように。

「皆さんは、そんなに疚(やま)しい人たちなのに、なぜ王都に行こうとするのですか？」

「真実を、確かめるため」

アリスは一点の曇りもなく、即答した。

「真実？」

「絶対神デウスを知っているか？」

デウスの名が出た瞬間、フードの人物はヒュッと喉を引きつらせる。だが、辛うじて声を絞り出した。

「はい……」

「我々はその神に不信感を抱いている。我々はそれぞれの目的があって王都に入ろうとしているのだが、全ては一つに繋がっているのではないかと私は思っている」

魔女を殺したのは聖騎士団で、アリスを指名手配したのも聖騎士団。そして、魔族を討伐して回っているのも聖騎士団だ。

その聖騎士団は、絶対神デウスの意匠を掲げている。

「君は、何か知っているんじゃないか？　だからこそ、我々に声をかけたんだろう？」

アリスはそう言って、フードの人物の目の前で自らの姿を隠していたマントを取る。

すると、フードの人物はハッと息を呑んだ。

無理もない。指名手配されている人物が目の前にいるのだから。

「私はアリス・ロザリオ。冒険者にして元聖女であり、人間と魔族、全ての生き物に平等に光を届ける太陽神クレアティオの敬虔なる信者だ。デウスがクレアティオのご意思に反し、弱者を虐げる存在であれば、私は許容することはできない」

「あなたも――クレアティオの……」

「も？」

アリスは、フードの人物の言葉を聞き逃さなかった。

彼女は意を決したように一人頷くと、フードをするりと取った。

緩やかにウェーブがかかった亜麻色の髪の若い女性であった。フードの下には純白の法衣をまとっており、太陽の意匠が施されている。

「まさか、聖女か……！」

「はい。私も太陽神様を信仰する者。そして、私たちは待っていました。王都の不穏な動きを探るための同志が訪れるのを」

聖女はクレアと名乗った。

どうやら、王都に通じる地下通路に彼女とその同志は潜んでいるらしい。アリスたちはクレアに案内され、地下通路へと向かった。

案内された先は、地下通路というより手掘りの洞窟という方が相応しい。

ごつごつした土壁が続くものの、時折、丁寧に作られた祭壇があったり、クレアティオを始めとした六神の彫刻があったりと、厳かな雰囲気を醸し出している。

教会にも似た空気に包まれ、アリスは心が落ち着くのを感じた。だが、それと同時に、なぜ太陽神の信奉者が地下を往かなくてはいけないのかと疑問に感じる。

「まるで、人の目を逃れるかのようだな」

「ええ、そうです」

クレアはアリスたちを先導しながら頷く。

「なぜだ。ここにある彫像や意匠は全て、六神のものだ。異端とされる神々ではないだろう。これではまるで――」

「そう。異端ではありませんでしたが、異端という扱いを受け始めたのです」

「なん……だと？」

アリスは耳を疑う。

だが、クレアの言葉に偽りはないらしい。彼女は怒りや悲しみをこらえるかのように、自らの拳をきつく握っていた。

「この世界を作り、動かし続け、我々を生かしている六神が異端だと!? では、何が異端ではないというんだ！」

アリスは声を荒らげた。

この世界の全ては六神が作り、六神が支えているというのがアリスたちにとっての常識であった。逆に、世界を支えているものを六柱の神々に見立てたという説もある。

いずれにせよ、世界と六神は切り離せないものであった。

「絶対神デウス」

ぽつりと呟いたのは、ユーロンであった。

一瞬にして空気が凍り付く。クレアの喉から、悲鳴じみた音が漏れた。

「図星のようだな」

「……はい。突如現れたデウス派が大聖堂を占拠してしまったのです。私たちを、追放して……」

「追放……だと!?」

アリスは息を呑む。

追放の重さはよく知っている。所属している宗教施設からの追放は汚名にも等しく、他の宗教施設で働くことすらままならなくなる。だからこそ、アリスは血で汚れた自らを追放してくれと故郷の教会に申し出たのだ。

自らの意思で追放を選んだアリスはいい。だが、そうでない者たちにとって、屈辱以外の何物でもないだろう。

「デウス派がいることは予想していた。だが、六神の聖職者を追放するなど、やりすぎではないか!?　太陽なくして世界は成り立たない！　太陽神の聖女であるあなたが追放されるなど、おかしいだろう！」

「そう、おかしいのです。しかし、そう思うことが異端なのです……」

クレアは頭を振った。

通路をしばらく行くと、左右に開けた空間が窺えるようになった。

そこには、クレアのように純白の法衣をまとった聖女たちがいた。彼女らはクレアティオの聖像に向かって祈りを捧げている。信仰に満ちたその横顔は美しくもあったが、切実さと悲しみにも満ちていた。

その聖女たちもクレアのように追放されたのだろう。それでも尚、王都付近の地下に潜み、敬愛する太陽神に祈りを捧げているのだ。

「異端……。異端って、なんなんだ……」

ラルフが頭を抱える。

ユーロンはそんなラルフの肩に、ポンと手を置いた。

「『常識』や『普通』からかけ離れたモンが異端って扱いになる。だが、常識や普通ってのは、時代や人の流れによって変わるのさ。大抵は、そいつは緩やかに移り行くんだが、たまに強引に捻じ曲げられることもある」

「それが、デウス派……」

アリスは生きた心地がしなかった。

朝になれば顔を出し、生きとし生けるもの全てに光とぬくもりを与えてくれる太陽を信仰することが、異端とされるなんて思いもしなかった。

「……待て。異端ということは、デウス派にとって都合が悪いということだろう？　クレアティオ――すなわち、太陽を崇めることの何が都合が悪いというんだ？　デウス派にとって、太陽すら不要だと言いたいのか？」

「いいえ。クレアティオに対する信仰が不要なようです。太陽を神格化することをやめ、デウス派が決めた秩序に従うことを良しとするのです」

「恵みをくれるものを敬うことを止めろと……？　理解ができない……」

アリスは眩暈がした。

彼女は太陽神クレアティオの信奉者だが、他の五神を蔑ろにすることはないし、恵みを齎す存在として敬愛している。他の神々を信奉する者たちもまた同じことだ。

「信仰を集めたいんだろ」

ユーロンが言い、アリスがハッとする。

「信仰が大きくなればなるほど、存在が大きくなる……」

「秩序と規律を重んじるがゆえに、他の神々の支持者すら邪魔なんだ。多神教は多様性の象徴であり、混沌でもあるのさ。連中は、白黒をつけたいんだろ」

「引っ掛かるな……」

それはまるで、人間とそうでない者で分断している今の世界そのものではないか。

「その方がおっしゃることは、ほとんど間違いではないでしょう」

クレアは、ユーロンの予想に同意した。

「デウス派は排他的なのです。自分たちの主張と異なる者は排除し続けています。六神を崇める者たちが集まっていた大聖堂は、今や、デウス派のみとなっています」

「しかし、どうしてデウス派がそんなに力を持っている？　六神の聖職者が力を合わせれば、新興勢力を抑え込むことができただろう？」

アリスの問いにクレアは足を止めた。彼女は振り向き、唇をきゅっと噛み締めてから言った。

「国王様が、デウス派なのです。魔族を排除し、絶対的な秩序を齎すために聖騎士団を結成し、デウス教をデルタステラ内に広めようとしているのです……」

「なっ……」

アリスは声を失う。

「に……人間である国民の平和を守るために聖騎士団を結成するのはわかる……。だが、他の地域にも王都と同じことをさせようとしているのか⁉」

「恐らく……」

「六神の教会や寺院はどうなる！　六神を心のよりどころにしている人々は⁉」

アリスはクレアに詰め寄る。だが、クレアは沈痛な面持ちでうつむくことしかできなかった。

「よしな」

ユーロンは、取り乱すアリスをそっと引き剝がす。

「そいつを答えさせるのは残酷だって、お前さんもわかるだろ？」

「くっ……！」

皆まで言わなくてもわかる。

デウス教は、六神の教会や寺院、そして、人々の心のよりどころを容赦なく取り除くつもりだ。そして、支持しない者は異端として処分する。

「……マスターとあの村にしたこと、そっくりそのままやるつもりなんじゃない？」

ジギタリスがわなわなと震える。

魔女と魔女を慕う者は、デウス派が推進する秩序の形とはかけ離れていた。だから、人々のよりどころを排除し、人々を埋めてしまおうとした。

アリスの脳裏に、郷里のことが過ぎる。

アリスが守った素朴な人たちもまた、デウス派に蹂躙されるというのか。愛しき後輩であるミレイユにまた、危機が迫っているということか。

「私たちは、デウス派は間違っていると思います」

クレアは毅然とした態度で言い切った。

「それは、異端になるのではないか……？」

アリスの問いに、クレアは力強く頷く。

「そうです。ですが、構いません。私はクレアティオに魂を捧げた身。クレアティオとともに世界を維持している五神はともかく、彼らを排除しようという高慢なデウスを信仰することはできません。私たちはデウス派に断固抗議したいと思っています」

いつの間にか、祈りを捧げていた聖女たちが周りを取り囲んでいた。彼女たちの双眸からは、強い意志が見て取れる。

「抗議したい気持ちは——わかる。でも、デウス派には聖騎士団がいるだろ？」

ラルフは聖女らを心配そうに見回す。彼女らもそれが気がかりだったようで、うつむくように頷いた。

「正当な抗議をしようにも、捕らえられて処分されてしまう。そして、武力では彼らに勝てない。でも、祈るだけでは何もならない。クレアティオは世界を維持してくれますが、私たちの心は私たちが守るしかありません」

「それで、同志を探していた——と」

アリスの言葉に、クレアたちは頷いた。

「今はただ、頭数と知恵が必要だと思っています。私たちに、力を貸してくれますか？」

クレアは問う。その表情に弱々しさはない。

彼女らは、アリスに縋っているのではない。ともに戦う同志を求めているのだ。

アリスはしばらく考えた後、静かに口を開いた。

「あなたたちの気持ちはわかる。私も、郷里の教会を踏み荒らされたくはない」

「では……！」

「気持ちは同じだ。しかし、ともに戦う決意をするのは、真実を見極めてからだ」

デウス派の言い分もあるだろう。一方の話を鵜呑みにすることは避けたかった。

「……わかりました。そうですね」

クレアは慎重に頷き、そして、アリスたちに道を譲る。

その先には、土でできた上り階段があった。

「内部に通じる道です。古い隠し扉なので、デウス派にはまだ気付かれていないはず。こちらをお使いください。そして、真実をその目で確かめてください」

「クレア……」

礼を言おうとするアリスに、聖女たちが四人分のローブを持ってくる。

純白のローブだが、背中に六枚の翼が描かれていた。聖騎士団が掲げていたものと同じ、デウス派の意匠だ。

「こちらはデウス派のローブです。潜入時に役立つはず。どうかお使いください」

「すまない。恩に着る……」

アリスはローブを羽織り、顔を隠す。

「それにしても、指名手配された私をこんな重要な場所に導いてくれるとは……」

アリスの言葉に、クレアはくすりと苦笑を漏らす。

「指名手配したのが聖騎士団なので、何か理由があるのだろうと思ったのです。それに、あなたの目を見る限り、悪しき行いに手を染めそうにもありませんから」

「わかる！」

ラルフがカッと目を見開いた。

「やっぱり、わかる人にはわかるんだよな。アリスの正しさとか力強さとか尊さとか……」

「おい、ラルフ。尊さとはなんだ。私は尊敬されるほどの器では……」

「尊敬とはまた違った巨大感情よ。受け止めてあげなさい」

訳知り顔のジギタリスが、ラルフに何度も頷く。

そんな様子を見て、クレアや周りの聖女たちは表情を和らげる。

「それに、仲間に慕われているようですからね。フェンサーさんはおとぎ話に出てくるような真面目そうな方ですし」

「あっ、どうも……」

ラルフは照れくさそうに礼を言った。

「ただ、そちらのお二人は少し……変わってますけどね」

クレアはやんわりとそう言って、ユーロンとジギタリスの方を見やる。

彼女は察しているのだ。二人が人間ではないことを。

「クレア、彼らは――」

「でも、良いのです」

フォローをしようとするアリスの声を、クレアが遮った。

「少しくらい変わっていてもいい。私は、そう思うのです。だって、クレアティオは全てに光を降り注ぐ存在。彼女を崇める私たちが平等でないのは、おかしいと思いますから」

「クレア……」

「私たちの生活圏で暴れる方々はいなくなって頂けると有り難いのですが、そうでない方々に干渉する必要はないと思うのです」

クレアは暗に、魔族の領域を攻める人間を否定した。

「デウス派――聖騎士団は、魔族がデルタステラに攻めてくる前に根絶やしにしたいと考えているようです。そんなことをしたら、魔族だって黙っていない……。大きな戦争になる前に、何とか思い留まらせたいというのが私たちの考えです」

「そうか……」

アリスはユーロンの方を見やる。彼は、腕を組んで難しい顔をしていた。

ユーロンは弱き者たちが血を流すことを好まないし、多様性を重んじる。彼にとって、聖騎士団が大々的に魔族領に攻め込むことは絶対に避けたいだろう。

「……行こう」

様々な思惑が渦巻く中、アリスは先へ進むことを選ぶ。

追放された聖女たちに見守られながら、アリス一行はデウス派の懐へと飛び込んだ。


アリスたちが出たのは、倉庫のような部屋であった。

埃（ほこり）を被った本棚が隠し扉になっており、四人は地下通路から出るなり、本棚を元に戻した。

倉庫から出れば長い廊下が四人を迎えた。外に面した廊下からはよく手入れされた中庭が見える。

「曇っているな……」

空は分厚い雲が覆い、陽光を遮っていた。今にも雨が降りそうな天気だ。

太陽が見えないと不安になる。

表情を陰らせるアリスであったが、ユーロンが肩を叩いた。

「手でも握ってやろうか？」

「いや……、大丈夫だ」

「いつもは平然としているのにな。手を握るのは冗談として、ちょいと心配だぜ」

「……ユーロンは平気なのか？」

からかうユーロンにアリスは問う。ユーロンの顔から冗談っぽい表情が失われた。

「残念ながら」

ユーロンは誤魔化すことなく、素直に不安を漏らす。

「じっくりと話し合いたかったんだがな。この状況でどの程度聞いてもらえるかわからねえ」

「そう……だな。クレアの話が本当なら、国王は魔族を滅ぼそうとしている……」

「そいつが魔族側に知れ渡る前に、どうにかしなくちゃな」

「ああ……」

人間が攻めようとしていると悟られた時点で戦争は避けられない。アリスは、クレアが言うことが間違いであってほしかったが、クレアがアリスたちを欺こうとしているとは思えなかった。

アリスは大聖堂の中心を目指しながら探索をする。六神の像や意匠は全て取り払われ、代わりに豪華絢爛な六枚の翼の意匠が掲げられていた。

「王都の大聖堂ってからには凄いと思っていたけど、ここまでとは思わなかったな……。下手すると、国王様の城よりもお金がかかってるんじゃないか？」

ラルフが、物珍しそうに辺りを見回す。

「権力の象徴ってやつじゃない？　デウス派の連中、きっと自分たちの強さを誇示しているのよ」

ジギタリスは、吐き捨てるように言った。

「なるほど……。って、なんかおかしくないか？」

「なにが？」

「それって、国王様よりも強いって主張してるみたいじゃないか。てっきり、国王様が中心になってデウス派を推進しているのかと思ったけど……」

「……確かに、妙だな」

不自然な点を見つけたラルフにアリスが頷く。

そうしているうちに、一行の前に大きな扉が立ちはだかった。

豪奢な扉の前には二人の神官兵が立っていた。白銀の甲冑と槍で武装しており、警備は厳重だった。

「君たち、どうしたんだ」

神官兵はアリスたちに尋ねる。

「えっと、あまりにも広くて道に迷ってしまって……」

とっさに答えたのは、ジギタリスだった。

彼女は猫なで声を使い、神官兵に助けを求めるように縋る。神官兵の顔に下心が過ぎるが、すぐに首を横に振って煩悩を打ち消した。

「そ、そうか。最近入信した者だな。礼拝堂はこの扉の先だ」

神官兵は扉を開けようとしてくれる。

「わぁ、ありがとうございますぅ」

媚びた演技を続けるジギタリスに、もう一人の神官兵が咳払いをする。

「くれぐれも静かにするように。大司教ガブリエラ様の説教が始まっているからな」

「はぁい」

ジギタリスはにこやかに返事をするが、視線だけはアリスたちに向いていた。

大司教とは、司教の更に上の人物だ。王都の大司教ともなると、聖職者の中で最も位が高いと言っても過言ではない。

礼拝堂への扉が厳かに開かれる。

その瞬間、眩い光がアリスの視界を塗り潰した。陽光よりも鋭く、そして圧倒的な光。闇を打ち払い、光を嫌うものを焼き払う光だ。

その光は、祭壇からだった。

目が慣れたアリスは、恐る恐る祭壇の方を見やる。

すると、巨大で荘厳なステンドグラスを背景に、輝ける金の髪の女性が佇んでいた。

重厚な法衣に身を包み、圧倒的な威厳に満ちたその女性が何者か、一目でわかった。

大司教ガブリエラである。

異端として六神の聖職者を排除した後に君臨する、デウス教のトップだ。

「なぜ、争いが起きるのだろうか」

ガブリエラは低く厳かに、よく通る声でそう尋ねた。

アリスがいた教会なんてすっぽりと入ってしまいそうなほど大きな礼拝堂の中、大勢の人々がガブリエラの言葉に耳を傾けていた。

美しい衣服に身を包んだ裕福そうな人も、痩せこけた貧しき人々も、一様にガブリエラのことを見つめていた。まるで彼女自身を崇めるかのような眼差しで。

「それは、相容れない者たちが同じ世界に暮らしているからだ。多様な思想があれば、その中に受け入れられないものも出て来よう。価値観の不一致が、争いと悲劇を生み出している」

ガブリエラは長い睫毛(まつげ)を伏せて憐憫の表情を作る。人々は争いや悲劇の中で傷ついたことを思い出したのか、中には涙を見せる者もいた。

「ならば、どうすれば世界から争いと悲劇がなくなるのか」

アリスもその答えを知りたかった。

聴衆の期待に応えるように、ガブリエラは続けた。

「多様性が争いと悲劇を齎すのならば、多様性を無くしてしまえばいい。人によって別々の物差しを持っているから争いになる。皆が一つの物差しを使い、一つの価値観を持てば、価値観の不一致による争いはなくなるだろう」

なるほど、と呟く人々がいた。アリスは、違うと抗議したい気持ちを押し殺し、黙って耳を傾け続けた。アリスのように、戸惑う様子を見せる人もわずかにいた。

だが、ガブリエラの話は終わらない。

彼女は輝ける双眸で聴衆を見回すと、一点の曇りもない声でこう言った。

「人の子たちよ。あなたたちは自らを過小評価している」

ガブリエラの断言には力があった。揺るぎない声が彼女の言葉に説得力を与える。

「一人一人は弱々しいが、文明の炎を得て以来、この世界に生きる者として存在感を増した。その軌跡を築いたのは他ならぬ、自分たちであると自覚せよ。人は本来、あらゆるものを支配して従わせる力があるのだ」

聴衆の何人かが、信じられないと言わんばかりに目を丸くする。

そんな様子を見て、ガブリエラは静かに頭を振った。

「あなたたちは太陽を始めとする自然に神々を見出し、それらが人類を支えてくれたことで今日までやってこれたのだと思っているのだろう。しかし、それは違う」

いいや、違わない。

アリスは心の中で断言する。六神の力がなくては、人間は今日まで生きて来られなかった。それは人間のみならず、黄龍族もグリマルキン族も同じだ。

しかしアリスの心に反して、ガブリエラはすらすらと続ける。

「人の子は自然を支配すべきなのだ。人の子の知恵と技術を以って、自然を意のままに操ればよい。自然とは神として崇めるものではない。支配するものなのだ」

「馬鹿な……」

アリスの口からかすれた声が漏れる。

しかし、聴衆は納得したように目を輝かせる。傲慢な思想が、六神への信仰心を拭い去ってしまった瞬間だった。

「いつまでも自然になされるまま災厄を受け入れ、多様な思想を持つがゆえにぶつかり合っていては何も進まない。自然に支配され、多様な思想を持つ時代はもう終わった。これからは、唯一の価値観を持って次の時代を担うべきなのだ」

聴衆は頷く。最初は戸惑い気味だった者も、いつの間にか目を希望に輝かせながら聞いていた。

富める者は更なる富を。貧しき者は苦しみから脱するための富を。自然を支配することができれば、次の時代は今よりも明るいものかもしれない。

「自然を支配するだなんて、そんなこと……できるのか？」

ラルフが小声で呻く。

「多少はできるんじゃない？　あんたたちが道具を使って火を起こすようにね」

ジギタリスは、ガブリエラを睨みつけたままラルフに答えた。

「でも、自分で起こした火にまかれて命を落とす者もいる。自然を──六神を人間が支配できるとは思えない」

「人の子よ、力を合わせるのだ」

ジギタリスを否定し、ラルフの疑念を拭うように、ガブリエラは言った。

「自然を支配できないのは、多様な価値観ゆえに人の心が一つになっていないことが原因だ。人心を一つにし、互いに手を取り合えば、何者にも侵されぬ楽園を得ることができるだろう。絶対神デウスならば、あなたたちを次の時代に導くことができる」

聴衆が期待にざわつく。

ガブリエラの背後にある真新しいステンドグラスには、六枚の翼が描かれていた。六神の聖職者を追い出した後、絶対神とやらを誇示するためにこしらえたものなのだろう。

「人の子よ、不可侵の聖域を作るのだ。異端なるものを赦すな。異端はあなたたちを分断し、堕落させ、生きとし生けるもののヒエラルキーの最下位に落とそうとするのだ。そのような愚行を赦してはいけない。この世界で唯一無二になるのだ」

全てを押しのけ頂点に君臨する。それこそ、絶対神デウスの教義だという。

しかし、そんなことができるのだろうか。

アリスは自らに問う。

火を支配し、水を抑え、風を操り、地を掘り起こすことができたとしよう。積極的に人類に働きかけない衛星エラトゥスのことも置いておこう。

だが、太陽を意のままに操ることなどできるのだろうか。

ガブリエラの主張に希望があり、人々を導く光になるのはわかる。しかし、あまりにも傲慢ではないだろうか。

過小評価しているのは、デウス派の方ではないだろうか。太陽――クレアティオの輝きはどのような生き物であろうと侵すことはできない。火や水、風や地もそのはずだ。彼らが手を取り合うことで世界を生み出していて、人間を始めとする生物は、その副産物で生かされているに過ぎない。

アリスの中に、デウス派への怒りが生まれる。自分の心の中を、土足で踏み荒らされているような気すらした。

クレアたちもそんな気持ちだったのだろうか。

それ故に、デウス派に抗議をしたのだろうか。

それなのに、追放されてしまった。彼女たちは間違っていないというのに。

「さて、この神聖なる大聖堂に、異端が交ざっているようだ」

ガブリエラの冷ややかな一言に、アリスは冷水を浴びせられたような心地になる。

ラルフが息を呑み、ジギタリスが小さく唸り、ユーロンが静かに周囲を見回す。

アリスたちの周囲には、多くの聴衆がいる。デウス派のフードもあり、姿は完全に隠れているはずだ。

しかし、ガブリエラの美しい人差し指は、迷うことなくアリスたちを指した。

「なっ……」

アリスの喉から声にならない驚嘆が漏れる。

周囲の人々は、一斉にアリスたちを見やった。怯えて恐怖に歪んだ表情をする者もいれば、忌々しいものを見るかのように憎悪を向ける者もいる。

彼らは引き潮のように離れていき、アリスたちは一瞬にして孤立する。

そのタイミングを見計らったかのように、礼拝堂の扉が開かれて騎士たちがなだれ込む。

「重罪人、アリス・ロザリオはここか！」

白銀の甲冑にデウス神の翼の意匠は、聖騎士団だ。

先陣を切って叫んだのは、若き副団長オーウェン・バージェスであった。

スタティオで見た時と変わらぬ勇ましい姿で、ガブリエラの前に曝されたアリスをねめつける。

「港町の衛兵より通報があった！　アリス・ロザリオとその一行が王都を目指していたと！」

恐らく、ユーロンがのした兵士が通報したのだろう。港町に戻った馬車の御者を尋問し、詳細な情報を集めたに違いない。

「仕方あるまい……！」

アリスはデウス派のローブをむしり取る。

「ふぅ。ようやくこれを脱げるわね。ホント、ムカムカしてたのよ」

ジギタリスは嬉々としてローブを投げ捨てた。

「仕方ねぇ。いつまで着てても意味ねぇしな」

ユーロンもまた、ローブを放る。宙を舞う一同のローブを律義に受け止めてまとめつつ、ラルフもまたローブを脱いだ。

「オーウェン副団長！　誤解です！　アリスは何も悪いことをしていません！」

ラルフはまず、オーウェンの説得を試みる。彼は聖騎士団の中でも、庶民の話に耳を傾けてくれると思ってのことだった。

「君は？　冒険者のようだが……」

「冒険者ギルドに所属している、フェンサーのラルフ・スミスです！　アリスは罪なき人々を守っただけです！　スペンサー卿が率いる部隊は、善良なる村人たちを生き埋めにしようとした！　アリスはそれを阻止したんです！」

「善良なる？　異端を支持していた者たちではなかったのか？」

オーウェンは眉を顰(ひそ)める。

「違うわよ！」

ジギタリスが叫んだ。

「彼らが慕っていたのは、薬師の魔女！　彼女は、教会がない村の人々を聖女に代わって救っていたのよ！」

「だが、その魔女は魔族の力を借りていた」

「そ、それは……！」

ジギタリスは言葉に詰まる。

そんな彼女の前に、ユーロンが立ちはだかる。

「魔族って言っても可愛いもんさ。人間に知恵を貸すこともあるグリマルキンだぜ？　魔女がグリマルキンと共生する話は、若いお前さんだって知ってるだろう？」

「だが、魔族は異端だ……」

「異端なら排除していいってのかい？　教会がない村で、聖女代わりだった魔女がいなくなったらどうなると思う？　それとも、全部埋めちまうから関係ねぇってか？」

「埋める……だと？　先ほど、冒険者のラルフ君も言っていたが、それは本当か？」

オーウェンの顔に動揺が走る。

「なんだ？　副団長様が知らないってか？　そうさ。山を爆破して、村を丸ごと埋めちまおうとしてたのさ」

「そんな……。埋めるという話は、報告されていない……」

オーウェンの表情に迷いが生まれる。

彼が引きつれていた騎士たちもまた、お互いに顔を見合わせた。

「迷うな」

厳かな声が降り注ぐ。

ガブリエラであった。

彼女は一切の動揺を見せず、三対の翼のステンドグラスを背負いながら、堂々たる態度で一連の騒動を見つめていた。

「バージェス卿。無法者の言葉に耳を貸してはいけない。そこにいるのは異端の者たちだ」

ガブリエラは自らの指をぱちんと優雅に弾く。

その瞬間、ジギタリスの姿がグリマルキンへと戻った。

「ぎにゃっ！　どうして……！」

「ま、魔族だ！」

事の成り行きを見守っていた聴衆たちが悲鳴をあげる。小さな彼女に向かって、物を投げつけようとする者もいた。

ラルフは彼女を庇うように抱きかかえる。

「みんな、大丈夫だ！　彼女はちょっと高飛車だけど、悪いヒトじゃない！　生き埋めにされそうな村人を救うのを手伝ってくれた！」

「ラルフ……」

ラルフの必死の訴えも虚しく、聴衆たちは一行を遠巻きにするばかりだ。

ガブリエラは、そんなラルフを憐れむように見つめていた。

「異端に魅入られた若者よ。正しき心根を持っていても、それが正しい方を向かねば意味はない」

「正しいってなんだ！　正しさは人それぞれだろう！　たった一つの物差しで物事を測ろうなんて、レベル制度に囚われる冒険者と同じだ！」

レベルが高いからと言って、他者にマウントを取る冒険者がいる。彼らは一つの物差しで物事を見るため、異なる物差しを持つ者たちから疎まれることがあった。

ラルフは、同業者がそのような振る舞いをすることが悲しいと思っていた。そして、一つの価値観にこだわるデウス教もまた、彼らと重なってしまった。

「愚かな。そのような矮小な者と同等とするとは」

ガブリエラは憐憫の眼差しでラルフを見つめる。

だが、アリスがその視線を遮った。

ガブリエラの双眸を正面から見据え、己の心の中の炎を燃やす。

「これ以上、私の仲間を侮辱することは許さない。彼らは気高く、彼らなりに正しい！」

「彼らなりに正しい、か。その多様な価値観が、争いを生み出すのだ」

「だからと言って、異なるものを排除するのはやり過ぎだろう！」

アリスは聴衆らをぐるりと見やる。

アリスの強い視線を受けた彼らは、びくっと身体を震わせた。

「君たちは気付かないのか！　少しでもデウス派とは異なる価値観を抱けば、即座に排除の対象になる！　それは君たち自身かもしれないし、友人や家族かもしれない！」

聴衆がざわつく。

自分自身ならば、自らを律することができるかもしれない。

だが、他人はどうか。もし、他人がデウス教の教義に従わず、異端とみなされてしまったら――。

今まで平静でい続けたガブリエラの表情に、わずかな不快が滲む。

彼女が保っていた秩序の中に、混沌が生まれたためか。

「やはり、な」

「……何がだ？」

ガブリエラが不可解な確信を抱く様を、アリスは不思議そうに見やる。

「このように神聖な場所に混沌を齎すとは。やはりお前は忌み子だ、アリス・ロザリオ」

「な、何を言っている……」

「お前は自らの出自を知っているか？」

突如投げつけられた忌み子という単語に、アリスはギョッとする。

「私の……出自？　私はパクスで育ったただの庶民だ。母のマチルダ・ロザリオは女手一つで私を育ててくれた！」

アリスは高らかに叫ぶ。

その時、ユーロンの表情が固まった。

「マチルダ……だと？」

「どうした……、ユーロン」

ただならぬ雰囲気に、周囲が一瞬だけ静まり返る。

そんな中、ガブリエラは言った。

「そのマチルダ・ロザリオこそ、異端なる黄龍族と交わった恥ずべき存在だ。あの女はお前を産む前、異端の混血児を産み落としている。そして、アリス・ロザリオ、お前はその穢れた女から生まれた忌み子なのだ」

黄龍族と人間の女性の子ども。それこそまさに、アリスのそばにいる男のことだ。

その女性がアリスの母親だとして、その後にアリスを産んだというのなら——。

「そんな……、馬鹿な……。ユーロンと私は、兄妹……？」

ユーロンが捜していた母親が、まさか自分の母親だったとは。

ユーロンもまた、信じられない表情でアリスを見つめている。アリスにとって、その時間は永遠のように思えた。

第九章

最弱聖女、出自を知る

SAIJYAKUSEIJYO DESHITAGA
SHINIGAMI NI NATTE YONAOSHI SHIMASU
KAIRI AOTSUKI

マチルダ・ロザリオは聡明な女性であった。

アリスとともに木造の素朴な家に住んでいたが、地下室には書庫があり、この世界では高級とされる本がずらりとあった。

アリスは本が好きで、幼いころから書庫に入り浸って勉強していた。マチルダはアリスの質問になんでも答えてくれるので、アリスはマチルダを尊敬していた。

マチルダ・ロザリオは美しくも凛々しい女性であった。

アリスの艶やかな黒髪は母親譲りだ。顔立ちもよく似ていると村の人たちに言われていた。マチルダはシングルマザーだったため、村の男たちが求婚してくることもあったが、彼女はやんわりと断っていた。

マチルダ・ロザリオは夫についてほとんど語らなかった。

アリスが父親について尋ねた時、「遠いところにいるよ」と答えたことがあった。本の虫だったアリスは、それが亡くなったことを意味するのだと悟った。父は死者を受け入れるエラトゥスのもとにいるのだと思った。

だが、妙だと思ったことはある。

遺灰を納めているはずの墓がないのだ。マチルダが亡くなった時は、村の人たちがロザリオ家の墓を新しく建ててくれた。

そして、マチルダ・ロザリオは原因不明の病で亡くなっている。

アリスが治癒魔法を覚える前のことだった。

当時、パクスの教会に勤めていた聖女が手を尽くしてくれたのだが、マチルダの病は快復しなかった。

アリスは、聖女たちが休むことなく奇跡を行使してくれているのを見守ることしかできなかった。

無力感に打ちひしがれた彼女は、自らも奇跡の力を行使できるようになりたいと強く感じた。

自分のように己の無力さに絶望する人が一人でも減るよう、そして、マチルダのように命を落とす人が一人でも減るようにと。

マチルダはアリスに愛情を注いでくれたが、アリス以外の家族について自ら語ることはなかった。

それゆえに、アリスは自分に兄がいることなんて知らなかった。それがまさか、当時の魔王との息子だなんて。

あまりにも衝撃的で、偽りではないかと疑ってしまう。

ガブリエラがアリスの動揺を誘っている可能性があるものの、自分の母親の名を知っているというユーロンも反応している。

やはり、事実なのだろうか。

では、アリスの父親は誰だ。

「どういう……ことだ」

アリスは顔を強張らせる。ユーロンも同様だ。

そんな中、ガブリエラは訳知り顔でほくそ笑んだ。

「そのままの意味だ、アリス・ロザリオ。お前の母親は穢れた女で、お前は忌み子だった。だから、母子とども断罪され処刑されたはずであった。それがまさか、何者かが逃がしていて、こうして相見(あいまみ)えるとはな」

「断罪……？　処刑……？　私たちは殺されていたはず……ということか？」

「そうだ。私は、異端を逃がした愚か者を見つけなくてはいけない」

ガブリエラは冷たく言い放つ。冷静な彼女の声色には、怒りも滲んでいた。

「おい」

ユーロンの低い声が響く。

「さっきから黙って聞いてりゃあ、俺の母親を侮辱しやがって。しかも、テメェが言うことが本当なら、アリスの母親でもあるらしいじゃねぇか。仲間の親を侮辱するなんて、二重に許せねぇ」

「ユーロン……」

ユーロンは色眼鏡を取り、金色の瞳でガブリエラを睨みつける。

「ふん、黄龍族と穢れた女の混血児か。黄龍の長は、あの魔族と呼ばれる雑多な集団を束ね、魔王などという大層な呼び名を付けられていたそうではないか。黄龍の長が原初の流れに還ったのは知っているが、今は誰が後を継いでいるのだ？」

ガブリエラの言葉に、周囲の人々はざわつく。

魔王と言えば、人類の敵にして忌むべき存在として知れ渡っている。彼らにとって、恐怖の対象だ。

「まさか、お前ではあるまいな。半端者よ」

ガブリエラはユーロンを挑発しているのだ。

ここで魔王と名乗れば、礼拝堂内は混乱に陥る。だが、魔王と名乗らなければ、ユーロンに屈辱的な思いを味わわせることができる。

ユーロンはぐっと堪えた。屈辱に耐えんとしているのか。

彼は自然と、アリスとラルフ、そしてジギタリスを見やる。

金色の瞳は葛藤に揺らいでいる。彼は、仲間の意見を聞こうとしているのだ。

今まで自由奔放で、我が道を歩いてきた彼が――。

「大丈夫」

正しき心を持つ冒険者、ラルフは頷く。

「ユーロンが正しいと思うことをすればいい。今のお前は胡散臭くないし、本音で物事に向き合おうとしてる。だから、俺は仲間のお前の決断を尊重するよ」

人間と共存していた魔族、ジギタリスもまた首を縦に振る。

「どうぞどうぞ！　あのクソムカつく女にぶちかましてくれるなら、私は何だって支持しますから！　雑多なんてとんでもない。私たちはそれぞれが誇り高い種族ですからね！」

ユーロンを恐れていたジギタリスだったが、今や、やる気充分だ。

そんな中、アリスもまた、ユーロンを見つめ返す。

アリスの心中もまた、動揺や葛藤が渦巻いている。しかし、今は目の前のことを優先すべきだということも、彼女はわかっていた。

「私とお前の関係、呑み込むには時間がかかりそうだが、それはいったん置いておくとしよう」

「アリス……」

「私は既に重罪人という扱いだ。私の立場を気にすることはない。それに、チャンスだと思わないか？」

「チャンスだと？」

鸚鵡返しに問うユーロンに対し、アリスは聖騎士団の騎士たちを見やる。

「国王様と繋がる者たちがいる。声を届けるいい機会だ」

「なるほどな。そいつは、もっと穏便にやりたかったんだがね」

ユーロンは口角を吊り上げる。

「だが、悪くない。面白そうな状況だ」

調子を取り戻したユーロンは、ガブリエラに向かって一歩踏み出した。

「そうだ。俺が継承者だ」

「ほう」

ガブリエラが冷笑を浮かべ、人々はざわめく。オーウェンが率いる聖騎士たちはさっと青ざめ、ガブリエラを守らんと集まってきた神官兵は動揺のあまり居竦んだ。

そんな中、ユーロンが深呼吸する音がやけに響く。

「聞け、人の子たちよ！　俺は黄龍族の王家の末子、鼬龍。魔王を継承した者だ！」

魔王。

その言葉を聞いた瞬間、人々の恐怖が膨れ上がる。

「魔王だと……!?」

「魔王が王都に!?　戦争をしに来たのか……!?」

「戦争じゃねぇよ」

人々のざわめきに、ユーロンはぴしゃりと言った。

「俺が王都に来訪したのは宣戦布告にあらず！　俺が目的を果たす一環として調査に来た。このような形で汝らと相見えることは不本意ではあるが、我が目的をここに宣言する！」

魔王の目的と聞き、人々は押し黙る。

耳を澄ませ、目を凝らし、人類の敵が何を目的としているのか見極めようとする。

全ての視線が集中する中、ユーロンは高らかにこう叫んだ。

「我が目的は和平！　長きに亘る人類と魔族と呼ばれる者たちの戦いを終結させたい！」

「和平……だと……？」

「魔王が……平和な世界を作りたいだと……？」

皆、俄かには信じられないといった表情だ。夢でも見ているのではないかと頬をつねる者もいる。

ガブリエラは心底馬鹿にしたように、鼻で嗤った。

「愚かな。魔族は多様な種族の集まり。魔族同士の戦争もあると聞く。それが、人間との戦いを終わらせるだと？」

「主義主張が違えば争いになるかもしれない。だが、種族を理由に争うのは終わりにしたいのさ。共存できる人間と魔族だっている」

ユーロンはジギタリスを見やる。ジギタリスは、何度も力強く頷いた。

だが、ガブリエラはバッサリと否定する。

「それは詭弁に過ぎん。価値観を統一してこそ真の平和が訪れる。多様な価値観と平和は相容れぬものだ。貴様は、人間に混沌を齎そうとしているのだ」

「仮定の話だが」

ガブリエラとユーロンの間に、アリスが割り込む。

アリスは真紅の瞳で、ガブリエラを真っ直ぐ見据えた。

「魔族の一部がデウス派になるとしたら、あなたはどうする」

「何を言っている。自己主張だけ強い寄せ集めが、今更考えを変えるものか」

「仮定の話だ。答えろ」

揺るがないアリスに、ガブリエラは不快そうに片眉を吊り上げる。美しい唇を歪めるものの、彼女は答えなかった。

ガブリエラにとって、都合が悪い問いなのだ。

やはり、とアリスは目を細める。

「対立を煽っているのはあなたではないか？　単にデウス派の価値観にそぐわない者を異端としていると思ったが、それだけではないらしい。あなたは最初から、魔族と呼ばれる者たちを根絶やしにしようとしているんだ」

「なるほどな。俺たちの素性を暴露することで、この場から俺たちが排除されるよう仕向けてる。それにはデウス教を広めるのとは別の、目的があるんじゃねぇか？」

アリスとユーロンがガブリエラの真意を暴こうとする。ガブリエラの表情から、余裕の笑みが消えた。

彼女は二人から目をそらし、神官兵と聖騎士団に視線をやる。

「大罪人と魔王の戯言だ。混乱を招き、この場から逃れるのが彼らの目的。耳を貸す必要はない」

動けずにいた神官兵と聖騎士団は、ハッとする。聞き入っていた彼らはようやく、自分たちの立場を思い出した。

「大司教様！　お下がりください！」

「早く避難を！」

神官兵らは駆け付け、ガブリエラを礼拝堂の奥の扉へと誘導しようとする。

「待て！」

ユーロンは後を追おうとするが、その前に聖騎士団副団長のオーウェンが立ちはだかった。

「魔王、私が相手だ！」

「テメェ、俺の話を聞いていなかったのか！」

ユーロンは牙を剝いて一喝する。

だが、オーウェンもまた盲信的にガブリエラの言うことを聞いていたわけではない。

彼の宝石のような瞳は戸惑いに揺れていた。

彼は葛藤しているのだ。思い悩んだ末に、ガブリエラを守ろうとしている。

いや、彼が守ろうとしているのは――。

「民よ！　よりどころである祈りの場は我ら聖騎士団が守る！　安心して避難せよ！」

オーウェンは恐怖に慄いていた人々にそう言い聞かせる。彼の背後に控えていた聖騎士団は、混乱に陥る人々を出口まで誘導し始めた。

「まさか、魔王が人間と変わらぬ姿をしているとは。王都侵入のために、本来の化け物じみた姿を隠しているというのか⁉」

「生憎と、半端者だからこの姿しかなくてね」

ユーロンはじりっと詰め寄る。

「どきな。あの女には問い質したいことがある」

「それはできない。大司教様は民の心のよりどころ。そして私は――」

剣を構えたオーウェンが、ぐっと前のめりになる。オーウェンの両手剣が鋭く光り、殺気がピリリと空気を焦がした。

「ユーロン！」

臨戦態勢にいち早く気付いたラルフが叫ぶ。同時に、オーウェンは地を蹴った。

「私は、民の平穏のために魔を討つのが使命！」

「だったら話を聞きやがれ！」

オーウェンが振り被った剣を、ユーロンが腕で受け止める。

ギィィンと重々しい音が響き、その硬質な感触にオーウェンは驚きながら跳び退いた。

「籠手か……!?」

「生憎と、素手だ」

ユーロンが袖をまくると、黄龍の鱗が生えた腕が現れる。その異形な姿に、オーウェンは恐れを隠せなかった。

「やはり、魔族なのか……」

「それでも、半分はお前さんたちと同じだぜ？」

ユーロンは皮肉めいた笑みを浮かべる。

「だが、半分魔族であることに変わりはない。異端はデウス教にとって不要な存在。そして、魔族は異端だ！」

聖騎士団が人々を避難させたのを確認すると、オーウェンは剣を高らかに掲げた。

「デルタステラ国王は、デウス教を以ってより高みに上ろうとしている。国家が強ければ、誰にも侵されることはない。一強であることが民の平穏に繋がるのだ！」

「一強、ね。そいつは、他の人間の国に対してか？」

「人間と魔族、両方だ。人類の他の国々とは、今は魔族に対抗するために手を結んでいる。しかし、思想が同じわけではない。魔族がいなくなれば、必ず分断が生じるだろう……」

オーウェンは、魔族との戦いのその先を見ていた。その上で、彼は民を守るべくデウス神を信仰しようというのだ。

「ともにデウス神を信仰するならばよし。そうでなければ――」

「ぶっ殺すってか？　それこそ野蛮な行為だと思うぜ？」

苦笑するユーロンを、オーウェンは睨みつける。

「なんとでも言うがいい！　民を守るためならば心を鬼にしよう！　そして、我が身を犠牲にすることも厭わない！」

デウス神のステンドグラスを背に、オーウェンの剣が白く輝く。

美しくもあり、排他的でもある絶対的な白だ。

「魔力が集中してる。あれ、ヤバいわ！」

ジギタリスは魔女の姿に戻ると、剣に魔力を集中させるオーウェンの妨害をすべく魔法を使おうとする。

しかし、民を避難させ終わった聖騎士団が、その前に立ちはだかった。

「どきなさい！」

「そうはいかない。異端の貴様らはここで排除する！」

騎士がジギタリスに向け剣を振るう。だが、ラルフの両手剣がそれを受け止めた。

耳障りな金属音が響く。

「くっ……！　さすがはエリートの聖騎士団！　やっぱり強い……！」

「こいつ……冒険者のくせにできるな……！」

両者の力は拮抗し、やがて、同時に離れる。

「ラルフ、あんた……」

「彼らは俺たちの声に耳を傾けてくれない！　ここは、戦うしかない……！」

ラルフは腹を括り、聖騎士団に対して前線に立つ。

「前は任せて。彼らの攻撃は防ぐから、魔法を頼む！」

「オッケー、ぶちかましてやるわ！」

ジギタリスの周りに風の元素が集まり、空気に雷撃が走った。高まるジギタリスの殺気に、ラルフは身震いをする。

「ただし、い、命を奪わない程度で……！」

「面倒くさいわね！　わかってるわよ！」

叫ぶと同時に、雷撃魔法を周囲に解き放つ。雷撃は聖騎士団の剣を的確に狙い、悲鳴とともに彼らの動きを一時的に封じた。

「今だ！」

ラルフは目の前の聖騎士を峰打ちにしようとする。だが、後列で雷撃を逃れた聖騎士が飛び出し、ラルフの剣を防いだ。

「くっ……！　雷撃が届かなかったのか！」

「っていうか、この場所は魔法を使い難いんだけど！」

ジギタリスが叫ぶ。どうやら、魔力が安定しないらしい。

「できる範囲で大丈夫！　俺が気合いで何とかする！」

ラルフは諦めようとしなかった。ジギタリスも同じだ。すぐに次の攻撃に転じようとする。

一方アリスは、襲い掛かる聖騎士団の相手をするラルフとジギタリス、そして、オーウェンと対峙するユーロンの戦況を見極めようとしていた。

乱戦になっている以上、触れれば死ぬ即死魔法は使えない。

それに、相手は聖騎士団だ。しかも、北の森の時のようにいたずらに他者を傷つけようとしているのではなく、民を守るために戦っているのだ。

あまりにも歯がゆい。

アリスが得た力は絶対的であったが、無責任に振るうわけにはいかないものだ。ここで聖騎士の命を一つでも奪ってしまったら、自分たちの立場が危うくなるばかりか、ユーロンの和平を結ぶ目的も果たせなくなってしまうかもしれない。

即死魔法がなく無力であった時も歯がゆかったが、力を得ても尚、同じ思いをするとは。

（私は、本来の役目を全うするしかない……！）

気持ちを切り替え、治癒魔法で仲間を癒すことにした。多勢に無勢だが、治癒魔法を駆使することで戦況をひっくり返すこともできる。

しかし、そんな最中、言いようのない悪寒がアリスの全身を貫く。

「いけない……！」

オーウェンの剣に集中する魔力の輝きは、アリスが今まで見たことがないものだった。圧倒的にして絶対的な何かが、オーウェンの剣に集まっている。

「ユーロン、気を付けろ！」

アリスが叫ぶ。ユーロンもまた、何かに気付いたのか警戒の色を濃くした。

オーウェンは輝く剣を振るい、再び駆け出す。真っ直ぐ、ユーロンに向かって。

「いざ！」

疾風のごとく速く、鋭い一閃。ユーロンもまた身構えながら、己の鱗で受け止める。

響いたのは鈍い音。

飛び散ったのは鮮血。

ユーロンの黄龍の鱗は、輝ける剣によって傷つけられていた。

「な……！」

オーウェンが剣を振り切る前に、ユーロンが跳び退く。真紅の血飛沫が宙を舞い、大聖堂の床に飛び散った。

「こいつは……まさか」

「聖属性付与！　デウス教に帰依した聖騎士団の技！　これぞ聖属性の力にして、デウス神の絶対的なる加護だ！」

傷口を押さえるユーロンに、オーウェンが叫ぶ。

「聖属性……だと？」

アリスはユーロンに駆け寄り、治癒魔法で傷を癒しながらもオーウェンの輝く剣を見やる。

世界を構成するのは四元素による四属性だ。アリスが行使するクレアティオの奇跡は、太陽の加護を得たその場に漂う四属性のいずれかの力を借りて発動する。

聖属性なんて、聞いたことがない。

「……親父殿から受け継いだ鱗を傷つけられたのは、お前さん以来だ」

ユーロンは礼の代わりに、かつてアリスの即死魔法で傷を負ったことを明かす。

「だが、即死魔法は聖属性などではない。あれは恐らく……属性ではなく摂理に働きかけているんだ」

アリスに力を与えた死神は、奪う力だと言っていた。世界を循環する力とは、また違うものが働いているのだろう。

「聖属性だなんて大層な名前を付けているが、あれも属性魔法なんかじゃねぇ。摂理に働きかける、排他の力だ……」

「排他の……力……」

アリスは、言い得て妙だと思った。

デウス教は異端を赦さない。思想の統一を謳い、特定の種族しか許容しない。

絶対的で狭量で、排他的な存在だ。

「お前さんたちは、そいつで人間以外のみならず、デウス教以外を排除するっていうのかい」

ユーロンはオーウェンに問う。

「それが、最終的に民の平和に繋がるのならば」

「だが、お前さんたちが排除する者たちの中にも、守りたかった民がいるんじゃねぇか？」

ユーロンの言葉に、オーウェンは押し黙る。

「なあ、お前さんたちがぶっ殺してきた魔族もまた、こちら側の『民』だったんだ。俺たちは多様な種族の集まりだから、お前さんたちほど仲間意識が強くない。それでも胸は痛むのさ」

「それは……」

「不毛だと思わねぇか？　お互いにお互いの大切なものを奪い合うってことが。俺も親父殿も、そいつに嫌気がさしたんだ」

ユーロンは諭すように言った。

しかし、オーウェンの決意は変わらない。

「仮に……人間と魔族で和平を結んだとしよう。だが、主義主張が対立した時はどうするのだ」

「その時は、じっくり話し合うしかねぇよ。互いに妥協できるところまで、とこととん」

「……それは理想論だ！」

オーウェンが駆ける。ユーロンは傷が治癒したのを確認すると、アリスを守るように踏み出した。

「やってみなきゃ、わからねぇだろ！」

ユーロンはオーウェンを迎え討つべく、腰に下げていた柳葉刀を抜く。

聖なる力を振るう勇猛なる騎士に対し、魔王が初めて武器を抜いた瞬間であった。

オーウェンの剣をユーロンの刃が受け止める。重々しい音が響き、火花が散った。

肉薄する聖と魔。

ぶつかり合う力のせいで、互いの刃が軋みをあげる。

「どんなに話し合おうとも、受け入れられないこともある！　話し合いで解決するのなら、この世界から争いは消えているはずだ！」

「それでも、話し合うことでどうにかなることもある！　交渉に交渉を重ね、妥協点を探り合うんだ！　そうやって、各地で勃発する無要で不毛な争いを鎮めれば、助かる命もたくさんあるだろ！　全部の争いは止められないかもしれねぇが、一つでも減らせるかもしれない！」

両者、一歩も譲らない。

互いに弾き合い、再度、交えられる刃。その応酬があまりにも激しく、ラルフたちにはもはや目で追えないくらいであった。

「北の森の連中だって、お前さんが守りたい民だったんじゃねぇのか？　そいつらを異端だからという理由で、お前さんたちは埋めちまっていいのか!?」

「くっ……！」

ユーロンの剣撃がオーウェンをじわじわと圧す。

魔王というのは伊達ではない。魔を滅する聖騎士団の副団長を、少しずつ追い詰めていった。

「それでも、私は国王様の理想を叶えたい……！　どんな犠牲を払ってでも、多くの民が幸福を得られるという理想を！」

オーウェンはたたらを踏みつつも、ユーロンと距離を取る。

ステンドグラスから降り注ぐ光が、オーウェンを厳かに包み込む。

彼は両手剣を目の前に掲げ、祈るように双眸を閉ざした。

「すまない、皆。避難をしてくれ」

「まさか……！」

オーウェンの警告に、聖騎士たちは青ざめる。

「な、何をしようっていうんだ!?」

ラルフが息を呑む。

一同の目の前で、オーウェンは神に祈りを捧げた。

絶対的にして排他的な力を持つ、デウス神に。

「我らがデウス神よ！　このオーウェン・バージェスの身と引き換えに、人類の敵である魔王を倒す力を！」

「ば……馬鹿、やめろ！」

自らを犠牲にする宣言に、ユーロンは思わず取り乱す。

刹那、ステンドグラスから降り注いだ光が、渦となってオーウェンを包んだ。

今までの比ではない。

見る者全てを圧倒する、絶対的で排他的な力の塊だ。

「魔王討伐は聖騎士団の悲願！　多様性を叫び混沌を齎す魔王は、ここで葬る……！」

全身に聖なる力をまとったオーウェンは、大粒の汗を額に滲ませながら剣を構えた。

尋常ならざる気迫。しかし、聖なる力がオーウェンにとって大きな負担になっているのは明らかであった。

「武器だけじゃなくて全身付与!?　あの量の魔力を人間がまとったら、死ぬわよ！」

ジギタリスが悲鳴じみた声をあげる。

「あれは、聖騎士団の秘技。一度発動したら、命が尽きるまで止められない……。副団長は、魔王と刺し違える気だ……！」

聖騎士たちもまた、オーウェンの覚悟に慄くように目を見張った。

誰しもが、手を止めてオーウェンを見守っていた。聖騎士もラルフやジギタリスも、もはや、手を出せなかった。

「クソが……！　そうやって命を粗末にするんじゃねぇ！」

ユーロンは柳葉刀の柄をきつく握りしめる。

オーウェンを斬ればオーウェンの命が奪われる。だが、オーウェンの攻撃を受ければ自分の命が危うい。それに加え、オーウェンもまた、身体の限界を超えた聖なる力に蹂躙されて命を落とすだろう。

正しい選択は知っている。

オーウェンを斬ることだ。それで、少なくともユーロンの命は救われる。

だが、他にないのか。

このような戦いを防ぐために、ユーロンは動いていたというのに。

「やるんだ、ユーロン」

背中を押したのは、アリスであった。

「お前……」

ユーロンは驚きのあまり、アリスを見やる。

だが、アリスの真紅の瞳に絶望や迷いはない。確信のみがあった。

「私を信じろ。誰一人として、死なせはしない」

「……そうだったな」

アリスには、それを実現するだけの力がある。ユーロンは思い出した。

「人類の敵である魔王よ、覚悟！」

輝ける力を宿したオーウェンが駆け出す。

その姿はまさに流星だ。

美しく輝きながらも周囲を焦がし、自らもまた燃やし尽くそうとしている。

「こんなところで聖魔戦争とは不本意だが、まあいい。タイマンならば、誰も巻き込まねぇしな！」

ユーロンは獰猛（どうもう）に牙を剝く。

人の身ながら、その気迫と表情は竜そのものであった。輝ける流星を迎え討つべく、己の牙たる柳葉刀を閃（ひらめ）かせる。

聖と魔の軌跡が交差する。

空気が止まり、全てが静止した。

見守っていた一同は、息をするのも忘れていた。

「ぐっ……」

呻いたのはユーロンであった。右肩が深く切り裂かれ、鮮血が溢れている。

「国王様、やりました……」

オーウェンは感慨深げに呟く。

「ついに、魔王を討ち取っ……」

そこまで言うと、オーウェンの身体がぐらりと傾く。それと同時に、白銀の鎧に無数の亀裂が入った。

「なっ……そんな……」

勝負の行く末を見守っていた聖騎士たちが慄く。あまりにも見事な切り口で、崩壊するまでに時間がかかったのか。

切り刻まれた白銀の鎧は砕け散り、袈裟斬りにされた傷が露わになった。

「悪いな。手加減はできなかった」

ユーロンが柳葉刀を納めると同時に、オーウェンの身体から聖なる輝きが失われ、彼の致命傷から血が迸ったのであった。

＊　＊　＊

オーウェンは生まれながらに貴族であった。

バージェス家は由緒正しい家柄で、父は領主だった。領民を守り、彼らが健やかに過ごすことができるよう、努めなくてはいけなかった。

そんなある日、領内の村がドラゴンに襲撃された。

オーウェンは兵士を率いてドラゴンの討伐に挑んだ。その時、国王が兵力を貸してくれたこともあり、辛くも勝利を収めた。

村は壊滅状態であった。

のちに調べたところ、村の近くの山岳地帯にドラゴンが巣を作っていたという。巣には卵があったそうだ。ドラゴンの卵は高額で売れるため、村の人間が巣の中に忍び込み、卵を盗んでしまったそうだ。

それで、ドラゴンが怒って村を滅ぼした。

そして、そのドラゴンをオーウェンらが討伐した。

一体、誰が悪かったのか。一体、どうすれば被害は最小限で済んだのか。

村は貧しかった。教会もなく、怪我や病気を治療する聖女もいなかった。だからこそ、ドラゴンの卵を手に入れ、村を豊かにしようとしたのだろう。

領主は村が貧しいことを知っていた。何らかの形で支援できないかと探っていた、その矢先のことだった。

領主がもっと早く手を差し伸べていたら。村人が早まった真似をしなければ。ドラゴンが近隣に巣など作らなければ。復讐を終えたドラゴンをオーウェンたちが討伐しなければ。

何か一つ、命が救えたかもしれない。

そう、オーウェンはドラゴンを討伐したことにも心を痛めていた。

子どもを攫われて親が怒るのは当然だ。それは、人間であろうと魔族であろうと変わらないのだ。

ドラゴンの軀を前に、オーウェンはそう痛感した。

後に、オーウェンは国王の近衛騎士に任命された。その時に、国王に胸の内を明かしたのだが、国王はこう返した。

「皆が一様に満たされて平穏であることは不可能だ。満たされる者の枠は決まっている。何かを犠牲にしなくては、幸せは得られない。悲しいことだが……」

オーウェンの思う「もしも」が実現していたとしても、別の形で不幸が訪れていただろう、と国王は付け加えた。

ドラゴンの子が卵から孵り、親子で近隣の村の住民を狩りだしたかもしれない。別の村の住民などがドラゴンの卵を盗み出し、彼らが命を落としていたかもしれない。

世界は絶妙にバランスが保たれているという。だから、不幸は避けられない。

だが、何を不幸にするかは選べるのだという。

「国王様は、そのような選択を迫られた時にはどうなさるのですか……？」

オーウェンが尋ねると、まだ若き国王は眉間に老人のように深い皺を刻み、重々しく言った。

「我が身を犠牲にするしかない。それがたとえ、魂が引き裂かれるような出来事であっても」

その時、オーウェンは悟った。

国王はどんな犠牲を払ってでも、民のためになることを選ぶだろう。

そしてそれは、オーウェンが国王に心の底から忠誠を誓った瞬間であった。

＊　＊　＊

「緊急救済だ！」

騎士たちが血の海に沈むオーウェンに駆け寄ろうとする中、アリスの凛とした声が響いた。

「私は蘇生魔法の奇跡を行使することのできる元聖女だ！　これより、オーウェン・

バージェス卿の蘇生を行う！」

アリスは倒れるオーウェンに歩み寄る。

その行く手を、誰も阻まなかった。騎士たちはすがるような目でアリスを見つめていた。

アリスはユーロンの方を見やる。

彼はラルフとジギタリスに支えられながら、なんとか身体を起こした。

「俺は大丈夫だ……。黄龍族は再生力が高くてね……。しばらくじっとしてりゃあ、肉はくっつく」

「……わかった」

アリスは頷き、すっかり血の気が失せたオーウェンの前で膝を折る。アリスの服が彼の血で汚れるが、気にしている余裕はない。

「クレアティオの代行、アリス・ロザリオが行使する！　生命を繋ぐ扉を開放し、かの者の死を退けよ！」

アリスが叫んだ瞬間、オーウェンの身体が優しい光に包まれる。

激しく排他的な聖の光ではなく、生命を育む陽光だ。

太陽神クレアティオの奇跡の光。

しかし、アリスが思うようにそれは集まらない。

ユーロンとオーウェンが戦っている間、密かに儀式用の結界は張っていた。不要な魔力を遮断し、清浄な空間で奇跡を行使しているはずなのに。

「排他的魔力か……！」

礼拝堂の中は、あまりにも聖属性の力が強過ぎる。そのせいで、儀式用結界で遮断し切れていないのだ。

オーウェンの傷を癒そうとしていた光が、少しずつ弱くなっていく。このままでは、奇跡が拡散してしまう。

そうなったら、オーウェンは助からない。

彼の生命が零れていくのを感じる。死が、ひたひたと彼を蝕むのを察した。

「誰でもいい！　クレアティオの恵みを――陽光を入れてくれ！」

アリスは叫ぶ。

外界から閉ざされた礼拝堂には、クレアティオの恵みである陽光がほとんど入らない。だが陽光が少しでも射し込めば、クレアティオの加護が強くなるかもしれない。

「任せて！」

ジギタリスは、ステンドグラス目掛けて雷撃魔法を放つ。

濃縮された雷撃は、デウス神が描かれたステンドグラスのど真ん中に直撃し、派手に破片を飛び散らせた。

「よし！　やったわ！」

ほのかに外界の光が射す。

だが、あまりにも弱々しい。

外は曇天で、空には分厚い雲が渦巻いている。割れたステンドグラスから入り込んだ光は、アリスたちのもとに辿り着くまでに心許なくなってしまう。

聖騎士たちは互いに顔を見合わせる。そして、決意したように走り出した。

「陽光を入れればいいんだな！」

「頼む！　副団長を助けてくれ！」

彼らが目指したのは、聴衆を避難させた後に閉ざした巨大な扉であった。

外に面した扉を大きく開け放つと、ほのかな陽光が礼拝堂の床を照らした。

魔王と聖騎士の血にまみれた凄惨な有り様も、奇跡を行使するアリスと瀕死（ひんし）のオーウェンも、太陽は平等に照らした。

陽光を感じた瞬間、アリスは全身に力が湧き上がるのを感じた。

全ての生命を平等に育む太陽の光が、彼女を通じてオーウェンに生命力を注ぐ。

「おお……！」

聖騎士たちは、開けた扉を押さえながら様子を見守っていた。

青白かったオーウェンの顔に、少しずつ赤みが戻ってくる。見事に斬られた傷口も徐々に塞がり、呼吸も安定してきた。

クレアティオの奇跡が、オーウェンの生命を取り戻したのだ。

「うっ……」

オーウェンの瞼がピクリと動く。

「国王……さま……?」

オーウェンは、アリスを眺めながらぼんやりと尋ねた。

「違う。私はアリス・ロザリオだ」

「私は……死んだはずでは……」

オーウェンは乾いた唇でそう言った。

秘技に身を焼き尽くされて命を落としていたはずだった。最初から自らの命を捨てるつもりだったオーウェンは、信じられないといった表情でアリスを見つめる。

「あなたの生命をなめ尽くして、聖なる力は消えた。だが、蘇生魔法の奇跡によって、あなたは再び生命を取り戻したんだ」

「とても……温かい光を感じた。デウス神のように激しいものではない。心地よく、そのまま眠りに誘われそうな、優しい光だった……」

「それは、太陽神クレアティオの光だ」

それを聞いたオーウェンは、小さく息を吐いた。

「私は……太陽神にすら背いて、君の仲間に刃を向けた。そして、君も重罪人として処刑しようと思っていたのに……なぜ……」

「クレアティオは、誰であろうと平等に光と温もりを与える。私は、一人でも多くの命を助けたいと思って、蘇生魔法を会得した。だから、あなたを救おうと思ったんだ。お互いの立場など、関係ない」

「ああ……」

オーウェンの頬に涙が伝った。

悲しみの涙ではない。安堵にも似た、温かい涙であった。

「我が身を犠牲にした先にも、道があるとは……」

その一言に、アリスへの感謝が込められていた。

命を賭して使命を全うしようとした副団長が一命を取り留めた様子に、聖騎士たちは胸を撫で下ろす。中には、もらい泣きする者もいた。

だが――。

「そこまでだ！」

開け放ったままの扉から、雪崩れ込む者たちがいた。

デウス教の神官兵の一団だ。

「バージェス卿！　我々も魔王討伐に加勢しよう！」

「いや……、待て……！」

オーウェンは慌てて起き上がろうとするが、身体が思うように動かない。

「無茶をするな……！　まだ、完全に傷が癒えたわけではない！」

顔を苦痛に歪めるオーウェンを、アリスが支えようとする。しかし、オーウェンは力強い手で、アリスの腕をやんわりと離した。

「君たちは……逃げろ……！　彼らは大司教様の手のものだ……。私の指示には従わない……！」

「バージェス卿……」

だが、逃げようにも退路である出入り口は占拠されている。

それに加えて、ユーロンは負傷し、ラルフは彼を支えていた。

「やるしかないようね……！」

ジギタリスは覚悟を決めて風の元素を集めようとする。

そんな中、一同の前に何かが放り込まれた。

「えっ？」

「なんだ？」

双方ともに、目を丸くする。

次の瞬間、煙が勢いよく噴き出した。あっという間に、視界が煙に覆われてしまう。

「煙幕か！」

「皆さん！」

煙幕の向こうから、声が聞こえる。

クレアだ。

「早く、こっちへ！」

「わかった！」

アリスは仲間とともに、クレアの声を頼りに走り出す。

神官兵たちを撒き、隠し部屋から地下通路へと戻ったのであった。


「ここが見つかるのも、時間の問題です」

クレアは地下通路の扉をしっかり閉ざし、アリスたちに言った。

大司教ガブリエラは油断ならない人物だ。追放したはずの聖女が姿を現したと知れば、礼拝堂中をひっくり返して調べるだろう。

この場所が暴かれたら、今度こそクレアらの居場所はなくなってしまう。

「すまない。私たちを助けるために……」

アリスは申し訳なさそうに頭を下げる。

だが、クレアと聖女たちの表情は晴れやかだった。

「いいのです。あなたたちはデウス派の矛盾を人々の前で指摘してくださいました。本当は我々がやるべきことだったのに、我々には勇気がなくて……」

「相手が大きすぎる。君たちが萎縮するのは当然だ」

「いいえ。私たちがこの場所で燻っていたのは事実。ですが、あなたのお陰で勇気づけられました。感謝します、シスター・アリス」

「クレア……」

クレアはアリスを心配して様子を見ていたのだろう。そこで、アリスたちの勇ましさに心を打たれて、危険を顧みず助けてくれたということか。

「準備が出来次第、一旦、ここを離れましょう。襲撃を受けたらひとたまりもありませんから」

クレアはそう言って、他の聖女たちと荷物をまとめる。

「手伝うよ。力仕事なら任せてくれ！」

ラルフは率先して彼女たちの力になろうとする。そして、ジギタリスもまた、アリスとユーロンを見やったかと思うと、遠慮がちに聖女らの手伝いを始めた。

アリスとユーロン。二人は同じ母親から生まれた兄妹だという。

ジギタリスは、二人っきりで話す時間が必要だと思ったのだ。

「気を遣わせちまったようだな」

　ユーロンがぽつりと呟く。

「……傷はいいのか？」

　アリスが問う。ユーロンが肩を押さえていた手を離すと、出血は止まっていた。

「だいぶ塞がった。しばらく剣を振るうのは難しいが、一日寝れば回復する」

「驚異的な再生力だな……。だが、治療をさせてくれ」

　アリスはそう言って、ユーロンの傷跡に手を当てる。クレアティオの聖女の隠れ家という場所のため、陽光がなくても問題なく奇跡が発動した。

「蘇生魔法で疲れてるだろ。俺の傷なんて放っておけば治るし、休んでていいぜ？」

「そういうわけにはいかない。今すぐに剣を振るう必要があるかもしれないしな」

「なるほど。ヒト使いの荒い聖女サマだ」

　ユーロンは口角を吊り上げて笑う。だが、すぐに笑みは消えた。

「……感謝してるぜ」

「何がだ」

「この治療は勿論のことだが、あの副団長を助けてくれたことを」

「それが私の役目であり、やりたかったことだから」

　アリスは表情を変えないまま、静かにユーロンの治療を続ける。

「あいつ、俺に一太刀浴びせたんだよな。記念に鱗の一枚でも懐に忍ばせてやりゃよかったぜ。魔王に傷を負わせたなんて、自慢のタネになるだろ」

「バージェス卿は自慢をするタイプではないだろう。むしろ、鱗を返しに来そうだ」

「違いねぇ。真面目で律義そうだしな」

ユーロンは軽く肩を竦めた。アリスの奇跡のお陰で傷はすっかり癒え、若干の違和感が残るのみとなっていた。

「……お前さんの母親のことだが」

「母は、兄がいることなど一言も教えてくれなくてな。正直、混乱している」

アリスの頭の中は、疑問でいっぱいだった。しかし、彼女はそれを律して、今まで最善と思われる行動をしてきたのだ。

「俺が親父殿から聞いたのは、母親が処女受胎であったこと。聡明な学者であったことくらいだ」

「黄龍族は肉体的な交わりをせず子を生すという話だったな。学者――というのは、私は聞かされていなかったが、母は本を多く所有していたし、知識も豊富だった。今思えば、学者というのも頷ける話だ」

アリスは母親のことを思い出しながら、ぽつりぽつりと話す。

「私が物心ついた時には、パクスで暮らしていた。母の口からそれ以前のことが語られることはなかったが、村長いわく、私が赤子のころにパクスに来たそうだ」

「パクスって、お前さんの教会があった辺境の地だろ？　その時、お前さんの父親はいなかったのか？」

「村長に聞いたところ、いなかったそうだ。早世したのか、生き別れたのか……」

マチルダがユーロンを産んでからアリスを産む前のことがまるっきり空白であった。

兄妹は互いに唸り、首を傾げる。

「なあ、アリス。お前さん、あの高慢な大司教殿に忌み子って言われてただろ？」

「……言われた、な」

「ガブリエラはアリスのことを知っていた。ってことは、おふくろ――マチルダは王都からパクスに行ったんじゃねぇか？」

「可能性は……あるな」

ガブリエラは、マチルダとアリスが断罪され処刑されたはずだったと言っていた。

だが、何者かが手引きして、マチルダとアリスをパクスに逃がしたのだろう。

そして、マチルダは学者としての身分を捨て、辺境の地でアリスをひっそりと育てていたということだろうか。

「罪に問われたのは……黄龍族との交わりか？」

「確かに、連中にとっては異端だろうな。東方では稀にある例だけどよ」

ユーロンはそう言ってから、声を潜める。

「だが、一つだけ大きな空白がある。そいつが関係しているかもしれないな」

「私の父親……か」

アリスは人間だ。ユーロンのような再生力もない。人間の父親がいるはずなのだが、それが誰なのかわからなかった。

「まあ、わかんねぇことをウダウダ言ってもしようがない。——けどよ」

ユーロンは、金色の瞳でアリスを見やる。

「お前さんは、平気なのか？」

「何がだ？」

「半端者の兄貴がいることとさ。黄龍族の兄姉には、良い顔をされなくてね」

ユーロンは皮肉めいた笑みを浮かべる。

アリスはしばし考えた後、こう答えた。

「ユーロンと血が繋がっているというのは、未だに実感が湧かない。そもそも、あまりにも似てないしな」

「俺は親父殿似でね」

ユーロンは、おどけるように肩を竦める。

しかし、その視線はアリスに釘付けだった。彼は、アリスの本音が気になるのだ。

「私とユーロンの血が繋がっているからと言って、今更、何か変わることもない。母が魔族と交わっていようと、私がその子どもであろうと、兄が半魔であろうと、そこに不正がなければ構わない。母が選択した結果であれば尊重しようと思うし、ユーロンが自分に誇りを持てていればそれでいい」

「俺に……誇り？」

予想もしていなかった言葉に、ユーロンは目を瞬かせる。

「ああ。大司教がなんと言おうと、私は自分の出自に誇りを持ちたい。父はわからんが、母はそれを望んでいるはずだ。だから、私が兄に求めることは、自分に胸を張れということくらいだな」

「……そいつは、俺を慰めてくれてるのか？」

「違う。私はしょぼくれた兄など見たくないだけだ」

ぴしゃりと言い放ったアリスに、ユーロンは「ふはっ」と噴き出した。

「いいねぇ。やっぱり、お前さんは面白い奴だ」

ユーロンは笑う。心の底から込み上げた、からりとした明るい笑みだ。

「俺は卑屈になってたのかもしれねぇな。誰が何と言おうと、俺は親父殿に魔王を任された。親父殿が俺を信じたように、俺も俺自身を信じてやらなきゃならねぇ」

ユーロンは、アリスに向かって拳を突き出す。アリスもまた、彼の大きな拳に自らの拳を重ねた。

「それでいい。王でなければ成し遂げられないこともある。我々はもう、後戻りはできない。このまま突き進むぞ」

「ああ。魔族の議会の承認は、後で取ればいい」

ユーロンは歯を見せて笑った。

魔王は絶対君主ではない。だから、他の魔族の長とじっくり話し合ってから行動しなくてはいけない。

だが、そんな猶予はなかった。

行動して結果を出してから決を採る。ユーロンの選択肢は、それしかない。

「はーい、注目！」

途中から二人の様子を眺めていたジギタリスは、元気よく手を挙げる。

「グリマルキン族の代表として、魔王様に一票入れるわ！」

ジギタリスは、美しい人差し指をビシッと立てた。

「デウス教の連中、魔族を排除する気満々だもの！　和平を結ぶことで人間の侵攻が無くなるなら万々歳よ！」

「ありがとよ」

ユーロンは微笑む。

だが、彼の言葉には続きがあった。

「魔族の戦争推進派を抑え込めなかったら、一緒に吊し上げられようぜ」

「ぎにゃー！　迂闊なこと言った！」

ジギタリスは頭を抱える。

「そしたら、二人のことは俺が守るよ！」

聖女たちとともに準備を終えたラルフは、とっさにフォローする。しかし、ハッと気付いてしまった。

「いや、人間の俺が手を出すと余計にややこしく……？　でも、なんかこういうことは、種族とか関係ない気がするんだよ……！」

ラルフは頭を抱えて葛藤する。

結束する一同を、クレアたちが見つめていた。彼女らは度々登場する魔王という単語に聊か面食らっているように見えた。

「黙っていてすまない。実は――」

気付いたアリスは、今までの経緯を簡単に説明する。

話を聞いた聖女たちは顔を見合わせ、まじまじと魔王ユーロンを見やり、再び、お互いに目配せをした。

「いやはや、ただならぬ空気をまとっていると思ったら、そんな事情が……」

「悪いな。魔王がお前さんたちの聖域に土足で上がっちまって」

謝罪するユーロンに、「いえ」とクレアは首を横に振った。

「種族であれ、思想であれ、自由を許されるべきだし、他人を侵さないのであれば許容されるべきなのです。――ユーロンさん、あなたは他人の心を侵そうとしない方でしょう?」

「まあな。人様の胸の内に入る時は、靴を脱ぐようにしてるぜ?」

「それならば、クレアティオのようにあなたを平等に扱います。あなたも地上に生きる者の一人であり、太陽に祝福される者ですから」

クレアの言葉に聖女たちも頷く。彼女らは暗に、魔王ユーロンを受け入れようという意志を見せた。

そんな時、隠し扉の向こうから慌ただしい足音が聞こえた。

一同はハッとして口を噤み、互いに顔を見合わせる。

神官兵たちだ。魔王や重罪人、そして、追放者らを捜している。ここが見つかるのも時間の問題だ。

「行きましょう……!」

クレアの先導に従い、一同はその場を後にする。

地下通路から出るところで、遥か離れた隠し扉が破られる音が聞こえたのであった。

そのころ、一連の報告を聞いた国王は、執務室で頭を抱えていた。

「なぜだ……。お尋ね者となれば姿をくらますと思ったのに……。聖騎士団の手が及ばない辺境などいくらでもあると思ったのに……。なぜ、王都に戻ろうとするのだ……」

「王よ」

冷ややかな女性の声が聞こえ、国王はハッと顔を上げた。

人払いをしたはずの執務室に、金の髪の美しい女性が佇んでいた。

大司教ガブリエラである。

「大司教……いつの間に……!? 扉は閉まったままだというのに……!」

「私がどう入ったか、そのような些事はどうでもいいのです」

ガブリエラは、彫刻のように美しい貌で冷たく国王を見つめた。

彼女の気迫に王すらも圧倒される。人のものとは思えない。神にも似た存在と向き合っているかのようであった。

「マチルダとアリスは処刑した。私にそう伝えたのは、あなたの近衛兵でしたね」

「あ、ああ……」

「しかし、母娘は生きていた。私がせっかく、穢れた彼女らがこの国に暗い未来を齎すと助言したというのに、何者かが彼女たちを生かし、私を欺いた。その愚か者に心当たりがあるのではと思いましてね」

「大司教……。マチルダは――」

「魔族と交わった混沌を齎す存在です」

ガブリエラはぴしゃりと言った。

「あの女は、あなたに魔族と和平を結ぶようそそのかそうとした。それは、魔族の王と繋がっていたがゆえだったのです。和平を結ぶと見せかけ、国力を削ぎ、魔族がデルタステラに乗り込めるよう手引きしようとしたのです」

「だが、聖騎士団長の報告によれば、礼拝堂に乱入した現魔王もまた和平を謳っていたそうではないか……！　やはり、彼らとは一度話し合いの場を設けるべきではないのか⁉」

「惑わされるな！」

ガブリエラの一喝に、窓ガラスが震える。暴風に曝されたかのような衝撃を真正面から受け、国王は口を噤んだ。

「魔王が率いる軍勢は、有象無象の集まり！　若き魔王が和平を申し出たからと言って、それぞれの種族の長が了承するとは限らない！　その上、魔王は穢れた女の息子！　言葉巧みに人心を操ろうとしているのだ！」

「やめろ！」

　国王は叫ぶ。

　ガブリエラを正面から見据え、「やめろ」ともう一度言った。

「マチルダを――、我が妻を侮辱することは許さない」

「愚かな……。民より女を選ぶか。貴様も所詮は愚かな人間の一人ということだな」

　ガブリエラは心底蔑むような目で国王を見やる。

　だが、国王は一歩も譲らなかった。

「マチルダ、アリス、そしてマチルダの息子と魔王。全てが繋がった。皆、一貫して種族間の壁を取り払おうとしているのだ。差別をなくし、皆が平等に生きられる世の中を望んでいる。その中で、我が民もまた、平等に生きられるのではないか!?」

「平等などない！」

　ガブリエラは断言する。

「万物の能力には格差がある！　全ての思想には対立がある！　その真実から目を背け、全てを同じ場所に置いておこうとするから不満が生じ、争いが生まれるのだ！　区別こそ秩序、思想の統一こそが幸福！　異端の排除こそ、幸福の礎だ！」

「私は……そうは思わない」

声高に論じるガブリエラに、国王は首を横に振った。

「……愚か者。そして、裏切り者め。穢れた女と忌み子を逃がしたのは貴様だろう」

「当たり前だ！　マチルダは私の最愛の妻！　そして、アリスは私の娘なのだから！肉親を守れずに国民が守れるか！　アリスが何を齎そうと、私は父としてそれを受け入れよう！　アリスの指名手配は、今この時を以って解除する！」

「——そうか。残念だ、人間の王よ」

それが、決裂の合図だった。

ガブリエラの背中から純白の翼が拡がり、目を眩ませんばかりの後光が溢れた。

国王の視界を覆うほどの翼は、デウス神の翼によく似ていた。人外にして天に住まう種族の証だ。

「まさか、天人族——」

ガブリエラの断罪の後光を浴びた国王の言葉は、そこで途切れた。

身体から自由が奪われ、彼はあっという間に塩の柱と化した。

「個でいることを恐れ、寄り集まることでしか生きられない矮小なる種族よ。汝らであれば家畜として生かしてやっても良いと思ったというのに」

本性を現したガブリエラは、塩の塊と化した国王に汚らわしいものを見る目を向ける。

「半端者の魔王のせいで、デウス教に傾倒していた民に揺らぎが生じている。そろそろ潮時か。計画を早めることになるが、まあいい。既に、我らが計画に必要な鍵の目星はついている」

ガブリエラは塩の柱を破壊せんと、右手に魔力を集中させる。

だが、その矛先は執務室の出入り口である扉に向かった。

魔力の塊が直撃した扉は粉々になり、粉塵が舞う。その向こうから、慌ただしく立ち去る足音が聞こえた。

「外したか」

ガブリエラは内心で舌打ちをする。

しかし、誰に聞かれていようと、彼女にとっては些事だった。

「信仰は満たされた。我らが人工神デウスの完成も間近。秩序に不要なものは、一つ残らず断罪してくれる」

ガブリエラはほくそ笑むと、二枚の翼を羽ばたかせ、その場から消え去った。

アリスはクレアたちを引きつれて港町まで戻る。

王都の周辺は危険だ。しかし、余所者が多い港町であれば、人目は多少欺ける。そこで、態勢を整えようというのだ。

だが、港町の様子はおかしかった。

通行人で絶えず賑(にぎ)わっていたはずなのだが、今は、道を往く人間がほとんどいない。

「なんだか、北の森の近くにあった村みたいだな……」

ラルフは聖騎士団に怯えていた村のことを思い出す。住民たちの気配がするのに、彼らは身を潜めて姿を現そうとしない。

怯えるような居心地の悪い視線だけが、アリスたちに浴びせられていた。

アリスはふと、背筋に嫌な予感が過ぎるのを覚えた。全身を駆け巡るような悪寒に、アリスはその身を震わせる。

「なんだ……やけに胸がざわつく」

「この町の様子じゃ、仕方がないって」

ラルフはアリスに頷く。

しかし、引っかかっているのは町の様子だけではない気がする。もっと重要な何かが、失われてしまったかのような――。

「……行くぞ」

ユーロンは貧困街の方へ足を向ける。

「ひとまず、追っ手が来るかもしれねぇし、姿を隠した方が良いだろ。聖女サマたちが半端者を差別しねぇっていうなら、うってつけの場所がある」

　エミリオとミラがいた場所だ。人間と魔族の間にできた子どもたちが、身を寄せ合って暮らしている下水道だ。

　やけに静まり返った町を往き、一行は下水道までやってくる。

　しかし、一行を待っていたのは凄惨な現場であった。

「うう……」

　入り口に、傷だらけのミラが転がっていた。

「おい、何があった！」

　ユーロンはミラの小さな身体を抱きかかえる。他の下水道の住民たちもまた、或る者は顔を腫らし、或る者は脇腹を押さえて蹲(うずくま)っていた。

「ひどい有り様だ……」

「なんたること……」

　暴行の痕に心を痛めたアリスとクレアたちは、迷うことなく下水道の住民たちに治癒魔法を施す。

　聖女たちは自らの法衣が汚れることも気にせず、負傷者の傷を消毒してやったり、楽な体勢で寝かせてやったりした。

「争った跡みたいだ。一体、何が……」

ラルフは辺りに散らばる瓦礫を片付けながら息を呑む。

そんな中、ユーロンの腕の中でミラが呻いた。

「騎士さまが……」

「まさか、聖騎士団か……？」

ユーロンが問うと、ミラは小さく頷いた。

「片腕が作りモノの騎士さまが……片翼の子を捜しているって……」

片翼の子。それはまさに――。

「ちょっと、エミリオがいないんだけど……」

先ほどから下水道内をキョロキョロしていたジギタリスが、青い顔で戻ってきた。

エミリオがいない。

その報告を聞いた瞬間、ユーロンの顔色が変わった。

ミラはぐすっと涙を滲ませる。

「騎士さま……、エミリオを連れて行っちゃった……。私たちもエミリオも、やめてって抵抗したのに全然敵わなかった……」

「そうか……。よく頑張ったな……」

ユーロンが頭を撫でてやると、ミラは安心したように意識を手放す。一気に気が抜けたためだろう。

「クレア、だったか……。この子を頼む」

ユーロンはクレアにミラを託す。そして、自分は下水道に背を向けた。

「ユーロン……」

アリスがその背中に追いすがって問う。

「戻るのか」

「ああ。聖騎士団に攫われたっていうなら、エミリオは王都にいる」

「そうだな」

アリスもまた、ユーロンに肩を並べた。

「お前さんは、少し休んでからでも良いんだぜ？　ずっと奇跡を使ってるしな」

「馬鹿を言うな。お前を一人で行かせるわけにはいかない。それに……」

「それに？」

「ずっと胸騒ぎがする。今、王都に向かわなければ、何か大きなものを永遠に失ってしまいそうな気がするんだ」

アリスは正体不明の不安に呑まれそうだった。早鐘のようになる胸を押さえ、汗が滲む手を握りしめて冷静を装う。

そんな彼女の隣に、ラルフとジギタリスも並んだ。

「だったら、早く行こう。この場はクレアさんたちに任せて」

「私もまだ王都で目的を果たしてないし、ついて行ってあげるわよ」

「二人とも……」

　仲間が頼もしい。

　アリスは背後を見やり、クレアたちへ視線を向ける。クレアもまた、ラルフの言葉を受け取るように頷いた。

「すまない。負傷者を頼む……」

「助けを必要とする方々を救うのが聖女ですから。シスター・アリス、あなたもそうでしょう？」

「私は……」

　アリスは聖女という身分を捨てていたが、気持ちはクレアと同じだ。一瞬だけ戸惑った分、力強く頷いた。

「ああ。どんな力を持っていようと、どんなに返り血を浴びていようと、私は助けを必要とするヒトに手を差し伸べたい」

　それがどんな種族や思想の持ち主でも構わない。アリスは弱き者の味方だ。

　元聖女、魔王、冒険者、魔女のパーティーは、再び王都へと向かう。

　弱き者を助け、彼らなりの正義を通すために。

第十章

最弱聖女、神を処す！

SAIJYAKUSEIJYO DESHITAGA
SHINIGAMI NI NATTE YONAOSHI SHIMASU
KAIRI AOTSUKI

世界は二つに分断されている。人間と、そうでない種族に。

それに違和感を覚えた人間の学者は、世界を巡る旅に出た。

人間以外の種族はどういう者たちなのか。伝承の通り、人間に嫉妬して滅ぼそうとしているのか。

彼女はそれらを自分の目で確かめたかった。伝聞には、誰かの認知が入り込んでしまうからだ。

危険な旅であった。道中、命を奪われそうになることもあった。

多くの困難を乗り越え、彼女は東方と呼ばれるイーストランドまでやって来た。そこは、人間が他の種族と共存する地域であった。

黄龍族という、輝ける鱗を持つ蛇のような姿のドラゴンがいた。彼らは穏健で人間に友好的な個体もいて、学者がいた国の災厄認定されているドラゴンらとは大違いであった。

学者は、黄龍族の王に謁見した。

黄龍族の王は、分断している世界に愁いを抱いていた。同じ世界に生きる者たち同士で滅ぼし合うことを良しとしなかった。

学者は黄龍族の王の考えを支持した。彼女はしばらくの間、黄龍族の王のもとで魔族とされる異種族のことを学んだ。

数年経ち、学者は得た知識を広めるために母国へ戻ろうとした。別れを惜しんだ黄龍族の王は、彼女と通じ合った証が欲しいと言った。

学者はそれを受け入れた。黄龍族の王との間に息子を儲けた。黄龍族の王は、息子を立派に育て上げて魔族側からも人間に歩み寄れるよう尽力すると誓った。

学者は息子との別れを惜しみ、彼に名を与えた。

その後、学者は母国に戻って分断を取り払うための活動を行おうとした。

準備をしている最中、彼女の熱心さに心を打たれ、思想に同意し、支援をしてくれるパトロンが現れた。

それは、身分を隠して学者たちの集まりに参加していた、当時のデルタステラ王の嫡男であった。

学者がそれを知ったのは、彼との間に娘を儲けてからだった。彼らの仲は民衆の知らぬところであったが、デルタステラの王子は機を見て公表すると約束していた。

彼は、魔族との戦いに終止符を打つことに熱心であった。彼もまた、種族間の戦争で兵や民が犠牲になることを憂いていた。

学者は言った。

異なる種族であっても、喜怒哀楽があって家族がいて、大切な人がいる。お互いに怒りと悲しみを増幅し合うのは無意味であると。

娘たちの世代が平和に暮らせるよう、世の中を変えていくべきだと。

デルタステラの王子は、迷うことなく学者の意見に賛成した。有史以来の無益な戦いに終止符を打とうと決意した。

その、矢先の出来事だった。

学者と王子の娘に、不吉な神託が下ったのは。

娘は忌み子であり、いずれ生命を滅ぼす力を得て、王都に集まる大いなる力を滅するだろう、と。

娘を処分し、忌み子を産んだ母親を断罪すべきだと大聖堂が訴えた。

大聖堂の決定は絶対だ。王子がいくら拒んでも無駄だった。

悲しみにくれる王子に、当時の司教は言った。学者は魔族と交わって穢れたため、娘が忌み子になったのだと。

王子は妻と娘を失った原因である魔族を憎んだ。

やはり、魔族と人間は相容れない存在なのだ。戦いに終止符を打つためには、魔族を滅ぼさなくてはならない。

やがて彼は王となり、これ以上、誰かの大切なものが魔族に奪われないようにと聖騎士団を結成し、異端を排除するデウス神を崇めたのであった。


アリスたちは馬を借り、王都が見える場所までやってきた。

二頭の馬のうちの一頭はユーロンとアリスが、もう一頭はラルフとジギタリスが乗っていた。アリスは、ユーロンの背中越しに王都を見やる。

「なんだ……これは……」

王都の上空に、暗雲が渦巻いている。

異様な密度の雲が空を覆い、陽光を遮っていた。

ひどく寒い。風が蹂躙されるように荒れ狂っている。

「風神ウェントゥスが、悲鳴をあげてるわ……」

風魔法の使い手であるジギタリスは、三角帽子のつばをぎゅっと握りながら息を呑んだ。

暗雲の中心は大聖堂だ。

やけに低くどす黒い雲のあちらこちらが、時折、不穏に光っていた。中で雷が発生しているのか。

「絶対神――いや、排他神デウスだ」

アリスは、礼拝堂で感じた絶対的な力が王都に集まっているのに気付く。あの、排他的な聖属性とやらの魔力だ。

「ど、どういうことだ？　デウスの力を集めてるってことか？」

ラルフが目を丸くする。そんな中、ユーロンは王都の城壁に向けて馬を走らせた。

「そんな生易しいモンじゃねぇ！　奴さんの存在を強く感じるぜ！」

「デウス神を……降臨させようとしているのではないか？」

付け加えられたアリスの言葉に、ラルフの顔がさっと青ざめる。

「そんな……！　神を降臨させることなんてできるのか⁉」

ラルフは、ジギタリスを乗せた馬を走らせる。

クレアティオを始めとする神々は、自然現象を擬人化しているに過ぎない。彼女らは概念の中の存在で、皆が思い描く姿であり、物理的に存在しているわけではない。

降臨させるというのは具現化するということ。そんなことが、できるのだろうか。

「わからない……。だが、これだけの密度の魔力が集まっているんだ！　デウス神そのものが存在していると思って間違いないだろう……！」

王都に近づけば近づくほど、息苦しくなる。圧倒的にして濃厚な魔力がアリスの身体にまとわりつき、身動きが取りにくくなる。

「クソッ……」

「ユーロン！」

なんとか門の前までやって来たユーロンであったが、馬を止めた瞬間、その身体が大きくぐらついた。アリスは、彼の身体が馬上から落ちないように抱き止める。

「すまねぇ……。俺の身体の半分は、信仰が必要なモンでね……」

「そうか……！　デウス神の力は他の信仰を排除する……。そして、黄龍族は準神族で概念――すなわち、信仰に依存する。デウスの力が強い場所では、黄龍族は本来の力を発揮できないということか……！」

「お前さんだって例外じゃねぇ……。恐らく、奇跡の力はほとんど使えないぜ……」

アリスはジギタリスの方を見やる。彼女もまた、血の気が失せた顔をしていた。デウスの影響下では、クレアティィオの力も届かない。

「ウェントゥスの力も難しいわ。デウスに翻弄され過ぎて、安定しないもの……」

ジギタリスは心配そうな顔で上空を見やる。己の無力さを憂い、風神を案じているのだ。

「なぜ、このようなことを……」

恐らく、大司教ガブリエラの仕業だ。

しかし、彼女は何が目的なのか。彼女は異端を徹底的に排除しようとしていた。

もしかしたら、その目的は人類のためではなく――。

「とにかく、中に入ろう！　エミリオを助けないと！」

唯一、影響を受けていないラルフが、率先して前衛に出る。

「そうだな。聖騎士団が攫ったんだったら、デウスのところにいるはずだ」

ユーロンは頷き、馬を下りる。

開いた城壁の門に門番はいない。王都は不気味なほど静かだった。

「これは……」

正面から堂々と王都に入った一行は、その惨状に息を呑んだ。

兵士も民も、商人も、地に倒れ伏していた。彼らは一様に、祈るように手を合わせている。

「おい、大丈夫か！」

アリスは倒れている人に駆け寄る。

呼吸はある。だが、ひどく弱い。外傷はないが、衰弱しているのは明らかであった。

「魔力……いや、信仰が奪われている……？」

「デウスに対する信心ってやつか。そいつを集めてんのか……？」

ユーロンもまた、倒れている人々を注意深く観察する。だが、できることは何もなかった。

「とにかく、早く礼拝堂に……」

アリスは診察した人を楽な体勢で横たえさせ、その場から離れようとする。そんな時、城の方からよろよろとやってくる人影があった。

白銀の鎧をまとい、立派な髭を蓄えた騎士であった。

「聖騎士……！」

ユーロンは思わず牙を剝く。

しかし、騎士の両腕は生身で、ミラが証言したような作り物ではない。隠れ家を襲撃してエミリオを攫った不届き者ではなかった。

「アリス・ロザリオと魔王一行か……！」

「……ああ」

アリスは頷き、構える。

しかし、聖騎士はアリスたちを攻撃したり、糾弾したりはしなかった。おぼつかない足取りで、なんとかアリスの前までやってくる。

「アリス・ロザリオ。君の指名手配は王の宣言を以って解かれた……。本当に、すまなかった……」

「なんだと……？」

よく見れば、今まで見た聖騎士の中で最も立派な装備をしている。オーウェンよりも遥かに熟練の風格を漂わせていて、ただの騎士でないことは明らかであった。

「私はアルベール・ド・シャンテル。聖騎士団の団長だ……。長年、王家の近衛兵を務めていた……」

「シャンテル卿、何が行われているか教えてくれませんか。それに、なぜ私の指名手配が急遽解かれたのです……！」

アリスは、今にも倒れそうなアルベールを支えながら問う。

「アリス・ロザリオ……いや、あなたをこのような呼び方でお呼びするのは不躾というもの。あなたはこの国の王女なのですから」

「は……？」

アリスのみならず、その場にいる全員が目を丸くした。

「王女……？　何を言っている……？」

「あなたの父親は国王様なのです。国王様と、学者であったマチルダ様との子です。しかし、民衆に公表する前に、あなたが災いを齎すという神託が下り、母娘ともに密かに処刑せざるを得なかった……！」

「な、何を言っているんですか、シャンテル卿！　あなたが言わんとしていることが全くわからない！　私が国王様の娘？　忌み子であり処刑されるはずだったという話は大司教から聞きましたが、誰かが逃がしたのではないかという話に――」

「それが私です」

アルベールは力強くそう言った。

「当時、王子だった王の命令により、私があなたたちを逃がしたのです」

「あなたが……我々を……」

「アリス様……！　国王様はマチルダ様の訃報を知った時には嘆き、あなたの無事を祈っておられました。指名手配したのも、あなたが王都に近づかぬようにするためです。手配書の配布はマーメイドヘイブンまでとし、スタティオより先には配布せぬよう密かに命じていたのです。人相書きを似せなかったのも、国王様の配慮ゆえでした」

アリスが王都に近づけば、アリスを恐れる勢力がアリスを排除しようとするだろう。

国王は、彼らからアリスを守りたかったという。

「あなたを排除したいのは、神託を得た大聖堂です。しかし、手を下すのは聖騎士団の役目。国王様と秘密を共有している私が、聖騎士団の手があなたに及ばぬよう、密かに誘導しようとしていたのです」

「そんな……」

眩暈を感じたアリスは倒れそうになる。そんな彼女を、ユーロンが力強く支えた。

突然のことで呑み込み切れない。

自分が国王の娘であり、自分と母親を逃がしたのは聖騎士団の団長で、それは国王の意思であったこと。そして、国王はアリスの身を守るために、王都から退けようとしていたこと。

「……シャンテル卿、国王に会うことはできるか……」

「それが……」

アルベールは目を伏せる。

彼は見ていたのだ。国王が塩の柱にされるところを。

「会わせてくれ！　彼が父だというのなら、彼の口から直接話を聞きたい！　そして、この惨状の説明を――」

「そいつは無理な話だ、重罪人よ」

第三者の声が割り込む。

聞き覚えのある声だ。

「お前は……！」

静かな王都の街角に、蹄の音が響く。

馬に乗って一同を見下ろしながら現れたのは、鋼鉄の片腕を持つ聖騎士であった。

ピンと跳ね上がった髭と神経質そうな顔つきには、見覚えがある。

「スペンサー卿！」

「覚えていてくれて光栄だ。忌まわしき聖女アリス」

それは、北の森の村で断罪したはずの分隊長スペンサーであった。アリスが即死魔法で処した腕は再生不能になったのだろう。切り落として、鋼鉄の義手にしたのか。

「クソ騎士……！」

因縁の相手を前に、ジギタリスの髪がぶわっと逆立つ。

「なるほどな。作り物の腕っていうのは、お前さんかい」

ユーロンもまた、柳葉刀を抜く。

「エミリオを攫ったのは知ってるぜ。どこへやった？」

「ふん。あの小汚い混血児のことか」

「余計なことは言わなくていい」

ユーロンがぴしゃりと言うと、スペンサーは口を噤んだ。

デウスの影響で力が半減しているとはいえ、ユーロンが内包する気迫は衰えていない。心の弱い者は、彼の鋭い双眸から漂う殺気だけで逃げ出してしまうだろう。

「あのガキは異端として処分するつもりだったが、大司教様が必要だとおっしゃってね。一体、何に使うやら」

「ガブリエラ殿の命令……だと？」

アルベールの目に恐怖が宿る。

アリスは、それを見逃さなかった。

「どうした……？　彼女が何をしようとしているか、知っているのか……？」

アルベールは首を横に振りつつ、アリスに縋るように訴える。

「わからない……。デウス神を『完成』させようとしていること以外は……。だが、あなたたちに教えなくてはならないことがある！」

「な、なんだ？」

完成という単語が気になったが、アリスはまず、アルベールの訴えに耳を貸す。

「ガブリエラ殿は人間ではない！　彼女はデウス神のように純白の翼を持つ、天人の——」

アルベールの言葉は、そこで途切れた。

何か圧倒的な力がアルベールの鎧を貫き、肩を焼いたのだ。

「ぐああっ！」

「シャンテル卿！」

肩を押さえて悶絶するアルベール。アリスが彼の手をやんわりと離させると、鎧には大穴が開いていた。

焦げ付いた臭いが鼻を掠める。

振り返ると、にやついたスペンサーが鋼鉄の手を突き出していた。

「裏切り者の団長殿を処分しようとしたのだ。貴様が私を斬ったように」

「貴様が断罪を語るのか！　傲慢なる聖女アリス！」

「自身には、その資格があるかのようだな！」

スペンサーは、武器を持たずに馬上で構える。

双方の間に、両手剣を構えたラルフとユーロンが躍り出た。

「アリス、その人を頼む！」

「あの大司教殿の依頼っていうなら、エミリオの居場所は大聖堂だな。邪魔するなら叩っ斬るぜ」

二人を前に、スペンサーは大口を開けて嗤った。

「ふははは っ！　そのなまくらで私に勝とうと!?」

「なまくらじゃない！　親が鍛え上げた剣だ！」

ラルフはスペンサーに反論する。

「親が鍛えようとドワーフが鍛えようと同じこと。何故なら私は……」

「ラルフ、伏せろ！」

ユーロンが叫び、ラルフが反射的に伏せる。

その瞬間だった。

突き出したスペンサーの手のひらから、熱線が発射されたのは。

「なっ……！」

熱線はラルフの頭上を掠め、空気を焼き、背後にあった建物に直撃した。ドォンと派手な音とともに、石造りの建物に大穴が開く。

「なんだ……今のは……！」

「野郎……。あの作り物の手に、魔法兵器を仕込んでるってわけか」

ラルフは驚愕し、ユーロンは舌打ちをする。

スペンサーの手のひらからは、いつの間にか発射口が突き出ていた。そこから熱線を繰り出したのだ。

「そのとおぉぉり！」

スペンサーは高らかに笑う。

「デルタステラきっての錬金術師に作らせた特別な腕だ！　最早、武器など不要ッッ！　絶対神に逆らう愚か者どもをまとめて葬って、頂点までのし上がってくれるわーッ！」

「あのクソ野郎……！　ウェントゥスの力さえ安定してたら、ぶっ飛ばしてやったのに！」

ジギタリスは悔しげに呻きながら、アリスとともにアルベールを抱えて物陰に避難する。

「なんということだ……」

アリスは呻く。

なぜ、再びスペンサーが自分たちの前に立ちはだかっているのか。それは、アリスが彼を生かしたからに他ならない。

「す、すまない……。私の不行き届きだ……」

アルベールは苦しげに謝罪した。

「いや、そんなことはない……!」

アリスは、アルベールの怪我を治すことに集中する。しかし、王都がデウスの影響下にある今、簡単な治癒魔法を行使するにも時間がかかった。

「ふははは! 我が国の錬金術は世界一ィィィ!!」

一方、スペンサーは熱線を無差別に撃つ。殺傷能力が高く連射可能な熱線を前に、ラルフもユーロンも迂闊に近づけない。

それどころか、容赦ない熱線は周囲の建物を次々と破壊した。店も、民家も、壁に大穴を開けて崩れていく。

「もうやめるんだ! 町が滅茶苦茶じゃないか!」

ラルフは叫ぶが、そんな彼に熱線が襲い掛かる。すんでのところで避けたものの、ラルフの背後にあった家の屋根に大穴が開いた。

「無駄だ。あいつに俺たちの声は届かねえ」

ユーロンがラルフに告げる。

「でも、このままじゃ王都に住む人たちの家が……！」

「だから、さっさとカタをつける。熱線の発射口は一つ。一度に二カ所を狙うことはできない」

「ということは……」

どちらかが囮になり、その隙にどちらかがスペンサーを斬ればいい。

ラルフはユーロンが言わんとしていることを理解し、自分が囮を引き受けると言おうとした。

しかし、その前に柳葉刀を抜いたユーロンがスペンサーの前に躍り出た。

「やれるもんなら、やってみな！　お前さんが俺を貫く前に、その腕を叩き斬ってやるぜ！」

「ユーロン！」

金髪を躍らせながら、ユーロンが囮役を買って出た。スペンサーは熱線を発射するものの、ユーロンはひらりと避けてかわす。

力が半減しているとはいえ、ユーロンは魔王。聖騎士団の分隊長が敵う相手ではない。

　しかし、ユーロンにスペンサーを討たせるわけにはいかない。魔王が人間を殺したとなれば、この先の和平が結べなくなる。デウスの力が強く、太陽が封じられている以上、アリスの蘇生魔法を保険にすることもできない。

「……やるしかない」

　ラルフは覚悟を決めた。

　不意打ちは彼のポリシーに反するが、そんなことを言っている場合ではない。

　これ以上、スペンサーを暴走させるわけにはいかない。そして、仲間の立場を危うくしてはいけない。

　ラルフはユーロンの反対側から、足音を殺しつつスペンサーへと剣を振り被った。

　狙うは、彼の鋼鉄の腕。切り落としてしまえば熱線は使えない。

　しかし、剣を振り被るラルフに、スペンサーの発射口が向いた。

　スペンサーが振り向いたわけではない。鋼鉄の腕の肘にもまた、発射口がついていたのだ。

「残念だったなぁ。熱線は二方向に飛ばせるのだ」

「まずい！」

　発射口にエネルギーが集中する。

スペンサーに接近したラルフは勢いが殺せない。ユーロンが助けに入ろうにも、彼にも発射口が突きつけられている。

万事休す。

しかし、漆黒の風が吹いた。

「スペンサーァァァ!」

アリスだ。

咆哮をあげて殺気を迸らせ、漆黒の大鎌を携えて疾風のごとく駆ける。

「なっ、き、貴様……!」

「貴様は! 私が処(ただ)すッッッ!!」

「やめろ……待……」

スペンサーの命乞いは、そこで終わった。

即死魔法の大鎌が、スペンサーの身体の中心を走る。勝負は、一瞬だった。

「もっと、登り詰めたかっ……たわばっ!」

スペンサーの身体に大きな亀裂が走る。

刹那、彼の肉体は四散。ゼロ距離にいたアリスが返り血を浴びる。

スペンサーの鋼鉄の腕がガラクタ同然の姿になって転がった。足元に来たそれを、ユーロンは忌々しげに踏みつける。

「すまない。私がもっと早く、こうしていれば……」

エミリオは攫われなかったかもしれないのに。

そう言おうとしたアリスであったが、「いいさ」とユーロンが返した。

「過ぎたことは仕方がねえ。未来のことなんて誰もわからねぇんだ。奪われたものも、取り戻せばいい」

ユーロンは大聖堂を見やる。

一方、アルベールはジギタリスの肩を借りながら、よろよろとやって来た。

アリスの奇跡で肩の傷は塞がったものの、完全に痛みが取れるには至らなかったようだ。時折、苦痛に顔を歪ませていた。

「シャンテル卿……」

「気にしないでください、王女。本当は、私がその役目を負うべきだったのに、あなたの手を汚させてしまった……」

「私の手など、既に汚れています。だから、王女という身分も相応しくない」

アリスは自らの返り血を拭うと、大聖堂を見やる。

暗雲は先ほどよりも分厚くなっている。デウスの力もまた、高まっているのを感じた。

「私は王女でも聖女でもない。ただの冒険者アリス。何にも縛られず、己が見つけた己の使命を全うする者。今私がすべきは、無力なる者を助け出し、王都の人々を苦しめるものを取り除き、火種になりうるものを見極めること。弱き人々が、犠牲にならないために」

アリスはそう言って、アルベールに背を向ける。

「なんと堂々として広い背中……。国王様もそうだったのです。弱き民が苦しまないよう、国を良くしようとしていたのに……」

「シャンテル卿、町のことは任せました」

アリスは歩き出す。ユーロンがその隣に並び、ラルフがその後ろについて行き、ジギタリスもまた続いた。

大聖堂に向かうアリスたちを、アルベールはただ見守ることしかできなかった。

大聖堂に近づくにつれて、プレッシャーがヒシヒシと伝わってくる。表皮を焦がすかのような感覚に、アリスは奥歯を噛み締めて耐えた。

「あの聖騎士団長、ガブリエラが天人だって言ってたわね」

ジギタリスは爪を噛む。

「エミリオもまた、天人の血を受け継いでいるそうだな？」

アリスは、エミリオの片翼を思い出しながらユーロンに問う。

「ああ。天人族は魔族の中でも別格だ。排他的で議会にも顔を出さず、独自のコミュニティを築いている。連中は秩序を重んじるから、他の種族と卓を共にするのも嫌う。加えて、自分たち以外は蛮族だと思っている節があるからな」

「……排他的なところはデウス教の教義と一致するな。しかし、そんな種族がなぜ人間の振りをして大司教などやっていたんだ？」

「人間は弱く繊細だ。大きな存在に救済を求め、信仰心を持つ。人間以外は、そこまで信心が強くねぇのさ」

親父殿が言ってた、とユーロンが付け加える。

「ユーロンの父親も東方の一部では神様扱いだったよな。その親父さんが言うなら、本当なんだろうな……」

ラルフは納得したように頷いた。

「確かに。私たちは神々に敬意は抱くけど、人間ほど熱心じゃないかもね。祭壇を作る習慣がある種族はいるけど、教会や寺院までは造らないっていうか……」

ジギタリスもまた、そう言った。

「ということは、ガブリエラの目的は信心を集めること……か？　そして、最終的な目標は――」

デウス神を降ろすこと。

そして、その先は──。

考え込むアリスの行く先に、大聖堂の扉が立ちはだかった。扉は固く閉ざされ、侵入する者を拒んでいた。

「駄目だ……。びくともしない」

ラルフが扉を押すが、全く動かない。どうやら鍵がかかっているらしい。

「ぶっ壊そうにも、アンチマジックがかかってるわね。裏口から入れるかしら……」

ジギタリスは扉の前で頭を振り、裏口を見つけるために離れようとする。だが、その先で何かにぶつかった。

「わぶっ！　な、なによ！」

「すまない。大丈夫か」

抗議する彼女の前に現れたのは、美しき騎士であった。

「あんた、聖騎士団のイケメン副団長……！」

「バージェス卿！」

アリスも目を丸くする。そこに立っていたのは、オーウェンであった。

「傷はもういいのか？　奇跡で塞いだとはいえ、無理は……」

「そんなことを言っている場合ではないだろう？　あと、私のことはオーウェンで構わない」

オーウェンいわく、王都の異変を感じて出てきたという。今は、他の騎士たちとともに倒れている住民たちを保護して回っているという。

「しかし、我々も原因不明の気にあてられて、思うように動けないのだ……。団長も見つからなければ、分隊長も見つからないし、国王様の指示もない。埒(らち)が明かないので、原因を取り除くべく調査をしようとしたのだが……」

「へぇ」

ユーロンは感心したような声をあげる。

「そんなに生真面目な奴なのに、王の指示なく勝手に動くとはな」

「どんな罰でも受ける覚悟はできている……!」

オーウェンは、罪悪感にまみれた顔でそう言った。

「そう気張るなって。良いじゃねぇか。気に入ったぜ」

「ま、魔王に気に入られるとは……!」

「なに辱められたみたいな顔してんだ。お前さんも、こいつを開けようとしたんだろ?」

ユーロンは大聖堂の扉を小突く。

「ああ。鍵ならば私が持っている」

厳重な鍵穴に、細やかな装飾が入った鍵を差し込む。

そんなオーウェンに、ラルフがこっそりと耳打ちした。

「そうだ。団長さんは向こうで見つけましたよ。町の人たちを任せたんで、そのうち皆さんと合流するかと……」

「なんと……！　それならばよかった。団長が町にいるのならば安心してこちらに専念できる。教えてくれて有り難う」

オーウェンは律義に頭を下げる。

スペンサーのことを敢えて伏せたラルフは、複雑そうな顔をしていた。そんな彼の肩を、アリスは優しく叩く。

「君のやったことは必要なことだ。彼のことは、後で私から話そう……」

「いや、みんなで話そう。目の前のことが片付いたら」

巨大な扉が、重々しい音を立てて開く。

大聖堂のホールが一行を迎えるが、人一人おらず、がらんとしている。燭台(しょくだい)の炎だけがユラユラと揺れていた。

「誰もいない……。神官兵すら……」

「いや、あれを見ろ！」

アリスが目ざとく倒れている人影を見つける。それは、神官兵たちだった。町の人たちのように衰弱して動けなくなっている。

「何があった！」

オーウェンが神官兵に尋ねる。すると、神官兵は口をパクパクさせながら、奥を指さした。

ホールの奥は中庭に通じていて、更に先には礼拝堂に通じる扉がある。

「礼拝堂か……！」

「神が……」

神官兵は呻いた。

「神が……降りてきました……。邪にして異端なる者たちが審判によって一掃され……真の平和が訪れるんです……」

神官兵はそう言い切ると意識を手放す。オーウェンがどんなに揺さぶっても、双眸を固く閉ざしたままであった。

「真の平和……だと？　この有り様が……？」

オーウェンは声を震わせる。

他の神官兵も蠟人形(ろうにんぎょう)のように真っ白な顔で倒れていた。その様子は、まるで軀の山だ。

「バージェス卿、いや、オーウェン。……行こう。見過ごしてはおけない」

「勿論だ。大聖堂の全ての鍵は私が持っている。君たちを導こう」

中庭に出ると、空が今にも落ちてきそうだった。雷鳴が獣のように唸り、町を食らい尽くさんとしているかのようであった。

暗雲に睨まれながら中庭を抜け、礼拝堂へと続く扉の前に到着する。

恐ろしく静かであった。自分たち以外、世界から消えてしまったのかと錯覚するほどだった。

「……行くぞ」

アリスが言い、オーウェンが鍵を開ける。ユーロンとラルフが扉を開け、ジギタリスは礼拝堂に何がいるのか見極めんと目を凝らした。

するとそこには、人影が一つあった。

割れたステンドグラスから、外界の光がわずかに射している。時折、雷光が礼拝堂を眩く照らし、その人物の影を壁に大きく映し出した。

純白の片翼。中性的で美しい貌。そこにいるのは――。

「エミリオ！」

ユーロンが叫ぶ。

礼拝堂でただ一人佇んでいたのは、エミリオであった。その貌に表情らしいものはなく、彫像のように立っている。

ユーロンはエミリオを見るなり、大股で駆け寄る。

「お前さんが無事でよかった……！　早く避難するぞ！」

アリスもまた、エミリオが見つかったことに安堵する。

だが、胸のざわつきは止まらない。それどころか、吐き気にも似た感覚に襲われる。

なぜ、エミリオがこんなところにいるのか。なぜ、他に誰もいないのか。

「ちょっと、アリス。なんか変よ」

ジギタリスがエミリオの方を見て目を凝らす。アリスもまた、彼女に倣った。

「あれは……」

エミリオの身体から、魔力の高まりを感じる。異様に威圧的で排他的な魔力には、覚えがあった。

「ユーロン、離れろ！」

ユーロンは既にエミリオの細い腕を取り、ともにその場から離れようとしている。

アリスの声を聞き、虚を衝かれたように振り向いた。

「そいつが……そいつがデウスだ！」

どす、と重々しい音が響いた。

無表情のエミリオが生み出した光の熱線が、ユーロンの胸を貫いていた。

その場にいた一同は、声を失う。

金色の目の魔王の胸には、大穴が開いていた。

「エミ……リオ……」

ユーロンの口から血液が逆流する。魔王の血が再び礼拝堂の床を濡らした。

見紛うことなき致命傷。いくら黄龍族の血を受け継いでいるとはいえ、その大穴は塞げないだろう。

ユーロンの気配が、急速に希薄になる。

「う、嘘でしょ……？」

ジギタリスが愕然とする。

「こ、こんなことって……」

ラルフの声が震える。

「ユーロン……」

アリスはその場に頽れそうになる。

そんな彼女に、ユーロンは弱々しくも口角を吊り上げた。

「悪いな……。俺は……」

「喋るな！　今、奇跡を行使するから……！」

だが、蘇生魔法を使うには下準備が足りない。それに加え、デウスの影響下では発動すら難しい。

ユーロンの金色の瞳は、それすらも悟ったようであった。

「いいんだ……。俺は半分が黄龍。肉体の滅びは死じゃねぇ……。お前さんを見守ってるぜ……妹よ」

「ユ……」

アリスはユーロンの名を呼ぼうとする。しかし、込み上げる感情のせいで声がつっかえてしまう。

それでも、彼女は無理矢理に叫んだ。

「兄さん！」

アリスの声を満足そうに受け取ると、ユーロンの身体が力なく地に伏せる。金の髪が床に散らばったのを目の当たりにし、エミリオの表情が揺らいだ。

「ぼ、僕は……」

「目ぇ覚めたか……」

ユーロンの言葉に、エミリオは弾かれたように正気に戻る。

「僕は何を……!? ユーロン！」

エミリオは地に膝をつき、自らの行いを悔いるようにユーロンのそばに這いつくばる。すると、エミリオの涙にぬれた頬を、ユーロンの血の気が失せた手がそっと撫でた。

「大丈夫……」

「そんなわけない……」

エミリオの両眼からとめどなく涙が溢れる。その悲しみの雫を拭うユーロンの指先は、弱々しくもあったが優しかった。

「俺は……平気だから」

魔族の王は、自らと似た出自の少年の行いを許し、力尽きた。

ざあっと風がざわめく。

室内だというのにユーロンの周りを風が囲み、やがて、開け放たれた扉から引き潮のように去っていった。

その場にあった何かが、急速に失われた。

一同がそれを自覚した瞬間、天井に亀裂が走る。

「天が落ちるぞ！」

オーウェンが叫ぶ。

割れたステンドグラスから、徐々に迫る暗雲が窺えた。

「魔力のバランスが崩れたのか……」

黄龍族は準神族にして、東方では神として崇められる存在。ユーロンは半神と言っても過言ではない。

デウスの影響下で弱体化していたとはいえ、彼が王都にいたことで辛うじてバランスが保たれていたのだろう。

だが、ユーロンはいなくなった。

彼は王都に着いてから、今にも落ちそうな空を支えていたのだが、それも崩れてしまったのだ。

「みんな、伏せろ!」

アリスは叫ぶ。せめて、ユーロンが守りたかったエミリオを守らなくてはと手を伸ばそうとする。

だが無情にも、天井には大きなひび割れが走り、音を立てて崩壊した。

瓦礫が雨のように降り注ぎ、その隙間から迫りくる雷雲が窺える。

世界の終わりの始まりにして、審判の時。

アリスは瓦礫に埋もれながら、ガブリエラの高らかな笑い声を聞いた気がした。


アリスが目を覚ましたのは、漆黒の空間であった。

頭がひどく痛い。

どちらが空でどちらが地だかわからない場所で、アリスは緩慢に身体を起こした。

「みんな……は？」

「みんなは死んだ」

無情なる声がアリスに浴びせられる。

そちらを振り返ると、仮面で顔を隠し、マントで身体を覆った人物が佇んでいた。

『死神』だ。

アリスに即死魔法を与えた存在だ。

しかし、その存在はやけに希薄になっていた。死神のところどころが闇に溶け、声は遠くなっている。

「私は……また失ったのか……？　そんな……」

目の前で散った兄、ユーロンを思い出す。

彼が守りたかったエミリオも、ラルフやジギタリス、オーウェンまでも命を落としたというのか。

あまりにも無力。

蘇生魔法も即死魔法も、肝心な時に役に立たない。

「命を落としたのは、あの場に居たお前の仲間だけではない。あれは崩壊の序曲だ。秩序の世界のために、混沌が排除される。王都は物理的に陥落し、それを皮切りに人間の世界が壊れていく」

それを聞いたアリスは打ちのめされる。

王都の人々も、港町にいるミラやクレアたちも、マーメイドヘイブンの漁師たちやスタティオの人々、パクスに置いてきたミレイユたちもあの崩壊に巻き込まれるというのか。

「私は……っ！」

アリスは漆黒の空間に拳を打ち付ける。きつく握った拳には、血が滲んでいた。

「取り戻したいか？」

死神が問う。

「当たり前だ！」

アリスは答える。

「あと一回、お前から時間を奪うことはできる。だが、あと一回で成功するとは限らない。私は次の可能性に賭けようとも思っている」

成功。次の可能性。

死神の真意が理解できないアリスであったが、これだけはハッキリしていた。

「私は、何が何でも取り戻したい……！　どんな代償を払おうと構わない！　兄はあの場所で死ぬべきではなかったし、エミリオや私の仲間たち、出会った人々もだ！」

「理不尽な死は、誰にでも訪れる可能性がある」

死神は淡々と答えた。そんな相手に、アリスは摑みかかる。

「それでも、何か方法があるのならば私は彼らの未来を切り開きたい！　そのためなら、私の命や魂がどうなっても――」

アリスが摑みかかった衝撃で、死神の仮面が外れる。

仮面は漆黒の空間に音を立てて落ちた。

明らかになった死神の顔を見て、アリスは口を噤んだ。

「お前……！」

それは、アリスだった。

死神の顔も、背格好も、アリスそのものであった。

まるで鏡を見ているかのような、奇妙な感覚に囚われる。

死神が見せる幻覚か。

いや、違う。アリスは目の前の人物もまた、自分だという感覚があった。

「わたし……か……？」

「そうだ」

死神は頷いた。

「天の崩壊、王都陥落を生き延びたアリス・ロザリオだ」

「まさか、多元宇宙の私……か……？」

母マチルダが遺した書物で読んだことがある。

世界は多元であり、今自分が知覚している世界と並行して、別の可能性の世界が存在しているということを。

俄かには信じられないが、信じるしかない。そうでなくては、自分の目の前にいる人物の説明がつかない。

「王都陥落を生き延びたということは、仲間は……」

「死んだよ」

死神は遠い目で言った。

「ユーロンの肉体が滅びて魂が霧散し、デウスが完全に顕現した。エミリオの肉体を器とし、物質界に影響を及ぼす災厄となったんだ」

「エミリオはそのために連れ去られたというのか……？」

「ああ。人の信仰を受け入れ、秩序の神を降ろす。その儀式に、人間と天人の血を受け継ぐ器は最適だった」

それ故に、ガブリエラが目を付けたのだろうと死神は言った。

エミリオの意思は、ガブリエラによって完全に封じられていたという。彼の中の不当に迫害された怒りの記憶が、デウスの原動力として利用されたそうだ。

奴隷として迫害されていた彼は何度も、この世界を理不尽だと思い、否定して来た

そうだ。それが、地上を断罪の名のもとに蹂躙しようというデウスの目的と一致した
だろう。

「仲間を喪いながらも、私は生き延びてデウスに蹂躙される世界を見た。失意の私は、
このような事態を招いた天人への復讐心と、断罪の名のもとに人々を消し去るデウス
への憎しみだけで立ち向かった」

「たった一人で……か？」

死神の真紅の双眸は、ひどく遠くを見つめていた。

「たった一人で、だ。仲間はもう、いなかったからな」

「デウスを滅ぼさなくては天人以外が排除されるという状況だった。だから私は、先
ほどのお前のように命と魂を賭して、デウスを滅ぼそうとしたんだ」

「……滅ぼせたのか？」

アリスは息を呑む。

死神は、空虚な表情で頷いた。

「蘇生魔法の逆転構成を使った。私がお前に教えた、即死魔法だ。しかし、憎悪に身
を焦がしていた私は、負の奇跡を制御し切れなかった。制御を失った即死魔法はデウ
スを食らって天人を呑み込み、残っていた人類と魔族を巻き込みながら私自身を食ら
い尽くした」

「そんな……！」

「そして私は、多元宇宙の外に弾き出された。それがここだ。この場所は、特定の条件が揃えば全ての多元宇宙に干渉することができるが、全ての多元宇宙と交われない場所でもある。ここで私は、何度も死にゆく仲間と自分自身を見ていた……」

「……そう……だったのか……」

「そういう意味で、私は『神』になった。それは人々に崇められ、人々に手を貸す存在ではなく、概念の中でしか生きられない全知にして無能な存在だ。私は、永遠に概念の牢獄に囚われることになったのさ」

死神は、自嘲の笑みを浮かべる。

もう二度と、大地を踏みしめて旅をすることができない。ただ、多元宇宙の自分が仲間とともに旅をするのを眺めているだけの存在になってしまった。

アリスは、死神の苦痛を初めて理解した。彼女は一体、どれだけの自分の人生を見て、どれだけの悲劇を目撃したのか。

「私は、その多元宇宙の一人ということか。そして、お前はそれぞれの私に手を貸していた――と」

「ああ。しかし、なかなか天人ガブリエラの策略から逃れることができない。私が知恵を与えても、彼女はその次の一手を打ってくる。デウスを殺せたのは、私だけだ」

死神が『アリス』に干渉できるのは、アリスに死が訪れた時のみだ。

しかも、干渉できる回数には制限がある。死神の存在が希薄に見えるのは、その制限が近いからだ。

「やり直しは、これが最後だ。私はこれから、お前の時間を奪って兄が倒れる前に戻す。エミリオに神降ろしの儀式を行っているのは天人ガブリエラだ。お前の宇宙ではオーウェンが手を貸してくれている。彼に儀式部屋の鍵を開けさせるんだ。私の宇宙ではそれができなかった」

「ああ、わかった……」

アリスは神妙に頷いた。

「私は数多の宇宙を見てきた。お前はその中で、最も多くの仲間を得ている。私は、お前に一番の可能性を見出している」

「私に、可能性が……」

アリスは、ぎゅっと拳を握る。怒りや悲しみではなく、決意の表れだ。

人生は選択の連続だ。アリスは度々葛藤してきたが、その時に別の決断をした自分もいるのだろう。

ラルフが仲間にならなかった宇宙もあるかもしれないし、ジギタリスを倒してしまった宇宙もあるかもしれない。オーウェンの命を救えなかった宇宙もあるかもしれなかった。

恐怖がないと言ったら嘘になる。正しい選択を知りたいという気持ちもある。

しかし、死神はそれ以上語らなかった。

正しいと思われる選択を教えたこともあったのだろう。だが、相対するガブリエラにだって選択肢はある。彼女が自身にとって更に最良の選択をしたら、アリスは負けてしまうのだ。

正しい選択なんて、誰もわからない。自分と仲間を信じるしかない。

「死神アリス」

アリスは死神を正面から見つめる。死神もまた、アリスを見つめ返した。

「お前は……ずっとここにいるのか？」

「ああ。私はそういう存在だからな」

死神は静かに頷いた。既に、覚悟は決まっているようであった。

「だが、お前が死神ではなく、別の概念で名を轟かせることがあれば、概念としてのアリスが変化し、私にも影響が現れるかもしれない。そしたら、また違った形で会うことがあるかもしれないし、違った干渉の仕方ができるかもしれない」

「……心に留めておこう」

「そんなことより。自らの死の運命から逃れる方に尽力してくれ」

死神は最後まで素っ気ない。

だがそれは、アリスが自身に対して厳しいからだということに、アリスは気付いていた。自身を甘やかすのは、自分らしくない。

死神の姿が揺らぐ。アリスの悲しみに満ちた時間が奪われ、現世に戻るのだ。

「元気で」

アリスは、別れの挨拶の代わりにそう言った。

死神は頷き、そこでアリスの視界は闇に塗り潰された。


気付いた時には、アリスは礼拝堂の扉の前にいた。

「おい、大丈夫か？」

ぼんやりしていたアリスを気遣うように、ユーロンが問う。

彼は無事だ。ラルフとジギタリス、オーウェンも生きている。

アリスの目から、涙が零れそうになる。だが、彼女は感動をぐっと堪え、自らがすべきことに専念するよう頭を切り替えた。

「ここじゃない」

アリスはオーウェンの方を向いた。

「大聖堂には儀式部屋があるはずだ。案内してくれるか？」

「あ、ああ」

オーウェンは頷き、一行を先導する。彼の足取りも少し覚束ない。信仰がデウスに集められているせいだろう。

だが、神官兵は動けなくなっていて、彼はまだ動けている。その違いは何か。死神の言葉から察するに、オーウェンの存在もまたターニングポイントの一つなのだろう。

アリスは選択肢を広げるべく、オーウェンから情報を引き出そうとした。

「そう言えば、我々に手を貸してくれるのは何故だ。民を守りたいという目的は一致しているが、デウス教にとって魔王と魔族は排除すべき存在ではないのか？」

ユーロンが魔王であり、ジギタリスがグリマルキンであることはオーウェンも知っている。異端の中の異端だというのに、生真面目な彼が何故、協力的なのか。

「私は……わからなくなってしまった」

オーウェンは背中越しに、弱々しく言った。

「異端がいるから戦争が起こる。だから、排除して戦争をなくして平和にすべきだと思っていた。しかし、異端とともに行動し、多様性を主張する君は、私を救ってくれた……」

オーウェンは、鎧越しにユーロンに斬られた傷をなぞった。

「それに、魔王の切り口も見事なものだった。鎧を破壊した上での、迷いのない一太刀。あれは致命傷だったが、蘇生魔法を施し易いように配慮したものだった」

「そりゃあ、アリスの手を煩わせたくねぇからな。自分でできることは、最大限努力するさ」

ユーロンは、何ということもないように言った。

「私は、敵だというのに……」

「立場が違うってだけだ。それに、お互いに生きてりゃ選択肢が増えるってもんだ。こうやって、ともに行動しているくらいだしよ」

「そう……だな」

オーウェンは揺らいでいる。信心が薄れているから、デウス神の影響も少ないのだ。

そんな背中を見て、アリスは決意した。

「皆、聞いてくれ」

儀式部屋に向かいながらも、一同はアリスの声に耳を傾ける。

「私はデウス神を殺そうと思う」

「なっ……！」

あまりにも衝撃的な宣言に、オーウェンのみならず、一同が息を呑んだ。

「ガブリエラは、エミリオを器にしてデウス神を顕現しようとしている。ガブリエラもやはり天人で、彼女の目的は天人以外の排除だ。天は崩れて王都が破壊され、人間も天人以外の魔族も滅ぼされる」

「どうして、そんなことを知ってるんだ……!?」

ラルフがギョッとした顔でアリスを見つめる。

「もう一人の私が教えてくれた。私に即死魔法の使い方を教えた、死神となった私だ」

アリスは死神とのやり取りを包み隠さず明かす。真実がわかった以上、仲間に隠しごとをする必要もない。

「もう一人のお前さんだと……？　死神ってことは、まさか……」

驚愕するユーロンに、アリスは頷いた。

「多元宇宙の一つにて、私は摂理に背いた膨大な力を制御できず、あらゆるものを死に追いやって死神として多元宇宙から追放された。その私が、デウス神に蹂躙された世界を知っていた。そして私もまた、皆が喪われる未来を見てきたところだ……」

一同が声を失う。

そんな彼らに、アリスは言った。

「私は、皆を喪いたくない。人間だろうと魔族だろうと、一方的に奪われるのは理不尽だ。だから、私は神を殺す。――協力、してくれるだろうか」

してくれなくても構わない。それが、彼らにとっての最良の選択ならば。

アリスは言外にそう滲ませる。

一同は立ち止まり、各々がアリスの言葉を咀嚼し、こう言った。

「アリスにだけそんな役目を背負わせるものか！　俺にできることなら何でもやる！」

真っ先にそう言ったのは、ラルフだった。

「そ、そうよ！　話してくれてよかったわ。そんな大役を黙って一人でやられたらムカつくじゃない！」

ジギタリスもまた、悪態を吐きながらも協力を申し出る。

一方、オーウェンは難しい顔をしていた。

「デウス神を……殺す……？　神殺しなど考えたこともない……。それに、デウス神は聖騎士団の象徴。だが……」

散々迷った末、オーウェンは剣を抜いたかと思うと、その柄で鎧に描かれたデウス神の紋章を傷つけた。そして、意を決したようにアリスを見つめる。

「私は民を守りたい。弱者が虐げられない世の中を作りたい。デウス神が異端だからと弱者を見捨てるのであれば、私は背かなくてはいけない」

　オーウェンの決意に、アリスは頷く。

　そして、彼女はユーロンの方を見やった。彼は待っていたと言わんばかりに口を開く。

「和平を結ぶ時にデウスは障害になるし、天人にもお帰り頂かなきゃならねぇ。魔王としては、お前さんの方向性に賛成だな」

「魔王としての決断、有り難い。だが、個人的な意見もありそうだな?」

　遠回しな言い方のユーロンに、アリスは思わず含み笑いを向ける。すると、ユーロンもまた口角を吊り上げて笑った。

「そりゃそうだ。排他的で利己的な神サマを一介の人間がぶっ殺そうとは、反骨精神に溢れててカッコいいじゃねぇか。その美味しい役どころ、兄である俺にも分けてもらいたいもんだな」

「当たり前だ、兄さん」

　全員の選択は決した。もう、迷いはない。

「儀式部屋は突き当たりの部屋だ!」

　オーウェンが言うように、廊下の突き当たりに厳重な扉が見えた。アリスは走り出し、一同もまたそれに続いた。

「デウス神には即死魔法が通じる! 私がデウスを殺す!」

「だが、エミリオはどうする！　器に使われてるんじゃねぇか⁉」

「お前の死で神降ろしが完了する！　それまでに儀式を中断させることができれば、エミリオは解放されるはずだ！」

「ははっ、そいつは死にたくねぇな！」

ユーロンは冗談めいた笑みを零す。

「儀式ってことは、祭壇か魔法陣があるはずじゃない？　それを壊してやればいいのよ！」

「じゃあ、物理的に壊すのは俺がやる！」

ジギタリスが提案し、ラルフが破壊を引き受ける。

「術の構成は私が妨害するわ。相当ヤバい儀式をしてる可能性があるから、物理的な破壊は一人じゃ手に余るかも。騎士サマも手を貸して！」

「ああ、了解した。君の指示に従うし、君たちの破壊行動は私が責任を取ろう」

オーウェンは頷く。

「それなら、俺は天人狩りだな」

ユーロンは柳葉刀を抜いた。そんな彼を、アリスが気遣う。

「大丈夫なのか、お前の立場で……」

「元々、天人族との関係は最悪だ。そもそも、連中が俺たちのことを嫌っていてね。

言い分は聞くつもりだが、これ以上関係が悪化することはねぇよ」

「そうか……」

「それに、おふくろを侮辱して、エミリオを攫って神サマの器なんぞにしようとしたんだ。一発ぶっ飛ばさないと気が済まねぇ！」

「私の分も頼む！　二発ぶっ飛ばせ！」

儀式部屋の扉の鍵をオーウェンが開けるなり、アリスとユーロンは扉を蹴り飛ばして仲間とともに雪崩れ込む。

精密な魔法陣に整然と並べられた魔法道具の数々。その中心に、ガブリエラがいた。

彼女の背中には一対の翼がある。穢れなき純白の翼は、デウス神と同じものだ。

「やはり来たか。混沌を齎す異端者たちよ！」

ガブリエラは手にした錫杖を高らかに掲げた。

「だが、貴様らがここに来るというのも計算のうち！　デウスの降臨は完全ではないが、貴様らを退けるほどの力を持っている！」

死神の一手の先を、ガブリエラが行く。

ガブリエラの頭上の空間が歪むと同時に人影が現れる。片翼の少年――エミリオだ。

「エミリオ！」

ユーロンが叫ぶが、エミリオは虚ろに天井を仰いだままだ。その身体は、濃縮された異様な魔力に包まれている。エミリオの意思は今、ガブリエラの術によって封じられているのだろう。ユーロンの声は届かない。

「何故だ！　お前は何故、デウスを顕現しようとする！」

アリスが問うと、ガブリエラは豊かな髪をかき上げてこう論じた。

「愚問！　我ら天人族の悲願は世界の統一！　絶対的な秩序！　それに逆らう者を排除する象徴にして兵器こそ、絶対神デウスだ！　神は六柱も必要ない！　唯一神さえいればいい！」

「そのデウスを作るために、王都にデウス教を広めて他の神々の聖職者を追放したのか！」

「お察しの通りだ、忌み子にしてクレアティオの下僕！　信仰の力を集めるには、愚かなる人間の信心が不可欠！」

ガブリエラの言葉に、オーウェンがハッとする。

「国王様をそそのかしたのは貴方(あなた)か！　デウス神のみが民を救うと囁き、魔族を討つ聖騎士団を結成せよと進言したのは！」

「そそのかしたとは人聞きが悪い！　真実だ！　信心が得られ、デウス神を顕現できれば魔族も一掃できる！　その中で、私は人間を生かすつもりでいた！」

「それって、人間は都合がいいからだろ!?　家畜と同じじゃないか！」

ラルフが抗議する。

「デウス神を信仰しない人々は異端として処刑し、デウス神を信仰する人だけを残すつもりだったんだ！　信心でデウス神を維持するために！」

「だが、平和は保たれるだろう。何を怒っている」

ガブリエラは傲慢な眼差しでラルフを見つめる。

「平和なんて保たれるものか……！　疑念を抱いて他の神を信仰し始めた人間は次々と排除するつもりのくせに……。自由と平等がない世界なんて、俺は認めない！」

ラルフはジギタリスの方を見やる。彼女もまた、異端の排除による被害者だ。

しかし、ジギタリスはガブリエラに抗議することなく、呆然と立ち尽くしていた。

「ジギタリス！」

「ま、マスターの魔法道具が……！」

ジギタリスは、儀式に使用されている魔法道具のいくつかを指さす。どうやら、聖騎士団に奪われたという彼女の主人の遺品らしい。

「聖騎士団が押収した中で、儀式に使用できそうなものは利用させてもらった。魔力を集中させるのにちょうど良かったからな」

ガブリエラは無慈悲に言い放つ。

「奪えないのか!?」

ラルフが問うが、ジギタリスは首を横に振った。

「取り戻せるなら取り戻したいけど、儀式に組み込まれちゃってる……。術式で繋がってるから、移動させるくらいじゃ儀式を止められない……」

「それじゃあ……!」

壊すしかない。

ジギタリスが言わんとしていることを、ラルフもアリスたちも理解した。

彼女は主人の遺品を取り戻すためにここまで来た。それなのに、目の前で遺品を壊さなくてはいけないなんて。

「ジギタリス……」

アリスはうつむく彼女に何と声をかけていいかわからなかった。彼女にとっての最良の選択が何か、見極めてやることができなかった。

しかし、ジギタリスは顔を上げた。

彼女は迷うことなく、こう言った。

「ラルフ、騎士サマ。マスターの魔法道具なら、使い勝手がよくわかってる。だから、私はこの魔法道具を起点に儀式の術式を破壊するわ」

「ジギタリス……!」

表情を曇らせる仲間に、ジギタリスは場違いなほど晴れやかに笑った。

「いいの。マスターだったら、こんな使い方されたら絶対に怒るだろうし、ぶっ壊してると思う。それに、私が扱える魔法道具があるってことは、それだけ有利だってこと」

ジギタリスは、魔法陣に沿って置かれている魔法道具をむんずと掴んだ。

「これから私の魔力を逆流させる！　そしたら、他の魔法道具を壊して！」

「ああ！」

「了解した！」

ラルフとオーウェンが他の魔法道具の元へと走る。

その時、ラルフの足元に何かが落ちた。冒険者ギルドで支給されるタリスマンだ。

「っと……。革紐(かわひも)が切れたか……」

使い込んだ革紐だったので仕方がない。だが、拾っている余裕はない。

ラルフは迷うことなく、自分の持ち場につく。

一方ガブリエラは、露骨に舌打ちをした。

「痴(し)れ者(もの)が！　小癪(こしゃく)な真似を！」

ガブリエラが錫杖を振るうと、エミリオが——いや、エミリオの身体を借りたデウスの一端が、眩き聖なる力を解き放つ。

それは真っ直ぐにジギタリスへと向かったが、彼女に届くことはなかった。

「なっ……なんだと……!?」

デウスの魔力は消失する。

そこには、アリスがいた。

「聖属性を無効化した……!?」

「逆転構成——精密なアンチマジックの結界を展開した。デウスの力は一度見ている。不完全な降臨の粗削りな魔力構成ならば、逆転術式を組み上げるのも可能！」

これには、流石のガブリエラも度肝を抜かれた。

「馬鹿な！　その力は忌み子ゆえか！　それとも、愚かしい人間にしては高貴な血筋である王女ゆえかッ！」

「違うッ!!」

アリスは断言した。

境遇や血筋など、関係ない。

「単に私が、計算が得意だからだ!!」

「おのれッ！　基礎力の高さと努力の賜物(たまもの)か!!」

ガブリエラは目を剝く。

その目前にユーロンが迫る。彼が振り被った柳葉刀を、ガブリエラはとっさに錫杖で防いだ。

「半端者の魔王ッ！　私に歯向かうなど、千年早いわ！」

「どうだか。生まれて二十年ちょっとでこれだけ使えるようになったんだ。千年後にはとんでもない神サマになってるかもしれないぜ？」

「若造め……ッ！」

呻きながら応戦するが、ガブリエラは強い。ユーロンが本気で攻め込もうとしても、彼女の錫杖が的確に弾く。

「さすがは人間の領域に単身で踏み込む天人……！　相当なレベルなんだろうな……！」

「ふん！　私は異種族のもとへ降臨し、神を代弁する告知者！　人間が決めたくだらぬレベル制度とやらで測れるものか！」

「そいつは、俺も同じだけどな！」

柳葉刀と錫杖の金属音が響き渡る中、ジギタリスは妨害術式を完成させる。

彼女は、緊張気味に小さく息を吐いた。

「マスター、私に力を貸して。私たちみたいな別れ方をするヒトを、一組でも減らすために……！」

ジギタリスの願いに呼応するように、魔法道具が淡く輝く。それに背中を押されたジギタリスは、高らかに叫んだ。

「森の魔女の使い魔、ジギタリスが命じる！　アストラル界へと繋がる門を閉ざし、儀式を中断せよ！」

バチッと魔法陣に雷撃が走る。魔法陣を包んでいた光が、いきなり不安定になった。

それを合図に、ラルフとオーウェンが剣を振り被る。

「弱き人々を救わない神は、帰ってくれ！」

「国王様の理想の国家のため！　そして、民のために、私はデウスを否定する！」

「ぶっ潰れろ！　クソ神ーッ！」

ラルフとオーウェンの剣がそれぞれの魔法道具を一刀両断にし、ジギタリスの魔力が生み出す雷撃が魔法道具を破壊する。

がくん、とエミリオの身体が大きく揺れたかと思うと、力を失って静かに地に落ちた。

「エミリオ！」

ガブリエラに応戦しつつユーロンは叫ぶが、エミリオの身体は駆けつけたオーウェンに抱き止められていた。オーウェンはエミリオが無事なのを確認すると、ユーロンに目配せをして頷く。

一方、エミリオがいた場所には魔力の塊があった。

目を眩ませんばかりの光が辺りに降り注ぎ、光の中に六枚の翼が窺えた。

絶対神デウスだ。エミリオという器から剥がされ、儀式部屋の天井に渦巻いている。

荘厳で美しく、闇を打ち消し、影を塗り潰し、全てを光で照らしていた。

しかし、太陽のような温もりはない。日陰者すら優しく包み込む太陽とは違い、デウスは日陰者を焼き尽くす光を放っている。

デウスの光はあまりにも眩しすぎる。世界には、心を休ませる日陰も必要なのだ。

アリスは精神を統一させると、巨大な大鎌を生み出した。

漆黒に包まれた、即死魔法の具現化。

だが、彼女の心は澄んでいた。彼女の胸にあるのは、デウスに対する憎悪ではなく、使命感であった。

「やめろ！　我らの悲願が……！」

ガブリエラはアリスに叫ぶ。

だが、その一瞬が命取りになった。

カラン、と音を立ててガブリエラの錫杖が床に落ちる。その胸には、柳葉刀が突き刺さっていた。

「聖魔決戦の幕引きがよそ見とは、ちょいと締まらないんじゃねぇか？」

ユーロンは口角を吊り上げたかと思うと、柳葉刀を抜いた。ガブリエラの胸に開いた傷口から、白い光が漏れ出す。

告知者の肉体は魔王の一撃により維持が難しくなり、崩壊し始めていた。

「おのれ……下等生物が……ッ」

「そうやって見下してるから、足を掬われるんだ。世の中は色んな奴がいるからいい。天人だけの世界なんて、さっさと滅んじまうぜ？」

「貴様らのような存在がいるから……世界から争いは消えないのだ……。争いが続けば近い未来、世界は滅びる……！」

「そうならないように、努力するさ」

ユーロンは柳葉刀を鞘に納める。

その瞬間、ガブリエラは力尽き、光の粒子となって飛び散った。

一方、依り代を喪ったデウスは、急速に辺りを白く染め上げる。魔力が、暴走しているのか。

「絶対神を名乗る排他神よ！」

アリスは有りっ丈の声で叫ぶ。

「貴様は、貴様を拒絶する人々に代わって私が処す！」

アリスの漆黒の刃が、迫りくる光の渦へと振るわれる。

今、まさに神が殺されんとしている中、ラルフは己のタリスマンが何かのレベルを必死に計測しているのに気付いた。

ラルフが拾い上げてみると、対象がアリスであることがわかった。

「アリスのレベルが、変化している……!?」

アリスのレベルは1のままだったはずだが、ここにきて急速に跳ね上がっている。

レベルとは、経験に応じて加算されるもの。戦闘中に上がる事例など聞いたことがない。ラルフの独白に、ジギタリスもまたタリスマンを覗き込んで息を呑む。

「ホントだわ……。40……50……60……。すごい勢いで上がってる……！」

「70を超えた……！　滅多に見ないマスターランクだぞ!?」

「80……90……まだ上がるのか……。彼女は……一体……！」

オーウェンもともにタリスマンを覗き込み、アリスの背中を見やった。

彼女の背中は、広く力強い。

そんな彼女を計測するタリスマンのレベル計測値は、99で止まった。

「カンストした！」

ラルフの声が裏返る。レベル二桁を超える者は、人類史上観測されていないのだ。

カウンターストップしても尚、計測が止まらない。数値は99から上を刻もうとしていたが、ついには読み取れない表示となってしまった。

「タリスマンがバグった!?」

前代未聞だ。そもそも、アリスの存在はあまりにも型破りであった。

「戦闘になるとレベルが上がるなんて、そんなのアリ？　それじゃあ、もしかして今までも、戦いになった途端、レベルがぶち上がってたってわけ？」

アリスと一戦交えたことがあるジギタリスは、思わず震える。

「そっか……。アリスは最弱なんかじゃない！　最強だ！」

そう叫んだラルフの目は、輝いていた。ヒーローを見つめる少年の眼差しだ。

最弱聖女改め、最強聖女。

ラルフの声に背中を押されるように、アリスは即死魔法の刃でデウスを斬り伏せんとする。

しかし、流石は天人が生み出した兵器さながらの神にして、人々の信仰に育てられた存在。死の刃は聖なる光に呑み込まれ、蝕まれていくではないか。

「くっ……！」

「アリス！」

圧されそうになったアリスの手を支えたのは、魔王にして兄のユーロンであった。

「黄龍族の王家の末子、黄龍(ワン)(ユウロン)が命じる！　世界を漂う我らが同胞よ！　四神の欠片を救世主アリスに！」

ユーロンが唱えた途端に、アリスの身体に魔力が駆け巡る。デウスの力に圧されていた四元素の清浄なる力だ。

その橋渡しになっているのは、四属性を統べる東方の黄龍の血を引くユーロン自身である。ユーロンの手を通じて、アリスは勢いを取り戻した。

ラルフとジギタリスとオーウェンが見守る中、アリスはユーロンとともに刃を振り切った。

光の渦に刺し込んだ、確かな感触。

アリスは確信した。神を殺した、と。

刹那、光の渦が逆流する。光の翼が歪み、ただの塊になったと思った瞬間、輝ける柱となって天井を貫いた。

断末魔の絶叫のような空気のうねりが王都に轟く。光の柱は今にも落ちそうだった空を貫き、雲を消し去った。

「空が……」

全力を出し切ったアリスは、ユーロンに支えられながら頭上を見やる。

大聖堂の儀式部屋に開いた大穴から、よく晴れた青空が見えた。

そこから、太陽の光が零れ落ちる。優しくて暖かい光だ。

「太陽神がお前さんを祝福してくれてるぜ」

ユーロンはアリスを労った。

だが、アリスは首を横に振る。

「私だけじゃない。皆を祝福しているんだ。ユーロンのことも、ラルフのことも、ジギタリスのことも、そして、オーウェンやエミリオのことも」

仲間たちは晴れやかに微笑んだかと思うと、すっかり脱力してその場に座り込んだ。

アリスは、ガブリエラがいた場所を見やる。主を喪った錫杖だけが、物悲しく落ちていた。

「きっと、クレアティオは彼女のことも祝福している。彼女は不服かもしれないがな。だが、太陽の光は平等だ」

抜けるように爽やかな風が、アリスの頬をそっと撫でる。

そんな中、残された錫杖もまた、光の粒子となって太陽の光の中に溶けた。

終章

最弱聖女、旅に出る

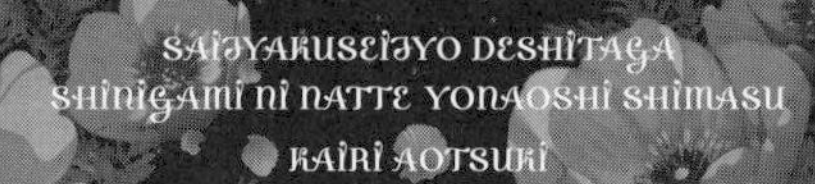
SAIJYAKUSEIJYO DESHITAGA
SHINIGAMI NI NATTE YONAOSHI SHIMASU
KAIRI AOTSUKI

王都は、再び太陽を取り戻した。

ガブリエラを討ったことにより、国王の呪いは解けた。塩の柱となっていた彼は、人の姿を取り戻して無事にアリスと再会した。

国王は、神託のままにアリスとマチルダを王都から追いやってしまったことと、結果的にアリスを危険な目に遭わせてしまったことを謝罪した。

「アリスよ。お前はデルタステラの——いや、人類の救世主だ。今こそ、私の過去を清算しよう。お前が私の娘であることを明かし、相応しい座を与えよう」

だが、アリスは首を横に振った。

「いいえ。私は長い間、庶民として暮らしていました。あなたの血を受け継いでいるとはいえ、王女として生きるには相応しくありません。それに、私にはやるべきことがあるのです。それは、城の中にいては務まりません」

「そう……か」

アリスの決意は固い。そう悟った国王は、引き下がる他なかった。

「しかし、お前に救われたのは事実。それは国民に公表したいところだ」

「お気持ちは有り難いのですが、デウス教のことは根深いものと思われます。デウス教を広めたのが天人の策略の一つであるとデウス神を信じている民に公表すれば、彼らは信心のやりどころに困ることでしょう。絶望し、誤った道に走らないとも限らない。そして、聖騎士団が国民のよりどころになっているのも事実。全てを公表するのは、魔族と正式な和平を結んでからの方がよろしいかと」

「……そうだな。お前は賢い。マチルダに本当によく似ている」

国王は目頭を押さえる。

彼の頬を伝う温かい涙に、アリスは父と母の絆を感じた。

国王の執務室を後にして城を出ると、先に待っていた仲間たちがアリスを迎えた。

一同はオーウェンら聖騎士団に見送られながら、王都を後にする。

聖騎士団が掲げる旗からデウスの紋章は無くなっていた。オーウェンいわく、これからは世界を維持する六神に仕えることになるだろうとのことだった。

「皆は、これからどうするんだ？」

アリスが尋ねると、ラルフが青空を眺めながら答えた。

「俺は一度、帰省しようと思って。アリスの親御さんの話を聞いてたら、両親に会いたくなってさ」

　それを聞いたアリスは、思わず顔を綻ばせる。

「それはいい。元気な姿を見せてやれ」

「ああ。ほどよく親孝行したら、またスタティオを拠点に仕事をする。その時は、また一緒にパーティーを組んで欲しいんだ」

「勿論だ」

　アリスとラルフは笑い合う。その間に、ジギタリスがにゅっと割り込んだ。

「私は北の森に戻るわ」

「君の主人がいた森にか？」

　目を瞬かせるアリスに、ジギタリスは頷いた。

「そう。あの村、ちょっと頼りないしさ。マスターみたいに村の人たちの助けになれればいいと思って。なんだかんだ言って、元居た家が恋しいのよ」

「そうか……」

「だから、何かあったら遠慮なく訪ねて来なさいよ。何もなくても歓迎するけど」

「有り難う。そうさせてもらうよ」

　アリスの言葉に、ジギタリスは満足そうに微笑む。

　そしてアリスは、ユーロンの背後から遠慮がちについてくるエミリオへと目を向けた。

「君はどうする。国王は、ミラや君たちのためのシェルターを作ると約束したじゃないか。君もそこに住むのか？」

「シェルターについては……本当に有り難いと思ってる。それに、しばらくは大聖堂の復旧作業があるから、働き先にも困らないと思う」

先の戦いで、大聖堂は大破している。追放されていたクレアたちは大聖堂に戻れるだろうが、しばらくは忙しい日々を過ごすことだろう。

エミリオは、うつむき気味に続けた。

「天人の血が混じる僕が働いて迷惑じゃなければ、そこで仕事をしたいけど……」

「迷惑じゃねぇさ」

エミリオの頭に、ユーロンがポンと手を乗せる。

「アリスから聞いたぜ？　別の世界線で、お前さんは俺をぶっ殺した後にガブリエラの支配から逃れたんだ」

「えっ、ぶっ殺……!?」

面食らうエミリオの頭を、ユーロンはわしわしと撫でる。

「それだけ根性があるってことさ。自信を持て。半分天人であることは関係ねぇ。それに、天人の血を受け継いでいるからって差別されるいわれもないさ」

「……うん」

エミリオは頷く。ユーロンは満足そうに笑った。

「それにしても、皮肉なものだと思う」

居心地が悪そうに、エミリオは呟いた。

「僕は異端として処分されそうになったけど、多様性を謳うユーロンたちに助けられて、結果的に、その僕が大司教の計画を前倒しする鍵になるなんて……」

「運命の悪戯っていうやつなんだろうが、まあ、運命ってのも定められたモンじゃねぇしな」

ユーロンの言葉に、アリスも頷く。

「全ては、意志を持つ存在の選択の結果が積み重なってできている。今、こうして皆でのんびり歩いているのも、我々と我々以外の誰かの選択が反映されたものなんだ」

その中には、ガブリエラもいる。彼女にとっては不本意かもしれないが。

「別の宇宙でとんでもねぇ選択をした奴の言葉は違うな」

ユーロンはからかうように言った。

「他人事のように言っているが、お前も選択の数だけ多元宇宙を持っているんだぞ。たまたま、他の宇宙の自分と交わる機会がないだけで」

「まあ、それもそうか」

アリスの反論に、ユーロンは色眼鏡をかけ直しながら納得した。

「死神となったお前さん、この結果に喜んでいるといいな」

「まあ、多少は嬉しいかもしれないな。自分の成功というのは」

とはいえ、この先も選択の連続だ。デウスを討ち、仲間とともに生還した後も、油断してはいけない。

「死神という概念を覆せれば、あの世界線の私も救われるのだろうが……」

「大丈夫」

そう答えたのは、ラルフだった。

彼は新しい革紐をつけたタリスマンを首から下げ、真っ直ぐな瞳でアリスを見る。

「アリスは世界を救った。君は救世主だよ。いずれ、君の活躍が書物に刻まれたり、吟遊詩人が語ったりする時が来る。そうなったら、君を導いたアリスもきっと、死神じゃなくて救世主になると思う」

アリスが英雄視され、人々が彼女を称（たた）えるのなら、彼女も六神のような温かな概念で満たされるだろう。

「ああ……。そんな未来も、あるかもしれないな」

アリスは安堵するように表情を緩める。

さて、今後がわからないのはあと一人だ。

「ユーロン。お前はどうする？」

「お兄ちゃんって呼んでくれてもいいんだぜ？」

「兄貴はどうする」

「おっと。これはこれで身が引き締まるな」

茶化すユーロンであったが、すぐに真剣な眼差しになる。

「ひとまず、魔族領を侵略しようとしている部隊を撤退させると国王に約束させた。そいつはまあ、誇るべき成果だな。手ぶらで帰ったらすぐに魔王の座から引きずり下ろされそうだし、兄姉に顔向けできない」

「魔王を続ける気はあるようだな」

「まあ、親父殿から受け継いだモノだ。後継者が現れるまで続けるさ」

ユーロンは肩を竦める。

「では、魔族領に戻るんだな？」

「いったん戻って議会を開いて、各種族の長に現状を報告し、俺が魔王——すなわち議長として活動するのに相応しいか承認を取って……。…………なんか、面倒くさくなってきたな。このままブラブラ旅でもするか？」

「魔王は……そんなテキトーでいいのか……？」

ユーロンの話に熱心に耳を傾けていたエミリオは、完全に引いていた。

「ほら、言われてるぞ。年長者として手本を見せてやれ」

アリスはユーロンを小突く。

「冗談だって。半分くらいはな。だが、魔族領に戻る前にやることがある」

「……そうか」

アリスはユーロンが言わんとしていることを察した。

エミリオはミラたちと合流するために港町に戻り、ラルフは別の地方へ向かう船に乗り、ジギタリスは街道で別れて北の森へ向かう。

そしてユーロンは、アリスとともにパクスへと向かった。


辺境の村、パクス。

アリスが聖女を務め、死神として覚醒し、聖女を辞めて去った始まりの地。

その村はずれに、墓地があった。

アリスとユーロンは、母であるマチルダの遺灰が眠る墓に手を合わせる。

肉体は地に還り、魂はエラトゥスのもとにある。丁度、陽が傾き、東の空から衛星エラトゥスがひっそりと姿を現すところであった。

「旅の目的を一つ、達成したな」

「ああ。親父殿のことも報告できたし、これで魔族領に戻れるぜ」

「それからは、魔王としての執務を？」

「…………」

アリスの問いに、ユーロンの視線はエラトゥスの方へと泳ぐ。

「おい……。また、諸国漫遊するつもりじゃないだろうな」

「一カ所にいたくねぇんだよ。最初の議会くらいは開くからいいだろ」

迫るアリスを、ユーロンはやんわりと押し戻す。

「そういうお前さんはどうするんだ。また、この村で暮らすのか？」

「いや……。私は——」

自ら村を去った身。それに、修羅となった姿を見られている。今更、戻れるはずがなかった。

「あっ……」

墓地の入り口で、少女の小さな声がした。聞き覚えがあるそれは——。

「ミレイユ……？」

「アリス先輩！」

後輩聖女のミレイユだった。

ミレイユは感極まるあまり顔をくしゃりと歪め、涙を浮かべて走り出す。胸に飛び込んできた彼女を、アリスはしっかりと受け止めた。

「アリス先輩！　アリスせんぱい!!」

「ミレイユ……！　元気そうで何よりだ……！」

アリスはミレイユを抱擁する。華奢（きゃしゃ）な彼女もまた、必死にアリスにしがみついた。

「戻ってきてくれて、本当に良かった……！」

「いや、私は……」

アリスは気まずそうに目をそらす。その仕草に、再会を喜んでいたミレイユの表情が曇った。

その時、ユーロンがすかさず口を挟んだ。

「こいつは、盗賊団を虐殺したことが気まずいんだとさ。お前さんたちを守るためにやったのに、ずっと罪悪感を抱えてウジウジしてんだ」

「な、なんですか。この胡散臭い方は……！」

ミレイユはまず、妖艶でありながらも反社会的勢力のような雰囲気を溢れさせるユーロンに引いた。

「彼はその……私の兄だ」

「ええっ！　先輩のお兄さん!?　それはまた失礼を。わたくし、ミレイユと申す者で御座います。以後、お見知りおきを……」

ミレイユは急に低姿勢になる。その露骨な態度に、アリスは眉間を揉んだ。

「それはさておき」

ミレイユは話を切り替える。

「やっぱり、先輩は私たちを助けようとしてくれてたんですね。あの後、村の人たちを集めて教会で話し合ったんです。先輩が、どうしてあんなことをしたのか」

「そうか……」

「そしたら、やっぱりみんな、アリス先輩に何か理由があったのだと言ってました。きっと、私たちを盗賊団から助けるために、やむを得ず手を汚してくれたんだ、って。だって、先輩はいたずらに人を傷つける人じゃないから。そこは、満場一致でした」

ミレイユは胸を張る。アリスの誠実さが証明されたことが、自分のことのように嬉しいと言わんばかりに。

「アリス先輩のおうちの周り、私が毎日掃除してました。アリス先輩が帰る場所は、このパクスです」

「ミレイユ……」

アリスの顔から自然と優しい笑みが零れる。しばらくしていなかった、慈愛の微笑みだ。

「有り難う……。みんなにも感謝をしなくては」

「じゃあ──」

「しばらくは、村に留まろう。しかし、私はまた行かなくては」

「どこへ行くんですか……？」

ミレイユの身体を、アリスはやんわりと離す。

そして、真っ直ぐな眼差しで答えた。

「私の力が必要な人の元へ。パクスには君のように、真実を見極める力のある聖女がいる。そんな聖女がいない場所へと、私は行かなくては」

「先輩は、やっぱり冒険者をやりたいんですね」

ミレイユは苦笑する。

「……すまないな」

「いいんです。先輩がやりたいことをやるのが一番ですから。でも、覚えていてください」

「ん？」

「この村が先輩の帰る場所だってこと。私たちはいつでも、先輩の帰りを待ってますからね！」

「ああ！」

意気込むミレイユに、アリスは力強く頷く。ミレイユはそんなアリスの手を取り、もう片方の手で様子を眺めていたユーロンの手を取った。

「さあ、行きましょう！　アリス先輩がお兄さんと戻ってきたって、みんなに報告しなきゃ！　今日くらいはゆっくりしてくださいね！」

「ははっ、そうだな。自宅に置いてきた本も読みたいことだし」

「帰還をお祝いするパーティーをするんですよ!?　主役が読書してちゃダメです！」

マイペースなアリスに、ミレイユは目を剝いた。

「パーティーのご馳走に刺身はあるのか？　生魚を捌いた料理なんだが」

「文明の炎を使わない魚料理!?　お兄さん、ワイルドですね！」

東方の味が恋しくなっているユーロンに、ミレイユはのけぞる。


太陽は沈み、村にはぽつぽつと灯りがついていた。温もり溢れる、団欒の光だ。

アリスの旅は終わりではない。彼女の手を必要とする人は、まだまだいるはずだ。

だが、今は休もう。

再びクレアティオが姿を現すまで、アリスは休息に身を委ねることにしたのであった。

―――本書のプロフィール―――

本書は「小説家になろう」に二〇二三年五月～十月まで連載されたものに、加筆修正を行い、まとめたものです。

小学館文庫

最弱聖女でしたが「死神」になって世直しします

著者　蒼月海里

二〇二四年一月十一日　初版第一刷発行

発行人　庄野　樹
発行所　株式会社　小学館
〒一〇一-八〇〇一
東京都千代田区一ツ橋二-三-一
電話　編集〇三-三二三〇-五六一六
　　　販売〇三-五二八一-三五五五
印刷所――――大日本印刷株式会社

造本には十分注意しておりますが、印刷、製本など製造上の不備がございましたら「制作局コールセンター」(フリーダイヤル〇一二〇-三三六-三四〇)にご連絡ください。(電話受付は、土・日・祝休日を除く九時三〇分～一七時三〇分)本書の無断での複写(コピー)、上演、放送等の二次利用、翻案等は、著作権法上の例外を除き禁じられています。本書の電子データ化などの無断複製は著作権法上の例外を除き禁じられています。代行業者等の第三者による本書の電子的複製も認められておりません。

この文庫の詳しい内容はインターネットで24時間ご覧になれます。
小学館公式ホームページ　https://www.shogakukan.co.jp

©Kairi Aotsuki 2024　Printed in Japan

ISBN978-4-09-407326-3